天定良緣

2

文創 風 587

水暖 著

目錄

第二十八章

「……」不經意瞥見洛婉兮眼神的洛鄂，好像發現了什麼不得了的事。那垂涎欲滴又竭力忍耐的表情，著實可憐極了！

轎內的凌淵自己都沒察覺到他嘴角揚起的弧度，沈鬱的心情莫名好轉。

中午，皇帝吞嚥仙丹時把自己噎著了，一口氣沒上來，暈了過去。鄭貴妃哭天喊地，驚得眾人以為皇帝要駕崩了。

各方聞風而動，氣氛一觸即發，最後卻是虛驚一場。可這一場紛亂，終究暴露了一些事，皇帝對太子的不滿已經累積到十分危險的地步。

他在宮內滯留了整個下午，又安撫了惶惶不安的太子，直到這會兒才出宮。途經朱雀街，兩旁的喧囂讓他恍覺竟又是七夕了。他不禁想起最後那個七夕，他答應陪她出來遊玩，卻在一大早接到了皇帝宣他進宮的口諭。

她一臉的不高興，惡聲惡氣地威脅。「你要是晚上不來接我，我會給你帶一大碗加足了料的滷煮火燒回來當宵夜。」

彷彿鬼使神差一般，凌淵挑起窗簾，尋找那家店鋪。其實他對那東西說不上喜歡，可也不討厭。表現得難以下嚥，不過是為了逗她玩罷了。

本是漫不經心的目光，在發現洛婉兮後，不由凝住了。有幾回，他陪她過來，在外等候時，她便會露出那樣可憐兮兮的眼神。

忽然間，凌淵似乎明白為何陸釗對這小姑娘有不同尋常的關注。是不是所有叫婉兮的女子，都是如此？

被勾得食指大動的洛婉兮若有所覺地抬頭，猝不及防間對上凌淵若有所思的目光，心跳陡然漏了一拍，臉色劇變。

凌淵微微瞇起眼，自己竟是這般可怕嗎？

「姊夫！」一道軟糯甜膩的嬌聲驟然響起，將凌淵從那古怪的情緒中喚回，他沒來由地笑了下。

跑到窗邊的少女穿著鵝黃色襦裙，見他臉上還未消散的笑容，不禁微微失神。

凌淵望著眼前這張嬌俏明媚的臉上掩飾不住的愛慕與羞怯，眼底笑意逐漸轉淡。

陸婉清一臉嬌憨天真地問：「姊夫，你怎麼在這兒？」瞥見對面的的店鋪，驚喜道：「姊夫也來這兒吃火燒？我也是，這家店裡的火燒特別美味。」

凌淵嘴角微微一掀。「只是路過。」接著揚聲吩咐。「走。」

當即停下的隊伍再次動了起來。

陸婉清眼睜睜看著他修長的手指毫不猶豫地放下繡著祥雲福紋的藍色車簾，氣得一張俏臉都歪了。

明明之前姊夫對她和顏悅色，可這兩年卻突然冷淡下來。母親說過，她越長大就越像她那死去的堂姊，那為什麼姊夫反倒對她冷淡？不是說姊夫多年不娶就是因為忘不了堂姊嗎？

隊伍浩浩蕩蕩地離開，徒留下忿恨不明的陸婉清在原地跺腳。

半晌，見自家姑娘還是不離開，蘇紫硬著頭皮開口。「姑娘，咱們還去吃火燒嗎？」

「那麼噁心的東西誰要吃?!」陸婉清瞪她一眼，又滿是嫌棄地掃一眼「徐記滷煮」，掃到洛婉兮時視線忍不住頓了下，不知想到了什麼，怒氣更甚，嫌惡道：「怎麼會有人愛吃這種東西！」說罷怒氣沖沖地甩袖而去。

聽見這話，店內不少人露出氣憤之色，但皆是敢怒不敢言。滿京城誰不識凌閣老的儀仗，這小姑娘一聲「姊夫」也落在不少人耳裡，能稱凌淵為「姊夫」的，想來是陸國公府的姑娘，他們可惹不起！

洛鄂心裡也不大舒服，只是勢不如人，又能如何？他壓了壓火看向洛婉兮，卻見她一臉恍惚，不由喚了聲。「四姊？」

洛婉兮回過神，朝洛鄂抿唇一笑，在記憶裡搜尋良久，總算是尋到了蛛絲馬跡。當年公主娘便說，小十五長得倒是像她，如今一看，還真是像！

她不期然想起凌淵對著小十五時，連笑容都吝嗇的模樣。

洛婉兮笑了笑，低頭問洛鄴。「要不要吃糖葫蘆？」

洛鄴仰著臉兒笑道：「要！」

洛婉兮便牽著洛鄴去買糖葫蘆，洛鄂一瞧，也把自己那些疑惑拋在了腦後，抬腳跟上。

洛婉兮買了兩串糖葫蘆，其中一串自然是洛鄴的，至於另一串……

洛鄂拿著被硬塞到手裡的糖葫蘆，摸著鼻子哭笑不得。「四姊，我都多大了！」

「十四啊。」洛婉兮促狹地眨了眨眼。「還沒成家都是小孩子。」

洛鄂大笑，正想說妳不也是，脫口而出之際反應過來，趕緊收回舌頭，差點咬到了舌尖。

洛婉兮見他的臉猛然一陣扭曲，心念電轉間便猜到了幾分，不由好笑。

似乎自從她退婚之後，家人在她面前便多了許多忌諱之詞，無奈之餘，又覺窩心。

待洛鄴將一串糖葫蘆吃完，候在「徐記滷煮」的下人也來稟報有空廂房了，一行人便原路返回。

還沒抵達，已經聞著味兒的洛鄴深深吸了一口氣，幸福地感嘆道：「好香啊！一定很好吃！」

洛婉兮被他逗樂，摸了摸他腦袋上的小髮髻。「那你待會兒多吃點。」

洛鄴重重一點頭。

剛跨上臺階，洛婉兮忽然聽見一陣細微的「唴唴」之聲，下意識一抬頭，就見懸在頭上的牌匾搖搖欲墜。她臉色劇變，來不及多想，一把推開身旁的洛鄴，自己也往後躲，只是為時已晚，在旁人的驚呼聲中，洛婉兮驚恐地抬起胳膊，緊緊閉上眼——

意料之中的痛楚並未降臨，洛婉兮反而聽到了一陣噼哩啪啦的亂響以及痛呼聲，她茫然了一瞬，睜開眼，就見店內東倒西歪了一片人，而地上赫然是那塊本該砸到她身上的牌匾，此刻正中間插著一把寒光凜凜的長刀。

洛婉兮徹底懵了。

桃枝嚇得三魂六魄飛了一半，幾乎是連滾帶爬地撲過來，手忙腳亂地在她身上摸索。「姑娘您怎麼樣？有沒有傷到？」

驚恐欲絕的洛鄴也從地上爬起來，泫然欲泣地撲進洛婉兮懷裡。「阿姊！」

聽著他驚懼交加的聲音，洛婉兮倏爾回神，摟著他的背安撫。「阿姊沒事，鄴兒別怕！」又對柳枝道：「妳去看看，裡面的人傷得可嚴重？」

自己躲過一劫，卻讓那些人受了這無妄之災。思及此，洛婉兮回頭尋找仗義出手的恩人。

只見幾丈外立著一人，一身青綠錦繡服，丰神俊朗，腰間的刀鞘已然空了。

這一刻洛婉兮才清晰地意識到自己逃過一劫，而救她之人又是江樅陽。她不想欠他恩情，可偏偏欠了一次又一次，一次比一次難，只覺五味雜陳。

洛鄂見洛婉兮和洛鄴都安然無恙，穩了穩心神上前道謝。「多謝這位大人出手相救。」青綠錦繡服，正是錦衣衛官服。

江樅陽抬了抬手，收回目光。「舉手之勞。」

對他只是一抬手的事情，可救下的卻是他堂姊的性命。他都不敢想，堂姊要是有個三長兩短，他如何向祖母和母親交代。不想還好，一想就是一陣後怕。洛鄂抖了個激靈，再次作揖。「我們是臨安洛氏，目前正住在尚雲坊洛侍郎府。敢問大人名號，好登門致謝。」

其實洛鄂和江樅陽見過幾次面，畢竟曾經江、洛兩府關係不差，只是時隔多年，加上江樅陽的變化之巨，洛鄂連一點似曾相識的感覺都沒有。

江縱陽抬起眼，看向他身後。

洛鄂回首，便見洛婉兮走到他身後，對著江縱陽屈膝一福。「多謝江世子救命之恩。」

「四姊妳認得？」洛鄂驚訝，那就怪不得對方肯出手相救了，畢竟錦衣衛可不是什麼好人。

洛婉兮對他道：「南寧侯府江世子，你小時候還見過。」

這話驚得洛鄂不顧形象的張大了嘴，他知道江縱陽腿疾痊癒還奪回了世子之位，並且立下救駕之功，頗得皇帝青眼，但他完全沒法和眼前這人作聯想。

「原來是故人，怪不得江兄如此心急。」江縱陽身旁之人忽然低笑出聲，落在洛婉兮臉上的目光帶著玩味。

他穿著青綠錦繡服，顯然也是錦衣衛中人，頭戴鑲碧鎏金冠，俊秀的面龐上劍眉斜飛，黑眸狹長銳利，高挺鼻梁下的薄唇勾起意味深長的弧度。

江縱陽面色不改。「姻親故交。」

那人微微一挑眉。「可真是巧，幸好今兒我拉著你出來喝酒，否則你這位故人可就要香消玉殞了。」說著瞥一眼清麗脫俗的洛婉兮。「那就太可惜了。」

聽出他語氣中似有若無的輕佻，洛鄂臉色微微一變，往左移了一步，擋住對方的視線。

他不以為然，似笑非笑的盯著江縱陽。方才江縱陽臉色都變了，哪怕救下人後還是驚魂未定，雖然很快就斂下，可他看得一清二楚，這姑娘與他絕不會只是姻親故交如此簡單。

江縱陽知道自己已經在陳鉉面前露出馬腳，若是執意再裝尋常，反倒會讓他為了試探虛實而生事，遂眼神微微一變，帶上了冷意。

陳鉉了然一笑，頃刻間臉上的玩笑之色已蕩然無存。朋友妻，不可戲，他可是想和江樅陽這位新貴交個朋友的。

他對洛婉兮頗為鄭重地拱了拱手，自報家門。「在下陳鉉。」

洛婉兮微微一驚，他就是和白奚妍訂婚的陳鉉？忽地她心沈了沈，在他們自報尚雲坊洛侍郎府時，陳鉉並無異色，她不信他會沒反應過來他們是白奚妍的親人，可他依舊神情輕佻，語氣狎暱，直到江樅陽面露不悅，他才正經起來。

這時隨行的下人已經取回了刀，江樅陽接過之後，俐落地插回劍鞘。洛鄂見他不看一眼就準確無誤地將長刀插回鞘內，再回憶他遠遠一擲竟是能將落下的牌匾擊飛，望著江樅陽的目光瞬間變了，要不是顧及形象和對方身分，似乎就要迫不及待撲上去拜師。

而洛鄴就沒他那麼多顧慮了，小傢伙本就親近江樅陽，幾個月不見也沒覺生疏，撲過去抱著他大腿說得單刀直入。「哥哥，你真厲害，我能跟你學刀法嗎？這樣我就能保護姊姊了！」

江樅陽神情一柔，揉了揉他的頭，目光卻是看著洛婉兮。

洛婉兮柔聲對洛鄴道：「江世子公務繁忙，哪有時間教你。家裡不是給你請了武師傅？你先把基礎打好再學其他。」

「可是武師傅沒有哥哥厲害啊！」洛鄴不高興地噘了噘嘴。

洛婉兮：「……」我只想讓你強身健體，又沒想讓你上陣殺敵，請什麼厲害的師傅？再說江樅陽那般身手的師傅豈是等閒請得到的？

見洛婉兮語塞，江樅陽不覺彎了嘴角，低頭對洛鄴道：「你先回去將扎馬步學好，待你能順利扎兩個時辰的馬步了，我就教你刀法。」

完全不知道扎兩個時辰馬步意味著什麼的洛鄴，天真無邪地歡呼了一聲，壓根兒沒接收到周圍同情的視線。

江樅陽見周圍人的眼光若有似無的往這頭掃，遂對洛婉兮道：「你們先走，這兒我來處理。」情急之下他只能把牌匾往大堂內擊撞，不免誤傷了門口幾桌人。

洛婉兮忙道：「原就是為了救我，豈能麻煩你，我們自己處理便是。」

洛鄂也點頭道：「不敢再麻煩江世子。」又不好意思的摸了摸頭。「雖然我沒您這身手，但些許小事還是能辦的，江世子和陳大人且去忙吧，耽誤你們這些時候，已是十分慚愧。」

知道自己再多說，只會給她帶來更多流言蜚語，遂江樅陽便道：「那我先走了。」動了動嘴，終究是把盤旋在喉嚨口的那句「有事派人來尋我」嚥了回去。

他知道她祖母病重，洛老夫人一倒，她唯一的依靠也沒了。不過即使這樣，她恐怕也不想和他扯上關係。

聞言，洛婉兮又向他福了福，洛鄴則是眼巴巴地看著他，戀戀不捨。

江樅陽輕輕拍了拍他的頭，對著洛婉兮微微一頷首，便轉身離去。

陳鉉略一點頭，也抬腳離開。

走出一段後，陳鉉方笑吟吟地開口。「怪不得每次喝酒，你都坐懷不亂，原來是心有所屬，還是如此絕色。」

江樅陽輕輕一扯嘴角，朝陳鉉抬手一拱。「涉及姑娘家名譽，還請陳兄替我保守秘密。」

陳鉉笑道：「這是自然！」復又笑了一聲。「說來我那未婚妻正是洛侍郎的外甥女，那姑娘該是洛侍郎姪女，如此咱們日後還是連襟。」

待洛鄂善了完畢，已是半個時辰之後了。經此一事，洛婉兮遊興大減，便是心心念念的滷煮也沒了胃口。

然而這會兒回去，洛老夫人少不得要擔心，且洛鄴人小心大，依舊興致勃勃，遂三人還是在街市上逛到了戌時半，由著洛鄴買了不少小玩意兒和吃食才打道回府。

往常這個時辰，洛老夫人早已歇下，不過今兒洛老夫人還醒著，想來是不等姊弟三人回來請安不安心。

洛鄴興致盎然，回來的路上他已經被洛婉兮教過，故他隻字不提那場意外，只向洛老夫人介紹自己新買的小玩意兒。

望著眉飛色舞的小孫兒，洛老夫人滿臉寵溺的微笑。

洛婉兮瞧著洛老夫人眼皮開始忍不住下塌，遂道：「祖母該就寢了，鄴兒也要去歇著了，明兒還要上學呢！」

興致昂揚的洛鄴頓時垮了臉。

洛老夫人不禁笑眯了眼，顫顫巍巍地拍了拍他的手。

陪了洛老夫人一晚上的施氏也起身，含笑道：「母親好生歇著，明兒咱們聽鄴兒仔細說說街上有什麼好玩的。」

洛老夫人輕輕一點頭，施氏便上前放下床幔，帶著洛婉兮等人退下，到了門口又叮囑秋嬤嬤仔細照顧，這才離開。

屋外月色朦朧，在花草樹木上鍍上一層淺淺流光，草叢裡傳來低吟淺唱的蟲鳴。

洛婉兮先將洛鄴哄回東廂房，自己送施氏和洛鄂往外走，順道將傍晚的事情說了。

她低聲道：「我想著總要登門致謝一回，否則太過失禮，我不好親自去，便想麻煩三弟代我跑一趟，將謝禮送過去。」

施氏點點頭，雖然不想和錦衣衛扯上關係，可江樅陽救了洛婉兮是事實，他們若是丁點表示都沒有，外人只會當他們家不知禮數。

「什麼麻煩不麻煩的？都是這小子該做的，我讓他照顧你們，差點把你們傷著了，他可不是要感謝江世子？只是我想最好把妳大哥也一道喊上，方顯鄭重。」施氏瞅一眼自己兒子。「他也就是個孩子。」

洛婉兮頓了下，對大房她總不如四房來得隨意，可施氏說的在理，遂道：「那我明兒和大哥說一聲。」

施氏隨口道：「鄂兒就住在他大哥邊上，讓他捎帶一句便是。」

洛婉兮望著施氏抿唇一笑。

見她笑，施氏也笑，笑著笑著，不由心裡打起鼓來。去年她就發覺江樅陽對婉兮有些不同尋常，如今又是那麼巧，被他救了一命，可真是孽緣！

洛老夫人對廠衛避之唯恐不及，白奚妍的婚事就將她氣成這樣，若是洛婉兮再和錦衣衛扯上關係，施氏都不敢往下想。

施氏心裡顫了顫，回過神來告誡自己別胡思亂想，只要他們家不同意，對方還敢強搶不成？

「就送到這兒吧，夜深露重，妳快回去。」施氏停在院門口對洛婉兮道。

洛婉兮朝她福了福。「那我就不送了，四嬸、三弟慢走。」

洛鄂應了一聲。「四姊早些歇息。」

洛婉兮點點頭，目送二人離開，在院門口站了會兒才轉身回屋。

第二十九章

這一天既驚且累，身上出了一層薄汗，洛婉兮愛潔，趕緊沐浴了一番，洗去一身黏膩。從淨房出來，柳枝為她擦著沐浴時不慎打濕的幾縷長髮，桃枝在一旁打著扇子。

洛婉兮瞧她一臉欲言又止，不禁笑問：「妳這一臉的怪模樣是做什麼？」

桃枝心直口快，早已忍不住，聽她問起，登時打開話匣子。「奴婢覺得表姑娘那位姑爺瞧著……」桃枝支吾了下，換了個不至於太難聽的詞。「未免放浪了些。」想起陳鉉說話時的神態，桃枝就一陣不舒服。

洛婉兮臉上的笑意漸漸淡去，陳鉉這個人她是第一次見，但關於他的流言，她打聽了不少。風流多情，放浪不羈，笑裡藏刀甚至是心狠手毒，不勝枚舉。直覺便不是個簡單的，待見到本人，原本那點虛無縹緲的奢望都沒了。這樣一個人，白奚妍如何能攏得住？

若他待白奚妍上心還罷，可他明知自己是白奚妍娘家人也沒有收斂輕浮之色。

洛婉兮不禁想起洛老夫人進京也快兩個月了，可陳鉉一次都沒上門拜訪過，哪怕洛老夫人病倒也沒有。雖洛老夫人只是白奚妍的外祖母，但白家可是在大伯父府上住了半年，他過來請個安並不為過。

但凡陳鉉對白奚妍多幾分在意，這些都不應該發生。

洛婉兮眼前不由得浮現白奚妍憔悴不安的臉，一顆心忍不住往下沈。耳邊桃枝還在道：

「表姑娘最是柔順的，日後哪管得住未來表姑爺。」家世又差那麼多，娘家就是想替她撐腰都沒辦法。

柳枝見洛婉兮眉頭輕蹙，推了推桃枝，示意她適可而止。

被她一推，桃枝也反應過來自己的抱怨除了讓她家姑娘擔心之外，於事無補。她忍不住捶了捶自己的腦袋。

「本來就不聰明，再敲可不就傻了。」洛婉兮揶揄地看著桃枝。

見她容色稍霽，桃枝鬆了一口氣，故作懊惱地跺了跺腳。「哪有姑娘這樣說人的。」

這廂主僕說著陳鉉，卻不知陳鉉也讓人調查她。

陳鉉翻身下馬，將手裡的馬鞭隨手扔給門房，大步跨上漢白玉石臺階。這座陳府幾年前還是齊王府邸，然六年前齊王被重歸大寶的皇帝賜死，家眷貶為庶民，皇帝轉手就將這座富麗堂皇的王府賜給陳忠賢。

陳忠賢花了一年的時間移除府內只有親王可用的規制，請園林大師重新整修一番，壯麗宏偉尤甚當年。

深夜時分，府內依舊亮如白晝，廊下樹上的燈籠燈火通明。一進門，首先映入眼簾的就是一塊高達數丈的太湖石，崢嶸挺拔、氣勢雄偉。一路走來，山水相依，亭臺樓閣，奇花異草，應接不暇。

「……那姑娘是臨安洛氏三房嫡女，行四。亡父是丙申年狀元郎，亡母乃山西李氏，就是那書法名聞遐邇的李家。原是自小就和昌甯坊的許家訂了親，去年剛退了親。」陳越亦步亦趨的跟在陳鉉身旁，稟報自己這幾個時辰打探到的消息。

「退親？」陳鉉腳步一頓，玩味似地咀嚼這兩個字。「為什麼？」

「與她訂婚的那位許少爺，在外養了個歌女做外室被發現了。」

「這麼巧！」

陳越心照不宣地一笑。「小的已經派人去查了，只是事隔一年，怕是查不到什麼蛛絲馬跡。」

陳鉉隨意道：「姑且先查著。」突然他似是想到了什麼。「當初白夫人說的是白奚妍陪她一位表妹去仁和求醫？」

陳越當即明白他言下之意。「應是這位姑娘。」

陳鉉一挑眉。「還真是巧……」

陳越順著他道：「可不是！」

「著人盯著，江樅陽滴水不漏，說不準能在這姑娘身上找到契機。」陳鉉吩咐。

陳越連忙應是。

說話間，已經到了金堆玉砌的正堂。陳越躬身退下，陳鉉抬腳入內，一抬眼，便見那面高懸的牌匾，上書「百世流芳」四字，這是模仿了東華門旁的東廠府衙，衙內便有一只刻著「百世流芳」的牌坊，乃是建立東廠的成祖御筆親題。每次看見這牌匾，陳鉉都忍不住想笑，今兒他喝了不少酒，一見之下，當即忍不住噗一聲笑了出來。

自這姪子進門，陳忠賢便聞到一股濃烈的酒氣和脂粉香，再看他那怪模怪樣，無奈地搖了搖頭，還沒來得及訓斥，就聽他帶著笑意的聲音響起。

「伯父，今兒我親眼看見一人差點被高懸的牌匾砸死，要不咱們給它挪個位置？」

陳鉉抬頭看著那牌匾，語氣頗為認真。

捧著茶杯的陳忠賢吸了一口氣，冷斥道：「胡言亂語！」

陳鉉大馬金刀地坐在他下首。「伯父，這回真不是姪子胡說八道，要不是江樅陽出手快，就真砸死人了。」

陳忠賢目光微動，捕捉到關鍵字。「江樅陽？」

陳鉉點頭，灌了一杯茶解渴。「從宮裡出來後我就拉住了他，半路便撞上這事，看著他英雄救美了一回。」

陳忠賢抬了抬眼。

陳鉉嘖了一聲，三言兩語把朱雀街上的事說了，末了總結陳詞。「襄王有夢，神女無情，我倒不介意推他幾把。」

陳忠賢眉頭輕輕一挑，須臾間就明白了姪兒的用意，卻是笑道：「一個女人罷了！」

「英雄難過美人關！」陳鉉大笑。「伯父且看著，萬一我把事辦成了呢！伯父不是一直看好他？」

「他和楊炳義關係匪淺。」

陳鉉道：「可楊黨那群酸儒重文輕武，更看不上錦衣衛，他未必能被接受。眼下朝局，他若想單打獨鬥，只會死無葬身之地，勢必要尋一靠山。」

陳忠賢劃了劃杯盞，慢悠悠道：「陛下把金牌都給了他，今兒他又立了功，前途不可限量啊！」

皇帝突然昏迷，宮內一團亂麻，江樅陽不聲不響的拿著御賜金牌招來了中軍都督王澤，帶著神策衛守住了蓬萊殿。若是晚一些，說不得皇帝不想駕崩也得駕崩。

陳鉉神情倏爾一斂。「陛下與東宮越發離心了。」

「這心啊，早就離了。」陳忠賢不鹹不淡地道：「離了好啊，要是不離，待太子上位，你我可就吃不了兜著走了。」太子不喜閹人干政，光憑這一點，他就絕不能讓太子繼位。

更妙的是陛下也有此心。陛下唯二子，分別是皇后所出的太子與鄭貴妃所出的福王。太子年十七，生性懦弱，不得帝心；鄭貴妃寵冠後宮，福王年僅十歲，聰明伶俐，極得帝王喜愛。

皇帝早已有廢長立幼之心，只一則礙於禮法，二則太子正統，朝中不少大臣支持，尤其是凌淵，他做為太子太傅，自然力保太子。

說來他這些年青雲直上，與皇帝的刻意放縱不無關係，他就是皇帝扶持起來挾制凌淵的。

陳忠賢眉眼一展。「江樅陽那頭你就看著辦吧，若能收為己用自然大好，若不能那就盡早毀了去吧！」楊炳義與凌淵政見不合，但他支持的也是太子。

陳鉉臉色一正。「伯父放心。」

陳忠賢點了點頭，對這姪兒他向來放心，平常不著調，正事上從不出紕漏。說完正事，他就想起了私事，瞥他一眼。「這麼多年下來，你也胡鬧夠了，如今已是及冠之年，眼看著就要娶妻，人還是你自己挑的，那些花花心思就收一收。」

與白家那婚事一開始他就不答應，只陳鉉抬出了他娘，道他娘臨走前還惦記著這事，讓他務必要找到人家報恩，他才不得不點頭。

既然答應了婚事，那就好好過日子，起碼早日開枝散葉，他們老陳家可就只剩下陳鉉這棵獨苗苗了。

陳鉉十分沒形象地往椅子上一攤，抬頭望著頭頂的富貴花八寶宮燈，微微瞇起眼，懶洋洋一笑。「伯父放心，明年肯定讓你抱姪孫。」

「我可等著！」陳忠賢挑了挑眉。

七月十五中元節，佛門中人稱之為「盂蘭盆節」。在這一日，時人有祭亡人的習俗，除了焚紙錠，還會放河燈。

陸為陽，水為陰，這一日的河燈是為陰曹地府的鬼魂所燃，好照亮幽暗的黃泉路，讓他們順順利利托生。

洛家人自然不例外，每年這個時候，洛婉兮都會隨洛老夫人去祖墳祭奠。只現如今她們在京城，自然不能如往年一般，遂改為去寺廟祭拜祈福。

歷年何氏去的都是城外的白馬寺，這一年何氏一大早便帶著家人浩浩蕩蕩的出發。

到了寺外才發現她們來得並不算早，各色各樣的馬車、軟轎擠擠挨挨。

施氏對洛婉兮道：「這白馬寺的菩薩十分靈驗，遂上自達官顯貴，下至平民百姓都喜歡上這兒祈福。」

洛婉兮抿唇一笑，她自是知道的，早些年她也來過幾趟。

施氏卻不知道，她只覺洛婉兮姊弟倆第一次來，也是不想她太傷懷，今兒還要祭奠三房夫妻，遂她一路都在向洛婉兮介紹白馬寺。

待她說得七七八八，寶相莊嚴的白馬寺大門也出現在她們眼前。可入了寺廟卻不能馬上進大殿，因為大殿內有貴客，要封殿一刻鐘。

看一圈同樣被攔在外頭的香客，能被迎到這兒等候的皆是衣飾華麗者，非富即貴，再看一眼大殿外威風凜凜的侍衛，施氏低聲問何氏。「這是哪位貴胄？」好大的排場！

何氏將目光從侍衛身上收回，同樣壓低了聲音。「長平大長公主。」

施氏一驚，接著一臉了然，暗忖怪不得。

長平大長公主是當今聖上的姑姑，也是現存於世唯一的皇姑，在宗室內地位尊崇，夫家陸國公府還是開國至今一直屹立不倒的國公府，幾代人都執掌兵權。現下陸國公雖已榮養在家，然而長子並三子帶兵鎮守著西北邊關，其他姻親門生故舊更不必說，這夫妻二人是皇帝見了也得客客氣氣的人。

以長平大長公主的身分地位，別說封一刻鐘的大殿，就是封上一天，估計也沒人敢有怨言。只是不是說這位大長公主對佛道之事嗤之以鼻，怎的今兒居然來白馬寺了？

施氏心下奇怪，卻也知道這當口不是多問的時候，故壓下疑慮，不經意一抬眼，就見洛婉兮顏色如雪，眸底水光氤氳，心下一驚，忙問：「婉兮，妳怎麼了？」說著拉住她的手。

洛婉兮倏爾回神，垂下眼輕輕搖頭，甕聲甕氣道：「沒什麼。」

施氏哪裡肯信，只當她思及故去的父母，登時心疼，卻不好追問，以免引得她悲從中來，遂只能安撫地握了握她的手，無聲安慰。

這時，厚重的朱紅色殿門發出沈悶的吱呀聲，將外面所有人的目光吸引過去。

洛婉兮霍然抬頭，便見從兩個清秀的丫鬟之後走出一人，墨綠色鳳凰浣花錦衫，蝙蝠紋鑲琉璃珠簪，雍容尊貴，不怒自威。

望著對方髮間星星點點的白色，洛婉兮鼻子一酸，險些掉下淚來。

她趕緊低頭，嚥下即將逸出的嗚咽。

正在往外走的長平大長公主步伐一頓，若有所覺般往洛婉兮的方向看過來。

「母親？」扶著長平大長公主的世子夫人段氏疑惑抬頭。

長平大長公主收回視線，輕輕一搖頭。

當下，段氏便不再出聲，不經意發現兒子也望著那個方向，不由跟著看過去，一眼便認出何氏。兩人在各種場合見過幾回，但是並不熟，而何氏顯然沒到她需要特意過去打招呼的地步，故她略略頷首示意。

何氏也含笑點頭。

段氏收回目光，喚了一聲。「阿釗！」

被點名的陸釗扭頭就見他娘和祖母正看著他，只能摸著鼻子嘿嘿一笑，殷勤地湊上去扶住長平大長公主另一隻手，諂笑道：「祖母當心臺階。」

長平大長公主淡淡瞥他一眼。

陸釗的頭皮頓時一麻，在家裡他最怕的不是他那個威嚴霸氣的祖父，實際上那就是隻紙老虎，他怕的是連紙老虎也怕的祖母。

幸好，祖母大發善心放過了他，就著他的手繼續往下走。

一旁白馬寺的方丈抬手一引，帶著公主府一行人右行，很快就消失在眾人眼前，旋即大殿內的侍衛也緊隨而上。

直到這會兒，聚集在大殿內等候的人群才發出嗡嗡嗡的異響。

饒是施氏也鬆了一口氣，她並不是膽小之人，只不由被方才的氣氛影響，竟是大氣都不敢出。再看一圈，發現不少人如她這般，不免好笑。

見洛婉兮還低著頭，施氏輕輕推了推她的胳膊。「大長公主已經走了，咱們可以進殿了。」平時再穩重，到底還是個孩子，見到貴人不由心怯。

再抬頭，洛婉兮眼中淚光已經掩去，神色也恢復如常，她對施氏點了點頭。

一行人便依著順序進了大殿，請香、磕頭、祈福、上香。

輪到洛婉兮時，她跪在蒲團之上，望著上方悲天憫人的佛祖，想起了方才形同路人的家人，一滴淚毫無徵兆自眼角滑落。

死而復生到底是佛祖憐憫還是殘忍？自己又算是誰？

洛婉兮？陸婉兮？

被迎到法殿內的長平大長公主望著刻著「陸婉兮」之名的往生牌，幽幽開口。「前幾日我又夢見兮兮了，她哭著對我說——娘，我好冷！」

殿內霎時一靜，不少人無意識的顫了顫，覺得這幽暗的法殿忽然涼了起來。

「七月鬼門大開，方丈你說是不是兮兮回來尋我了？」長平大長公主的聲音無悲無喜，卻令不少人汗毛直立，尤其是幾個對陸婉兮這位姑姑並沒有什麼印象的小輩。

「逝者已逝，還請施主節哀。」方丈面不改色，目光悲憫的看著長平大長公主。

「我節不了哀。」長平大長公主淡淡道：「出家人五蘊皆空，方丈不會懂我這白髮人送黑髮人的痛！」

方丈眼中悲憫更盛，打了一個稽首。「阿彌陀佛。人生八苦，生老病死、怨憎會、愛別離、求不得、五陰熾盛。施主何必放不下？」

十月懷胎，瓜熟蒂落，看她牙牙學語，見她蹣跚學步，養她至亭亭玉立，含淚送她上花轎，卻在猝不及防間失去，還是以那樣慘烈的方式，她如何放得下？

長平大長公主眸光逐漸轉涼。「都說方丈是得道高僧，可超度亡人。今兒本宮前來，就是想讓方丈告訴本宮那苦命的孩兒，害她之人都已經死了。」

「阿彌陀佛！」方丈並殿內十幾位前來作法事的高僧不約而同誦起經來。

方丈道：「冤冤相報何時了！」

長平大長公主輕笑一聲。「本宮只知道殺人償命，天經地義！」

似是被她話中戾氣驚到，殿內又響起誦經聲。

片刻後誦聲停止，長平大長公主方繼續道：「方丈記得告訴那孩子，她大仇已報，莫要逗留，早日去投胎，切勿迷了路，認錯自家的門。若是還有心願未了，托夢於我，為娘定然替她完成。」

她已經好幾年沒有夢見那孩子，可自從進了七月，她不止一次夢見婉兮，每一次那孩子都哭著說冷，聽得她心也跟著涼了，這孩子是不是在陰間過得不好？

「超度可使逝者脫離苦難，功德圓滿，到達彼岸，並非通陰陽。陰陽有別，人鬼殊途，施主的要求恕老衲無能為力。阿彌陀佛！」方丈打了一個稽首。

聞言，長平大長公主眼角驟沉。「你不是得道高僧？」

段氏頓時嘴裡發苦，她聽婆婆說夢見了去世的小姑子，想著是七月了，便建議作一場法事超度一下小姑子。

她婆婆歷來對這些嗤之以鼻，然而自小姑子走了，婆婆抱著寧可信其有不可信其無的態度，從來不反對她替小姑子張羅生死忌日，以及清明、中元的祭奠，就連這次也沒有反對，還說要親自旁觀。只是段氏也不知道婆婆會提這般要求，她不是不信的嗎？

段氏硬著頭皮道：「超度只誦經祈福。」傳話什麼的那是神婆幹的，段氏也覺這些人都是坑蒙拐騙，不過她還是願意偶爾信一信，可這話教她怎麼說得出口？

眼見母親為難，陸靜怡連忙上前解圍。

對著親手養大的孫女，長平大長公主的怒氣才斂下，只不免鬱鬱，冷著一張臉。

旁人不禁噤若寒蟬，大氣不敢出。

第三十章

且說洛婉兮，祭拜完先人後，又帶著弟妹去寺廟東邊的天水河放荷花燈。

在京城有一種說法，年齡越小放的燈效果越好，因為乾淨。久而久之，這河燈便都是未成婚的少年少女、童男童女放，由他們在燈上寫上亡人的名字，好為逝者引路。

他們到時已經有數不清的白蓮河燈疏疏密密地漂蕩在天水河上，若是在上元節的夜晚，紅燭映碧水，燭光星光交相呼應，定是美不勝收。可在今天這樣的日子裡，尤其是在知道這一盞盞燈是為亡魂指路的情況下，細思恐極。

洛婉兮搖了搖頭，甩走腦子裡那些奇奇怪怪的想法，尋了一個人不多的地方，帶著弟妹們放河燈。

年紀小尚不懂其中意味的不免興致勃勃，只當玩樂，年長的表情則難免有些沈重。

洛婉兮找了個空檔，悄悄在一盞燈上寫上「洛婉兮」三個字，為真正的洛婉兮祭拜。

陸婉兮有人祭拜，可若是連她都忘了真正的洛婉兮，這小姑娘就真的無人惦念了。

親眼見著那燈漂走，且無人發現，洛婉兮沈鬱的心情略有些好轉，打算起身去看看洛鄴。只是剛起到一半就聽見一陣喧鬧，依稀分辨出「落水」二字，不由心頭一悸。

落水的乃長平大長公主的重孫，長房嫡長孫陸毓甯，小小孩童被救上岸時已經沒了呼吸。

循聲過來的洛婉兮正見一奶娘模樣的婦人將陸毓甯按在膝頭，頂著他的腹部倒水，然而頂了好幾下，陸毓甯都毫無知覺。

那婦人整個人都抖起來，滿臉天崩地裂的恐慌，險些抱不住陸毓甯。周圍公主府的下人一個個皆是面無人色，瑟瑟發抖，有幾個小丫鬟甚至害怕得哭了起來。

這時人群裡有人建議道：「把人倒立著抱起來試試。」

聞言，一婆子推開渾身無力、已經癱坐在地的奶娘，從她懷裡搶過小主子，頭朝下提起來不停抖著，想把腹內的水倒出來。然陸毓甯依舊慘白著一張圓乎乎小臉，雙目緊閉。

圍觀的人群中已經響起嗡嗡嗡的議論，不少人不忍地別開眼。

提著陸毓甯的婆子身子一軟，抱著小主子癱軟在地，張嘴大哭起來。不過一眼工夫沒看著，誰想竟然會出了事，大長公主定會揭了她們的皮！

「給我！」突然一個聲音道。

「姑娘！」柳枝心急如焚的望著推開人群擠進去的洛婉兮，嚇得一張臉都白了，這可不是鬧著玩的。

那嚎哭的婆子下意識鬆開手，淚眼矇矓中就見一個十分標緻的小姑娘抱走了小主子，哭聲一頓，才想起來問：「妳是誰？」忽地聲調一變。「妳要做什麼？」

救人刻不容緩，洛婉兮哪有心思替她解惑，一接過陸毓甯就將他平放在地。此刻她腦子裡一片空白，只剩下當年在江邊那位傳教士的手法。

時隔多年，原本應該淡卻的記憶卻在這一刻變得無比清晰。洛婉兮一手按著陸毓甯使他腦袋後仰，另一手上推下頦，並檢查他喉嚨裡是否有異物或嘔吐物。她記得那位傳教士說過，倒水法十分危險，很容易使溺水者誤吸嘔吐物，適得其反。

幸好陸毓甯口中並無異物，洛婉兮捏住陸毓甯的鼻頭，深吸一口氣後俯身為他渡氣。

圍觀人群中頓時響起一陣抽氣聲，陸毓甯雖不過是個三、四歲的孩童，可這一幕依舊帶給他們不小的衝擊，哪怕大家心裡明白這是為了救人。

公主府幾個下人見洛婉兮竟然如此褻瀆小主子，不由大怒，上前要阻止。

呆愣了一瞬的柳枝幾個見狀，連忙上前阻攔。

「別動！」三魂六魄少了一半的奶娘顫聲道，雙眼死死盯著似在渡氣的洛婉兮，猶如望著最後一塊浮木。小主子若有個三長兩短，她一家子都沒活路，就是這小姑娘也要被遷怒，她既然敢站出來，想來有幾分本事。無論如何，這是她一家老小唯一的活路，再也沒有比這更壞的事情可發生了！

渡了五次後，見孩子依舊毫無反應，洛婉兮一顆心不住往下沈，雙手微微開始顫抖，她深吸一口氣，咬了咬舌尖，告訴自己要鎮定。當年那傳教士能將那已經沒了呼吸的少年救回來，自己一定也可以的。

她飛快解開陸毓甯的衣服，雙手十指交叉按在他胸骨之間，向下用力按壓，大約三十次後，察覺到掌下傳來幾不可覺的起伏，不禁心頭狂喜，連忙為之渡氣，但見他胸廓明顯起伏，立刻放開捏著他鼻翼的手。

「哇——」閉著眼的小傢伙頓時睜開眼大哭起來。

這一聲落在公主府下人耳裡，無異於天籟之音。奶娘飛撲過去抱住小主子，一臉劫後重生的喜極而泣。「少爺、少爺！」

回應她的只有小傢伙撕心裂肺的哭聲。

脫力的洛婉兮瞧著涕泗橫流的小傢伙，忍不住翹了翹嘴角。就憑這哭功，絕對是小陸鐸的兒子。

「姑娘。」柳枝將披風披在洛婉兮身上，她領口和袖口都沾染了陸毓甯身上的水，已經濕了。見她一臉掩不住的喜悅，柳枝無奈之餘依舊心有餘悸，幸好陸小公子醒了，否則誰知道自家姑娘會不會被遷怒。

看清她眼底的擔憂，洛婉兮放在她手臂上的手微微使了點力，朝她安撫一笑。

當時她根本沒時間多想，可即使給她足夠的時間權衡利弊，她想自己也還是會救人的。那麼可愛的孩子要是夭折了，該有多可惜，家人又該會多傷心，白髮人送黑髮人這種痛，一次就足夠椎心了。

「多謝姑娘救了我家小主子！」稍稍安撫好小主子，奶娘才想起洛婉兮這個救命恩人，連忙跪下磕頭。

洛婉兮笑了笑。「舉手之勞，不必在意。」

她這一舉手，可是救了小主子並她一家子，奶娘如何能不在意？恨不能給她立一塊長生牌，早晚供奉。

近乎語無倫次的道謝一番，奶娘才問：「敢問姑娘府上是哪家，回去奴婢也好稟明主子。」

洛婉兮愣了愣。

柳枝趕緊道：「洛侍郎是我家姑娘的伯父。」大庭廣眾之下，姑娘家的名字豈能隨意透露，對方有心稍一打聽便能知曉。

奶娘點了點頭示意記下了。

「小孩子體弱，趕緊帶他回去換了濕衣服。」洛婉兮看著縮在丫鬟懷裡瑟瑟發抖的陸毓甯，開口道。

正咧著嘴哭的陸毓甯對上她的眼，哭聲乍停，又見洛婉兮對他柔柔一笑，目光似水，頓時更委屈了，一吸鼻子就張嘴嚎啕大哭，露出一排小白牙。

奶娘被他嚇了一跳，唯恐小主子哭出個好歹，趕忙向洛婉兮告辭，心急火燎的離開。

正主一走，留在原地的洛婉兮便被形色各異的目光洗禮了一遍，瞧得她不甚自在，也趕緊帶著弟妹離開。

回去的路上，洛鄂十分好奇洛婉兮那套救人的方法。

洛婉兮想這也沒什麼可隱瞞的，便道：「大約是九年前那會兒，父親帶我出門時遇見傳教士用此手法救下了一個溺水的少年，父親便上前與他攀談了幾句，那傳教士說如果已經沒了呼吸脈搏，常用的顛簸、倒掛、頂腹等倒水法並不可取，容易使人胃裡的食物堵塞咽喉，還耽擱時間。」

洛鄂一臉愕然。

見狀，洛婉兮笑了笑。當時她也被對方這一番話驚住了，實在是與多年來的認知大相徑庭。「他還說有這時間倒水，不如趕緊讓人恢復呼吸，只要能呼吸了，誰還在乎喝進去的那幾口水。」努力回憶了下後，她又道：「我記得他說的是什麼人工呼吸？胸外按壓？」

洛鄂半懂不懂，只回想方才不管是頂腹還是倒立都沒用，還是堂姊的方子起了作用，便道：「看來那傳教士說的倒有理。」只是不免驚世駭俗了一些，幸好今兒那小公子還是個奶娃娃，否則便是為了救人，堂姊也得被唾沫星子淹死。

洛婉兮點了點頭，當年洛三老爺請了城內幾位名醫參詳，也認為可取，還在江邊幾個村落推廣，她便也跟著學了一些，只礙於人倫，此法並沒有廣泛流傳。

閒話間，姊弟幾人便到了廂房，施氏見她裹著披風，不由奇怪道：「外頭起風了？」

洛婉兮搖了搖頭。

洛鄂想說不定過一會兒公主府的人就會過來，遂言簡意賅地將河邊之事說了。

施氏臉上是純粹的歡喜，將來洛婉兮未必要求公主府和陸國公府什麼，但是有這麼一份機緣在，百利無一害，尤其是在當下洛老夫人身子不怎麼好的情況下。思及此，施氏瞥一眼何氏。

何氏不動聲色，心裡卻是感慨這姪女竟有此機緣。又想她到底是赤子心腸，所以能在那樣的情況下挺身而出，還是為了攀上陸家寧可鋌而走險？

然而不管何氏心裡怎麼想，嘴上還是要讚揚。「救人一命勝造七級浮屠，妳做得極好。」

施氏愉悅而笑。「可不是，好人會有好報的，菩薩看著呢。」又道：「衣裳都濕了，趕緊去換下，可別著了涼。」

洛婉兮低頭淺淺一笑，向長輩福了福，去後室更衣。為了以防萬一，她們出門都會備上一套替換的衣物。

剛換好衣服出來，還沒坐下，洛婉兮就見一小丫鬟進來稟報。「大長公主府上的陸大少夫人來了。」

陸大少夫人藍氏便是陸毓甯的母親。

聞言何氏立時道：「還不趕緊請進來。」說著看一眼洛婉兮，這當口藍氏前來，無疑是衝著洛婉兮來的。

藍氏走進，只見她二十出頭，鵝蛋臉，柳眉杏眼，體態豐盈，氣度嫻雅，穿著一件蟹殼青色的錦衣，下著金絲白紋曇花雨絲錦裙，素雅端莊。

她一進門便對著洛婉兮揚唇一笑，各自見過禮後，藍氏對何氏情真意切道：「今兒多虧貴府四姑娘，要不是她仗義出手，我家甯哥兒凶多吉少。」

如今想來，藍氏依舊餘悸猶存。她嫁進陸家六年，就養了這一個兒子，她簡直不敢想像要是甯哥兒有個好歹，自己怎麼活，因此看向洛婉兮目光中的感激幾乎要溢出來。

「小公子吉人自有天相，便是沒有婉兮也能逢凶化吉。」何氏客氣道。

藍氏一愣，神情不由古怪地看著洛婉兮。「原來四姑娘閨名婉兮。」可真是巧了。

何氏自然明白藍氏愣怔是為何，那位大名鼎鼎的凌夫人也叫婉兮，那樣矜貴的出身又嫁了如意郎君，偏偏早早就香消玉殞，的確叫人惋惜。至於這姪女，哪怕心中不喜，何氏也得承認，模樣和心性都是一等一的，只可惜命太硬，無父無母，注定坎坷，看來婉兮這名著實不吉利！

藍氏低頭喝了一口茶，撫平心緒，神情更溫和，含笑道：「家中祖母和母親知道是四姑娘救了甯哥兒，直說要見見四姑娘，親自道謝，不知四姑娘可有空隨我走一趟？」

以大長公主的身分，便是派個下人來請也不為過，可藍氏還是親自來了，只為表現誠意。

洛婉兮腦子裡空白了一瞬，她設想過無數次見到母親的情況，唯獨沒有這一種。原以為自己會欣喜若狂，可在這一刻，歡喜之餘更多的是恐懼。

正窩在祖母懷裡吃著糕點的陸毓甯一見洛婉兮，眼睛立刻亮了一下，在段氏身上扭了扭，示意要下地。

滿目寵溺的段氏擦了擦他嘴角的細屑，撫著他的背示意他稍安勿躁。

面對這一屋子的「故人」，洛婉兮微微握緊了袖中的雙手，竭力穩住步伐，她覺得自己掩飾得很好，可在場的一些眼尖者還是發現了她的緊張，不過也並未多想。初來乍到的小姑娘，面見大長公主，不安在所難免。

洛婉兮定了定神，低眉斂目，屈膝一福。「民女見過大長公主、各位夫人！」

與她一道進來的藍氏心中暗暗點了個頭。得知洛婉兮閨名之後，藍氏頗為擔心她自報家門時會觸到大長公主那根心弦，畢竟小姑姑是大長公主不可觸碰的傷疤。

「起來吧。」長平大長公主清冷的聲音從上首傳來。

洛婉兮睫毛顫了一顫，恍若她此刻的心緒，緩緩起身。

坐在長平大長公主下首的世子夫人段氏這才放開懷中不安分的孫兒，小傢伙哧溜一下滑了下來，小跑到洛婉兮面前，抱著小拳頭有板有眼地作揖，奶聲奶氣道：「毓甯謝過姊姊救命之恩！」

平白降了兩個輩分的洛婉兮瞧著眼前圓嘟嘟的小傢伙，心頭泛柔，溫聲道：「小公子客氣了。」

陸毓甯撓了撓小腦袋，仰著頭好奇地看著她，突然張開手。「姊姊漂亮！抱抱！」

「噗哧！」屋裡接連響起好幾道笑聲，陸毓甯渾然不覺，還興奮的拍了拍手掌。「抱抱！」

洛婉兮一陣尷尬，倒不是不肯抱他，而是在這場合，似乎略顯輕狂，畢竟他們並不熟。

幸好藍氏上前幫洛婉兮解了圍，她彎下腰愛憐地點了點兒子的額頭。「這小傢伙看見漂亮的人就挪不動腳，也不知隨了誰。」說著一把抱起搗蛋的兒子，交給段氏。

被陸毓甯這麼一打岔，屋裡氣氛頓時鬆快了許多，饒是不苟言笑的長平大長公主神情也溫和了些，看著微垂著頭的洛婉兮，頷了頷首。「確是個標緻的小娘子！」罥煙黛眉，螓首垂額，清麗婉約。

洛婉兮心頭微微酸澀，她母親可是不輕易讚人容貌的，唯獨對著她毫不吝嗇那讚美之詞。她一直覺得當年自己那份自視甚高就是被她娘這麼養出來的。

洛婉兮飛快地眨了眨眼，壓下眼中澀意，再回神就聽見長平大長公主開門見山道：「妳救了甯哥兒，陸家欠妳一份恩情，妳有什麼要求盡可開口。」

這話並不在洛婉兮意料之外，母親向來就不愛欠人恩情，只是當被這麼對待的人成了自己時，難免有些百感交集。

見洛婉兮沈默，長平大長公主也不奇怪，這事說大也大，說小也小，不能當場決斷也是情有可原，遂道：「妳可回去好生想想，想好了再說，本宮說的話一直作數。」

「本宮」二字凍得洛婉兮的心微微一涼，讓她無比清晰地意識到現在的她只是個外人。什麼要求都可開口，若說希望您認回我也可以嗎？

親生骨肉，血脈相連，可她這一身骨血是洛家人給的。她覺得自己是陸婉兮，可洛家人覺得她是洛婉兮，若是她告訴大長公主，自己是陸婉兮，大長公主會信嗎？

洛婉兮心下一陣苦笑，大長公主定然會覺得她是為了攀附國公府和公主府的小人，而若她把娘兒倆的小秘密說出來，大長公主也許會將信將疑，然對她絕對不可能一如往昔，畢竟她們之間再無血脈關係。

「家中老祖母五月裡中了風，至今還口不能言，不良於行，聽聞公主府的御醫十分擅長此症，遂我想斗膽請長公主開恩，請御醫為我祖母調理身子。」

當年陸老夫人也有洛老夫人的症狀，就是在黃御醫的調理下恢復健康的。洛婉兮一直想請黃御醫替洛老夫人瞧一瞧，只是公主府的御醫比皇宮裡的御醫還難求，眼下倒是有機會了。

這般也好，她寧願與公主府毫無瓜葛，也不想因為恩情維持聯繫。

聞言，長平大長公主看向洛婉兮的目光不覺溫和。在洛婉兮來之前，她就讓人略略打聽了一下，她知道這小丫頭閨名也是婉兮，還知道她父母雙亡，帶著一個幼弟寄居在伯父府上，就連她退過親都知道。

洛婉兮進門請安時略過自己的名字，長平大長公主便高看她一眼，畢竟有多少人曾打著「婉兮」的名頭湊上來，希望她能移情，簡直蠢不可及！

再聽她不為自己而是替祖母求醫，不管這丫頭是一片純孝還是以退為進，長平大長公主都欣賞，她喜歡孝順的人和聰明人。

「明天就讓黃御醫到府上，就是宮裡的御醫，本宮也會多派幾個過去，盡力為妳祖母治療，只是結果如何並不能保證。」

洛婉兮斂膝福了福，感激道：「多謝殿下。」她不想在此地久留，恐自己忍不住做出什麼不理智的事情來，遂露出一抹明顯的侷促之色。

段氏見狀便道：「今兒我們就不多留妳了，有空了可以來公主府玩耍。」說著摸了摸小孫兒的腦袋。「甯哥兒十分喜歡妳呢！」

陸毓甯十分應景地露出一抹燦笑。「姊姊來玩！」

洛婉兮微微一笑，並不答話。

第三十一章

藍氏起身送洛婉兮出去，十分客氣地一路送到了路口，洛婉兮再三推拒都沒能阻止。

藍氏瞧著她掩不住的心緒不寧，倒有那麼點不好意思。本來是感謝人家，瞧把人嚇得……可誰叫大長公主氣勢太盛，便是她自己也有些打怵這位太婆婆。

這般想著，藍氏說話的語氣更柔。「四姑娘莫要多想，其實大長公主頗為喜歡妳，只是公主殿下她生性威嚴，並不喜笑。」

洛婉兮扯了扯嘴角，以前很多人說她母親威嚴，可她從不覺得，如今可算是切身體會到了。

理了理心情後，洛婉兮道：「讓少夫人擔心了，我初見殿下，難免有些緊張，倒是讓您笑話了。」

「我第一次見公主殿下時還沒妳鎮定呢。」藍氏說笑了一句，又拉起洛婉兮的手握了握，情真意切。「姑娘救了我兒，這份大恩大德沒齒難忘。」

洛婉兮忙道：「少夫人這話可就折殺我了，再說公主答應派人治我祖母的病，便是有什麼恩情也兩清了。」

「不能這麼算的。」藍氏搖了搖頭。「總之我欠妳一份恩情，日後妳若遇上什麼難事，但凡我能幫的定不推辭。」孤女弱弟，唯一的老祖母還病重，光想藍氏就能明白她的處境。

洛婉兮張了張嘴，藍氏卻不給她開口的機會，道：「我離開有一會兒了，得回去了。」說罷對洛婉兮頷首示意，帶著人離去。

她一走，憋了一路的桃枝才忍不住開口。「陸大少奶奶真是個好人。」桃枝的世界十分簡單，對她家姑娘好的就是好人。

洛婉兮笑了下，母親精挑細選的嫡長孫媳，能不好嗎？

「姑娘，公主殿下對您說了什麼？」桃枝十分好奇，洛婉兮是隻身一人入屋的，下人都被攔在外頭。

洛婉兮隨意道：「左右是替小公子道謝。」復又笑。「倒是有一樁好事，公主答應派黃御醫為祖母調理身子。」

聞言，桃枝喜形於色，雙手合十唸了一句佛。「果然是好人有好報啊！」

柳枝歡喜的同時不由擔心，自從遇到公主府的人，她就覺得姑娘有些古怪，見過陸家人後更是多了一分黯然，只是她思前想後也不明白洛婉兮為何如此失常。

觸及柳枝的目光，洛婉兮也覺自己反常了，輕輕吐出一口氣，笑道：「好了，咱們回——」說到一半，她突然愣住，怔怔地望著迎面走來的人。

陸婉清得意地一勾嘴角，尤其是在看清洛婉兮的容貌之後。

陸六夫人見洛婉兮看女兒看呆了眼，也是忍不住心中愉悅。比起她女兒，這小姑娘美則美矣，卻是寡淡了些，哪裡及得上她女兒明豔不可方物？

再看女兒，陸六夫人眼底光芒璀璨，他們六房能否崛起就看女兒了，她相信就憑女兒這容貌，早晚有那一天的。

各懷心思的兩批人擦肩而過，桃枝見洛婉兮還在發怔，不由輕輕碰了下她的胳膊，輕喚道：「姑娘？」

洛婉兮回過神來，霍然轉身望著漸行漸遠的陸婉清，終於發覺那一瞬間的違和感從何而來。

陸婉清的衣裳首飾並非時下京城流行的風格，而是帶著早年的痕跡。

她臉色微微一變，陸婉清在模仿她？

發現她們往長平大長公主方向而去時，洛婉兮臉上起了一層寒霜，一股難以言說的憤怒和酸澀從心底噴湧而起。

「姑娘？」柳枝一把拉住洛婉兮。

洛婉兮一個激靈清醒過來，低頭看著自己跨出的腳，雙手輕輕抖起來，她想做什麼？

柳枝見主子突然摀住了臉，大驚失色。「姑娘您怎麼了？」

「我有些不舒服，我們早些回去吧！」洛婉兮甕聲甕氣的聲音從掌心下傳來。

柳枝不禁狐疑。

洛婉兮放下覆在臉上的手，露出一張如常的臉──如果忽略她身上縈繞不去的沈鬱的話。

桃枝張了張嘴，被柳枝在袖底下拉了拉手，又趕緊閉上嘴。

陸六夫人和陸婉清一聽說陸毓甯落水，連忙趕來慰問，卻被攔在了廂房外。滿臉擔憂的陸六夫人對許嬤嬤道：「聽說甯哥兒落水了，可是要緊？」

許嬤嬤微笑道：「多謝六夫人掛心，小少爺有驚無險，現下已經睡著了。」

陸六夫人拍了拍胸口，一臉的慶幸，連連道：「那就好、那就好，可是嚇壞我了。」又雙手合十拜了拜。「多謝菩薩保佑！」

「對了，大嫂她們擔心壞了吧，我得進去看看。」說著陸六夫人就帶著女兒要進去。

許嬤嬤上前一步攔在陸六夫人面前，頂著一張無懈可擊的笑臉。「殿下和幾位夫人受了驚，現下並不想見客。六夫人的心意，奴婢定然替您轉達。」

陸六夫人那一臉的擔憂頓時凝結在臉上，顯得十分滑稽。

「嬤嬤這話說得可見外了，大伯母不想見客，難道我們也是客？」陸婉清抬起臉看著許嬤嬤。

望著這張熟悉的臉，許嬤嬤明顯怔了怔，陸婉清眼底則閃過一絲笑意。

捕捉到那抹笑意，許嬤嬤瞬間回神，又留意到她的打扮，神情倏爾端凝。看起來再像又如何，不過是個殼罷了！

早些年她還希望陸婉清能讓長平大長公主從喪女之痛中走出來，不過很快她就發現自己大錯特錯。

大長公主對陸婉清有幾年確實不錯，特別是七姑娘出閣那兩年。那時陸婉清也不過五、六歲，正是玉雪可愛的年紀，大長公主恨不能七姑娘永遠是個小娃娃，好一輩子養在跟前，見了陸婉清自然歡喜。

後來，七姑娘走了，多少人以為陸婉清能飛上枝頭，哪想大長公主瞬間就冷落了陸婉清，令一干人等摸不著頭腦。

尤其是六房，陸六夫人更是著了魔似的讓陸婉清學七姑娘，一應喜好、習慣都朝七姑娘看齊，時不時在大長公主跟前出現，終於惹怒了大長公主，一家子都被弄去南疆吸瘴氣。

外人猜測大長公主是不想觸景生情，可許嬤嬤琢磨過來。大長公主這是憤怒，憤怒六房想將七姑娘取而代之。

可惜六房不明白，好不容易回來了，還是不死心。幸好大長公主也沒了剛喪女那會兒的暴怒，只當六房不存在，反正已經分家，她不想見，一年都見不上一回。

「分了家可不就是客了？」許嬤嬤頗為不客氣地回了一句，可望著陸婉清的臉，到底做不到像大長公主那般清醒，還是忍不住提醒了一句。「在殿下心裡，七姑娘是任何人都無法替代的。」

陸婉清被說中心思，不禁惱羞成怒，一甩衣袖嬌斥：「放肆！妳在胡說八道什麼？什麼替代不替代，我不過是擔心大伯母，想安慰她老人家，妳這刁奴卻在這兒夾槍帶棍，還敢攀扯故去的七姊，我定然要大伯母懲治妳這目無尊卑的惡奴！」說著一推許嬤嬤就要往裡硬闖，她相信只要大長公主見了她，必定會移情。

母親可是說了，她與死去的七堂姊有八分相似，大長公主如此疼愛堂姊，見了她豈會不憐惜？就是因為這些刁奴怕大長公主觸景傷情，所以屢屢壞她好事。

還有一點不可為人道的心思則是，母親總說七堂姊性子霸道，脾氣上來，大伯父和公主都沒轍，說不定自己硬闖進去，就觸動了大伯母的心弦。

陸六夫人被膽大包天的女兒駭了一跳，嚇得面無血色，瞥見許嬤嬤沈下臉，幾欲魂飛魄散，以一種完全不符合身分的矯健一把扯過女兒，近乎討好的對許嬤嬤賠笑道：「清兒被我寵壞了，嬤嬤別和她一般見識，我們就不打擾公主了。」

望著母親臉上的討好笑容，陸婉清愣住了，連掙扎都忘了，臉上是毫不掩飾的震驚。

許嬤嬤抿了抿嘴角。「老奴不敢。六夫人、十五姑娘慢走。」

陸六夫人乾巴巴一笑，拖著失了魂似的女兒立刻離開，好似晚走一步就會出大事一般。

走出去好一段，被日頭一曬，陸婉清霍然回神，當即暴跳如雷，想起母親竟然向一個下人低聲下氣，只覺臉被人丟在地上踩，氣得聲音都在顫抖。「娘，妳怎麼會！妳——」

陸六夫人心裡也不好受，尤其是女兒如此模樣更是令她的心如針扎似的疼，可她能怎麼辦？

丈夫只是個庶出，還是個不爭氣的，吃喝嫖賭俱全，兩個兒子也像他們的爹，一家子只能依附著國公府過活。

打狗看主人，她怎麼敢得罪許嬤嬤？

忍著滿嘴苦澀，陸六夫人對女兒道：「她要是在公主面前說妳一句壞話，豈不壞事？」見女兒容色稍霽，拍了拍她的手。「待妳入了大長公主的眼，想收拾她還不是妳一句話的工夫。」

得了大長公主的眼，她們六房才算能翻身，若是女兒再能嫁給凌淵，那他們一家子就能揚眉吐氣，從此再也不用仰人鼻息。

只要一想到這，陸六夫人才覺得這日子有盼頭了。

陸婉清心情方好轉，又憒憒地跺了跺腳。「可我連公主的面都見不了！娘，您說的法子真的有用嗎？」

她忐忑不安的摸著自己的臉，她都十八了，連門婚事都還沒有。不期然間眼前浮現凌淵那張清冷高華的臉，忍著羞臊壓低了聲音問：「娘，我真的能嫁給姊夫嗎？」

「當然！」陸六夫人斬釘截鐵的回答，她凝望著女兒嬌俏如花的臉蛋，喃喃道：「那些凡夫俗子哪裡配得上妳，我們清兒是注定要做人上人的。」

她女兒會風風光光的活著，享她陸婉兮都享不了的福！陸六夫人眼神逐漸堅定。

這幾天，一連串的打擊令洛婉兮心情鬱鬱，尤其是想起陸婉清。她不由在腦海中描繪兩人「母慈女孝」的畫面，一顆心頓時泡在了醋缸裡。

洛鄴打小就敏感，發覺姊姊神色異常，怯怯地拉著她的衣袖，小聲喚道：「阿姊？」

打翻了醋桶的洛婉兮被他拉回神來，對上弟弟忐忑的小臉，不由一陣自責，暫時拋開那些亂七八糟的心事，伸手將洛鄴摟到身邊。

「阿姊不高興？」洛鄴仰著臉問。

洛婉兮搖了搖頭。「阿姊只是累了。」隨手拿起馬車案几上的團扇搧了搧，見洛鄴一張小臉還是憂心忡忡，心念一動，指尖一挑，團扇就在指上旋轉起來，登時洛鄴的注意力全被吸引過去。

洛婉兮嘴角一彎，她就知道這招百試百靈。

玩鬧間，馬車忽然停下，柳枝打起簾子出去一問，須臾後回來道：「姑娘，遇上了貴人，需要讓道。」

好不容易把弟弟哄得高興的洛婉兮並沒有追問是哪家貴人，天子腳下，皇孫貴胄比比皆是，雖洛大老爺地位不低，但是比他高的不下一百。

「你看，你的手指要這樣……」洛婉兮繼續專心致志的教洛鄴怎麼轉扇子。

馬車外，突如其來的一陣風吹起了窗前紗簾，在轎中閉目養神的凌淵緩緩睜開眼，不經意側過臉。

旋轉的團扇、嘴角含笑眉眼溫柔的女孩、一臉驚奇歡喜的孩童就這麼猝不及防映入眼簾，與記憶裡那個蟬鳴聲聲的夏日傍晚重疊——

「手放在這兒，只用一點點力氣就好。」清泉般的聲音緩緩響起。

十指胖乎乎的小傢伙失敗了一次又一次，終於委屈大哭。「姑姑，我是不是太笨了？」

明媚如花的女子抱起胖嘟嘟的小傢伙，親了親他軟嫩的臉蛋，聲音溫柔似水。「乖，不哭，我們阿釗才不笨！嗯……你看你姑父那麼大一個人都不會，他才是大笨蛋！等我們阿釗長大了，肯定能學會。」

小傢伙抽抽噎噎地問：「真的嗎？」

「當然！」

「哇——」

遠處一道嘹亮的哭聲響徹雲霄，驚得凌淵從回憶裡倏爾醒來。他望著眼前天青色的紗簾，不知何時浮現在臉上的笑意一點點冷卻，只剩下一片冷清。

「大人，」護衛恭敬的聲音傳來。「到了。」

凌淵從轎子裡走出來，浩渺無邊的湖面上漂著一盞又一盞的荷花燈。平日裡熱鬧非凡的碼頭，此刻卻只有零星幾人。

黃昏，逢魔時刻，傳說也是鬼門大開時，在外遊蕩的鬼魂都會前來為自己尋一盞指路的燈。若非萬不得已，誰也不會在這時候靠近漂蕩著河燈的水邊，唯恐被一併帶走。

碼頭上泊著一艘長約七丈、寬約兩丈的雙層大船，船身弧線優美，浮雕祥雲，二層是一飛簷翹角、玲瓏精緻的四角亭。凌淵抬腳上船，片刻後，船隻拔錨起航，緩緩駛向湖心，大約一炷香的工夫後，停在湖中央。

一群身穿金絲銀線道袍的道士從船艙內魚貫而出，在甲板上設壇建醮，不一會兒，香案之上香爐、燭檯、花、燈等供器一一齊備，兩邊幢幡迎風飄揚。

二樓四角亭內，凌淵面無表情地俯視樓下的道場。煙霧繚繞中，鐃、鐺、鑔、螺齊響，高功旋繞香案，一邊用著古怪的腔調頌詞。

「這世上真有鬼魂？」

「信則有，不信則無。」說話的男子穿著一件不起眼的八卦衣，與甲板上的小道士一般無二，卻是神態飄逸，氣質超凡脫俗，比那甲板上主持法事的高功還仙風道骨。

凌淵眺望湖面上明滅的燈火，聲音不疾不徐。「我倒是希望有。」循著他的目光，無為道長也看見那一湖的河燈，若真有鬼魂，那這裡起碼得有幾百上千。他咧了咧嘴角，那他們可就有命來無命回了，畢竟他們可不是什麼好人。

無為道長又不著痕跡的瞥了眼下面的道場，沈默不語。

收回遠眺的視線，凌淵垂下眼簾，目不轉睛地看著甲板上正在進行的法事，領頭的高功搖著銅鈴，空靈的鈴鐺聲迴蕩在醉人的黃昏裡。

良久後，凌淵淡淡開口。「道長似乎在陛下那兒失寵了？」

無為道長古怪一笑。「陛下上次差點被丹藥噎死，大抵是心有餘悸，近日裡對修仙之事逐漸不再上心了。」

凌淵意味不明地喃喃道：「是嗎？」

無為道長微微一笑，啟唇道：「陛下倒是對貴妃越發上心了，然只怕是有心無力。」

凌淵嘴角揚起一抹淡笑。

無為道長甩了甩手中拂塵，笑得高深莫測。「老道手裡倒是有一妙方，名曰『紅丸』，想來能為陛下分憂解難。」

凌淵輕呵一聲，食指輕叩欄杆，一下又一下，發出「篤篤篤」的脆響，令無為道長沒來由的心頭一悸，繃緊了神經。

「那就辛苦道長了。」半晌後，凌淵不急不緩地說了聲。

無為道長鬆了一口氣。「老道分內之事！」

待夕陽被地平線吞沒，萬丈霞光趨於黯淡，甲板上的對話才進入尾聲。

「道長下去休息吧！」凌淵道。

無為道長一擺拂塵，打了個稽首後告退，四角亭內獨留凌淵一人，形單影隻，涼涼的湖風吹得他衣袍獵獵作響。

夜色一點一點鋪滿天空，下面的法事方結束，作法的道士紛紛退下，甲板上唯留下空蕩蕩的法壇。

凌淵緩緩踱步至香案前，目光之內，烏木做的牌位在月色下泛出冷冷的幽光。

「大人，有一艘小船向我們駛來！」

凌淵漠然道：「趕走。」

屬下領命而去，片刻後傳來喧譁聲，凌淵眉心微皺，面露不豫。「怎麼回事？」

見凌淵高大挺拔的身影在欄杆後出現，小船上的陸婉清揚起一抹嬌笑。「姊夫！」

她望了望兩艘船之間的湖水，橫下心，激動地往前走了幾步，不小心墜入湖中。

所有的心理準備在被爭先恐後湧來的湖水包圍下蕩然無存，此時此刻陸婉清只剩下求生的本能。她在水中劇烈掙扎，漂亮的臉蛋因為恐懼和嗆水而徹底扭曲變形。

船上的凌淵臉色劇變，手撐欄杆，一躍而下。

第三十二章

虛幻與現實在這一刻交織，凌淵已經分不清哪一邊是真哪一邊是假，唯有手掌中那股溫軟的觸感無比真實。

幻想了無數次的美夢終於成真——十一年前那一天他及時趕到，自未央湖底救起了婉兮，她伏在他懷裡大哭，訴說著她的委屈與恐懼。

巨大的歡喜席捲全身，令他耳畔轟鳴，全身戰慄。他緊緊抱著懷裡的人，猶如懷抱失而復得的珍寶，聲音柔軟得不可思議。「兮子別怕。」

瑟瑟發抖的陸婉清伏在凌淵胸口，知道自己賭對了，這計謀雖然看似冒險，卻極有可能成功。堂姊就是淹死的，她與堂姊長得這般相似，特意來湖中為堂姊作法事的凌淵見她落水，豈能無動無衷？

一旦凌淵救了她，自然要給她一個說法，好歹她是陸家的女兒，哪怕是妾，自己也認了，憑她這副容貌，她就不信攏不住凌淵的心。

只未想凌淵反應會如此之大，待聽清他那一聲含著無限情意的「兮子」，陸婉清心中既甜且酸，甜的是凌淵將她當成了堂姊，代表自己的計謀成功，酸的便是女兒家的小心思了。

然而很快陸婉清就無暇多想，凌淵猶如鐵鉗的雙手緊緊箍著她，力氣越來越大，似乎要將她嵌入骨血之中。

她忍不住輕呼：「姊夫你弄疼我了！」

話音未落，陸婉清就察覺到抱著她的雙手鬆了，甚至連氣氛都凝滯起來。她心裡湧上不祥的預感，忐忑地抬眸，直直對上凌淵的臉，當即骨寒毛豎。

那是一張震怒到極點的臉，猙獰肅殺，眼底的暴戾如翻江倒海。

被他這麼盯著，陸婉清只覺一股寒意從骨頭縫裡冒出來，凍得渾身血液凝結，她忍不住打了個寒噤，抖如篩糠，顫巍巍地開口。「姊夫——呃！」

凌淵單手扼住陸婉清纖細的脖頸，清雋英挺的面容在月色下顯得晦暗陰鬱，眼底沒有丁點亮光。

陸婉清的雙眼因為驚恐和痛苦猛然睜大，死命去拉扯凌淵的手，然而那隻手卻如同銅牆鐵壁一般，哪怕手背上被撓出血絲也沒有鬆開一分一毫。

「姊……夫……」她只能張大嘴貪婪地呼吸，可吸進去的空氣越來越少，漸漸的，那張嬌媚如花的臉上浮現紫脹之色，掙扎的動作慢慢變小。

凌淵垂眼，面無表情地看著呼吸微弱的陸婉清。

有那麼一瞬間，他真以為自己救起的是婉兮，可那終究是不堪一擊的美夢，輕而易舉就被戳破，徒留下滿心空洞。

之前他有多歡喜，此刻便有多憤怒。怒自己無能，怒為什麼陸婉清能活著被救起，婉兮卻不能。

忽然，凌淵鬆了鬆手。

出氣多進氣少的陸婉清頓時抽搐了幾下，毛骨悚然地看著凌淵，憑著本能，手腳並用地往後爬。

他想殺了她！他是真的想殺了她！他會殺了她的！

所有的旖念和野心都在這一刻瓦解，她還那麼年輕，她只想活下去！突然，爬出去幾步的陸婉清覺得眼前一花。

凌淵揪著她的衣領一把將人提離甲板。

陸婉清發出一聲嘶啞的驚叫，雙腳在半空中胡亂踢蹬。再發現凌淵拎著自己走向船邊，猜測出他的意圖後，她用盡渾身力氣掙扎尖叫。

凌淵充耳不聞，只垂眸望著水面上的幾盞河燈。「都說溺水而亡之人要尋一替死鬼，方能轉世投胎。妳既如此像她，不妨替她待在水裡，也好令她解脫。」他語調溫柔得如同情人的呢喃，可眼底卻挾著令人心悸的陰森。

陸婉清驚駭欲絕，涕泗橫流地嘶聲道：「不要……我不想死，姊夫你放過我吧……我不敢了，我再也不敢了！」

凌淵依舊不為所動，徑直走向船邊，腳步又穩又快，恍若手裡提的只是一個輕飄飄的木偶。

德坤起先當作是看笑話，陸家這位十五姑娘手段委實下作，先夫人溺水而亡本就是大人心裡一道傷疤，至今還在流血，她竟連這都敢利用。後看大人是真的動了殺意，驚得一愣，終於在陸婉清慘絕人寰的尖叫聲中回神，忙上前道：「大人，陸國公那兒怕是不好交代。」

打狗看主人，陸婉清好歹是老國公的親姪女兒。

懸空在湖面上的陸婉清鼻涕眼淚糊成一團，聞言如遇救星，嘴裡含含糊糊的叫起來。「大伯父救我！」接著又喊：「七姊救我！」那模樣像是嚇傻了。

凌淵的手微微一顫，平靜的面龐上出現一絲波動。

這一刻，陸婉清有如神助，痛哭流涕。「七姊要是知道你這麼對我，她一定會生氣的，七姊會生氣的，她一定會生氣的！」

凌淵神情依舊淡淡的，可眉目間的煞氣和寒意卻在緩緩消退。

看清他神情的變化，陸婉清忍不住神情一鬆，然而很快就被驚恐取代，失重的感覺令她放聲尖叫。

「撲通」一聲，湖面上水花四濺。

凌淵冷冷地看一眼在水中掙扎的陸婉清，毫不猶豫的轉身離去。

德坤看了看頭也不回的主子，朝對面船上嚇傻了的一干人等喊：「傻愣著做什麼，還不救人！」救錯了人再把人扔回去，也只有他家大人敢做！

被一連串事故震懾住的陸家六房下人這才恍然回神，派人營救自家姑娘。

身後巨大的動靜也沒有讓凌淵駐足，直到他踢到一盞方才混亂之中一起帶上來的河燈。

他目光一凝，揮退要撿燈的屬下，親自俯身撿起那盞殘缺的荷花燈，寫在燈罩內的名字依舊清晰可見。

「洛婉兮？」瞳孔微不可察的一縮，七月十五的河燈上只能寫亡人的名字。

德坤正不明所以，瞄見那燈籠上的名字後恍然大悟，心下百感交集。

因為陸婉清長得形似先夫人，大人觸景生情，想也不想就跳下去救人，眼下就連一盞同名的河燈都能讓他失神。哪怕先夫人走了十一年，大人還是放不下，反而越陷越深，幾近執念了。

德坤幽幽一嘆，目光中帶著幾不可見的憐憫，曾經有多美好，現在就有多痛。

長平大長公主府內，許嬤嬤躡手躡腳的打起簾子進了屋，就見大長公主閉目躺在紫玉珊瑚屏軟榻上，兩個小丫鬟跪在腳踏上拿著美人錘輕輕敲著腿。

「殿下。」許嬤嬤輕喚一聲。

長平大長公主徐徐睜開眼，看向許嬤嬤。

「淩大人派人來了。」許嬤嬤道。

「什麼事？」長平大長公主漫不經心地問，到了她這把年紀和地位，已經沒什麼事值得她上心了。

「事關十五姑娘，」許嬤嬤覷著長平大長公主的臉色，緩緩把事情的來龍去脈說了。「十五姑娘故意跳入湖……淩大人的意思是，這一次看在您和老國公的分上，不與十五姑娘計較，再有下次他就不會手下留情了。」

聽罷，長平大長公主冷笑一聲。「不知廉恥的東西，怎麼沒淹死了她！」

許嬤嬤垂首不語，不管陸婉清有再多不是，那也是主子。

「好人不長命，禍害遺千年！」長平大長公主的聲音裡多了一絲咬牙切齒的不甘。

許嬤嬤臉上閃過一絲悲意，又聽長平大長公主問：「陸婉清人呢？」

許嬤嬤回話。「就在咱們府上，以落水受驚、昏迷不醒的名義送過來的，當時在場的下人也都在。」

「可有外人看見這事？」長平大長公主又問。

「來人說凌大人都安排妥當了，萬不會洩漏風聲。」便是洩漏出去，這種事沒發生在眾目睽睽之下，以凌陸兩家的威望，誰敢捕風捉影嚼舌根？

長平大長公主點了點頭。想來也是，要是這點小事都辦不好，凌淵這內閣首輔也別當了。

沈吟片刻後，大長公主淡淡道：「十五染了怪病，要去南邊調養，過幾日就送她過去吧。」若是旁人做出這等噁心人的事，她早就一碗藥下去了結了，只是想起那張臉，到底狠不下心，就當是為女兒積陰德了。想了想又道：「老六家的最疼這個女兒，就讓她親自過去照顧十五吧。」

許嬤嬤暗自唏噓了一聲，不是沒勸過六房這母女倆，讓她們別自作聰明，她們那點心思，以為誰不知道，只不過是沒觸及底線，懶怠搭理她們罷了。不想她們如此膽大包天，這下終於踢到了鐵板，還一次惹到兩人，好言難勸該死鬼。

時隔七、八日，洛婉好再一次過來探望老祖母。

她端詳著洛老夫人的氣色，喜形於色。「祖母的精神比我前幾日來的時候好多了呢。」這才多久，老夫人的氣色就有了顯著變化，可見這公主府的黃御醫果然醫術了得。

一旁的洛婉兮也道：「是啊，祖母胃口也好了許多，今早還吃了一整碗小米粥。」

望著她臉上純粹生動的歡喜，洛婉妤心頭泛柔。她在洛老夫人跟前養過幾年，祖孫感情非同一般，見洛婉兮一片孝心豈能不高興，尤其洛老夫人的好轉是因為她。

洛婉兮被她瞧得不好意思，低了低頭。「大姊看我做什麼？」

「自然是看妳好看。」洛婉妤促狹地望著臉紅的堂妹。眉黛如山，翦水秋瞳，白玉般的臉上一抹緋色，恍若霞光，瑩瑩生輝，可真是個不可多得的美人。

她心裡微微一動，便想起此行前來的另一個目的，之後便不免有些走神。

洛婉兮瞧著她似乎有什麼話要對洛老夫人說，遂尋了個更衣的藉口離開。她對洛婉妤印象不錯，知書達禮，爽快俐落，又孝順祖母。

洛婉兮一走，洛婉妤就忍不住一笑，可真是個水晶心肝兒。她轉頭對靠在床上的洛老夫人溫聲道：「祖母，我和您說件事，您可不能著急啊！」

洛老夫人瞧了瞧她含笑的臉，輕輕點頭。

「上回您說四妹妹的婚事有眉目了，可是定了？」洛婉妤知道老祖母這輩子最放心不下的便是三房這對姊弟，尤其是洛婉兮的婚事，姑娘家花期就這麼幾年，錯過就追不回來了。

想起這個，洛婉妤就忍不住想到自己那糟心的胞妹。一開始她並不知道發生在臨安的事，只看洛婉如進了家廟就知道定是她惹禍了。自己問母親，母親不肯說，她只好去問洛郅。在這弟弟心中，她頗有威望，逼問幾回就問出了真相，差點氣了個倒仰，還跑回娘家將何氏數落了一通。

洛婉如犯渾，何氏竟然也跟著糊塗，她們怎麼做得出來？她簡直不敢想這些事傳出去，母親和妹妹以後怎麼做人，就是父親、弟弟們走出去都沒臉！

可大錯已經鑄成，洛婉如也受到了懲罰，再說什麼也是於事無補，洛婉妤就想替母妹補償洛婉兮。

頭一個想到的就是洛婉兮的婚事，只是她去信問了，洛老夫人說她自有打算，自己便沒插手。直到洛老夫人進京病倒，也沒傳出後續消息，她才不免多嘴問一聲。

問完，就見洛老夫人眸光黯淡下來，洛婉妤便知道那樁婚事果然黃了。她暗嘆了一回，握住洛老夫人的手柔聲道：「我這兒倒是有兩家來打聽妹妹的消息，祖母不妨先聽聽。」

這兩家都是這幾日拐彎抹角找上來打聽消息的，洛婉妤心裡清楚，暗地裡相看估計有一陣了，如今會下定決心，應與洛婉兮救了公主府小公子那事密不可分，尤其是在發現公主府十分看重她這個恩人後。

其實這點並沒有什麼可指責的，他們這樣的人家，婚姻本就是權衡利弊下的結果。

洛老夫人的眼又亮起來，她知道能被大孫女拿到她跟前來說，男方必然不會太差，只是想起洛婉兮那要求，洛老夫人心裡並沒有抱很大的希望，但她還是朝洛婉妤點了點頭。

「這第一家是清平伯府二房的嫡次子。」見洛老夫人滿目茫然，洛婉妤將清平伯府的情況娓娓道來。清平伯府在京城比上不足比下有餘，府上沒什麼特別有能耐的顯貴，但都有個一官半職，一家子風評也尚好。那位二房嫡次子今年十六，正在國子監求學，據打聽來的消息是個上進的。

見洛老夫人無甚反應，洛婉妤一時也琢磨不出她是滿意還是不滿意，只得繼續說第二人。「這第二家是國子監祭酒家的嫡幼子，也在國子監裡讀書，今年十七。」接著又把背景介紹了一遍。

從她言辭裡，洛老夫人聽出洛婉妤更偏向國子監家的嫡幼子。說句公道話，這兩家配洛婉兮並不辱沒，畢竟她父母雙亡。

要叫洛老夫人自己選，她也更喜歡國子監祭酒這一家書香門第。然想起孫女，洛老夫人並不敢自作主張，洛婉兮是個有主意的，總要問一問她的意見，遂她吃力地在洛婉妤手心裡寫下「考慮」兩字。

「我明白，婚姻大事自然要慎重考慮，那邊也沒說馬上要答覆，祖母不必著急。」說著洛婉妤又問：「四妹那兒要不要我跟她說一聲，畢竟是她的婚姻大事，總要聽聽她的想法。」她沒那麼古板，覺得婚姻大事有父母之命媒妁之言儘夠，本人的意願便無足掛齒。她嫁給凌煜就是兩人在三月三踏青時偶然相遇，情愫暗生，而能嫁進凌家，還是凌煜費了不少功夫說服長輩求來的。說白了，洛家總歸差了凌家一截，尤其凌煜還是他們那一房的嫡長子。

洛老夫人搖了搖頭。堂姊妹說話終究不如祖孫倆來得自在，若洛婉兮推拒，她擔心洛婉好下不了台，傷了和氣。

洛婉好愣了下，她以為洛老夫人會答應的，不過既然祖母作了決定，她也不會多嘴。當下她便拋開這事，與洛老夫人說起其他閒事。

避出去的洛婉兮估摸著兩人差不多說完了悄悄話，遂帶著人返回，正巧遇上前去榮安院報信的婆子。

「四姑娘好。」那婆子行了禮便稟道：「二姑太太府上派了人過來，道是表姑娘病得厲害，明兒怕是不能過來給老夫人請安了。」白家人雖然搬走了，但是白奚妍逢一遇五都會前來探望洛老夫人，白暮霖因為在書院求學，遂只能每次放旬假時過來。白洛氏雖然次次都隨著白奚妍一塊兒來，但至今還沒見著洛老夫人，她倒是不氣餒，吃了這麼多閉門羹也沒放棄。

洛婉兮一驚，幾天前過來請安時還好好的，怎麼就病了？忙問：「來人可有說表姊得的是什麼病？可是厲害？」

傳話的婆子搖了搖頭，又道：「說是著了涼，怕傳染給老夫人，故不過來了。」

洛婉兮揮了揮手讓她退下，眉頭輕蹙。

「表姑娘肯定是被嚇病了。」桃枝嘀咕了一聲。

洛婉兮嗔她一眼，心裡卻頗為贊同桃枝的話。就在前兩天，白奚妍和陳鉉的婚期定了，就在九月底。眼看著還有兩個月就要嫁過去，白奚妍不怕才怪！

第三十三章

洛婉兮送走了洛婉妤，便回去陪洛老夫人，洛老夫人正琢磨著洛婉妤帶來的消息，想著還是讓秋嬤嬤打聽一下再說，就聽洛婉兮慢慢道：「祖母，二姑那兒傳話過來，說表姊染了風寒，身子略有些不適，明兒便不過來了，待她好全了再來探望您。」

洛老夫人看著洛婉兮的眼，後者坦然回視，須臾後，洛老夫人輕輕點了點頭。

「我明兒下午便去看看表姊。」洛婉兮又道。

洛老夫人神色略略一鬆，生病的人總是格外脆弱，有個人陪陪會好些，就像她自個兒。

洛婉兮翹了翹嘴角，輕嗔道：「果然祖母最疼的還是表姊！」

洛老夫人不覺笑，無奈又好笑的看著洛婉兮。

第二天午歇起來，洛婉兮向洛老夫人說了一聲便前去白家，同行的還有施氏。施氏雖然看白洛氏不順眼，可對外甥女還是疼的。白奚妍出嫁在即，婚期還如此著緊，白家在京城又沒什麼人，她們幾個做舅母的還真能撒手不管？何氏忙著八月洛郅的婚禮，白奚妍那兒她少不得要多費些心思，這次過去就是問問婚禮嫁妝上可要她搭把手。

馬車上，施氏忍不住向洛婉兮抱怨。「訂親到成親，半年都不到，且妍兒才及笄，她怎麼就捨得，連這一、兩年都不肯等了。」

洛婉兮不是很有底氣的安慰道：「男方畢竟不小了。」

施氏冷笑一聲。「若妳姑姑要求再等一年，起碼等到明年開春，我就不信陳家就真這麼迫不及待。我看她是巴不得早點完婚，才能高枕無憂。」以前怎麼沒發現這二姑子眼皮子如此淺，哪怕雙方身分懸殊，可求娶一事，女兒家擺擺架子怎麼了？這會兒就上趕著，人家只會更瞧不起，婚後委屈的還不是白奚妍？

洛婉兮無言以對。

施氏也就發洩一下，本就沒指望洛婉兮附和，到底是長輩。說完她也就神清氣爽了，否則她怕自己待會兒忍不住噴白洛氏一臉。

洛婉兮見施氏臉色由陰轉晴，遞了一杯茶水過去。

正口渴的施氏伸手接過，剛送到嘴邊，就覺車廂劇烈一晃，頓時身子一歪，潑了自己一身茶水。

然而施氏根本無暇顧及自己有沒有被燙傷，而是死命抓著劇烈震動的車壁，驚問：「怎麼回事！」

險些被顛出車廂的洛婉兮緊緊抓著橫杆，耳畔是馬匹嘶鳴和行人的驚叫聲，她白著臉道：「馬驚了！」

本該熱鬧非凡的街道上此刻一片狼藉，馬車經過之處人仰馬翻，驚叫咒罵聲不絕於耳。

透過迎風亂舞的車簾，洛婉兮見那馬如發狂般橫衝直撞，嚇得心肝亂顫，眼看馬車就要與對面的馬車相撞，不忍目睹的洛婉兮認命地閉上眼，腦中只剩下一個念頭——京城果然剋她！

「籲——」淒厲的馬鳴聲響徹雲霄，鮮血噴湧而出，一息前狂奔的馬連帶車廂轟然倒地，在地上抽搐了幾下後失去動靜。

車廂內的洛婉兮一頭撞在車壁上，撞得她齜牙咧嘴、眼冒金星，半晌回不過神來。以至於她被人從馬車裡扶出來時，腳步都是飄的，只覺視線範圍內的人物都在旋轉。

她趕緊閉上眼，喃喃喚：「四嬸！」

「我沒事！」施氏的聲音立刻傳來，她運氣好摔在靠枕上，倒是洛婉兮額頭磕青了一大塊，一張小臉都白了。

洛婉兮心裡一鬆，又定定在原地站了幾息，待暈眩退去才緩緩睜開眼，便看見施氏擔憂的臉，還有不遠處一臉端凝的江樅陽。

洛婉兮歪了歪頭，有點想笑。

她竟然又被江樅陽救了！

卻見江樅陽微微側臉凝視左前方，神情嚴肅地抬手一拱。

洛婉兮不由循著他的目光望過去，就見一人逆光而來，不疾不徐，如閒庭散步一般。

她情不自禁瞇起眼，看清來人面容那一刻，臉色驟變，猛然收緊雙手。

「大人。」一名提著刀的護衛上前行禮。

餘光瞄到他手中還往下淌著血的刀，洛婉兮心頭一緊，倏爾看向地上的馬，脖子上的傷口還在涓涓冒著血。

洛婉兮的雙眼因為難以置信而微微睜大。

「大人，這馬蹄上有傷，情況如何需回去細查。」在馬屍前蹲了片刻的護衛躬身道。

凌淵隨意唔了一聲，便有幾人上前合力抬走那馬。

柳枝拉著發愣的洛婉兮往邊上避了避。

這一拉也使得洛婉兮恍然回神，她垂下目光，看著腳尖。竟是托他的福才得救，她心裡十分不是滋味。

施氏被眼前這一連串變故弄得有些懵，凌淵這是懷疑那馬發狂不簡單，回憶差點撞上對方的馬車，施氏白了臉，定了定神後上前一步，福身道：「差點衝撞到閣老，請凌閣老恕罪。」起身後又一福。「這一福是謝過凌閣老救命之恩。」

凌淵略一頷首。

見洛婉兮站在原地一動不動，沒了往日的機靈，施氏乾乾一笑。「小孩家膽子小，嚇壞了，請凌閣老見諒。」說著對洛婉兮道：「婉兮，還不謝過凌閣老？」

聽到這個熟悉的名字，凌淵目光微微一凝，抬眼就見小姑娘低著頭略略往前走了幾步，隔著一段距離屈膝一福，低聲道：「多謝閣老大人施以援手。」

望著低眉順眼的洛婉兮，眼前不期然浮現中元那時撿到的那盞河燈。陸婉兮死了，洛婉兮也死了，眼前這個叫婉兮的小姑娘也差點殞命。

「我越來越覺得我這名字不吉利，婉兮，惋惜，忒晦氣了！」

凌淵想起她說過的話，交叉起雙手，右手食指輕敲手背。當年若是依著她改了名，是不是便不會出事了？

洛婉兮道過謝後便往後退，不經意間瞥見他手背上的傷痕，動作凝滯了一瞬，那傷一看就是女人指甲撓出來的，原來他現在好這一口！

洛婉兮忍不住在心底輕嗤一聲。

胡同裡的陳鉉看著迎面走來的護衛，視線下移，孔武有力的手按在刀柄上，似乎只要他稍有動作就會拔刀。

他嘖了一聲，好巧不巧竟然差點撞上凌淵的車駕，可真夠倒楣的！他無奈地一聳肩，隨著護衛走出胡同。

他一出現，在場之人皆不約而同望過去。

凌淵目光如刀，沈甸甸地落在陳鉉臉上。

陳鉉毫不避讓與之對視，可很快就禁不住似的，額上冒出點點細汗，抽了抽嘴角後微微撇開眼。

伯父說，朝堂上敢與凌淵針鋒相對者寥寥無幾，他只覺是那些酸儒無用，如今倒不得不承認當他一身氣勢毫不收斂，站在那裡即便一言不發也是一種壓迫。

凌淵冷不丁掀起一縷淡笑，帶著一絲居高臨下的漫不經意，就像是成人看著張牙舞爪的稚童。

陳鉉臉色更難看，握緊了拳頭。

「你就沒什麼想說的？」低沈的嗓音不怒自威。

陳鉉扯了扯嘴角，一臉無辜。「下官有什麼可說的嗎？」

凌淵輕呵一聲，眸光瞬間轉涼。

這時，另一條胡同裡又走出幾名護衛，手裡提著一個五花大綁、嘴也被堵住的男子。

領頭護衛道：「大人，此人形跡可疑。」

凌淵掃一眼陳鉉，淡聲道：「帶回去。」

陳鉉臉龐僵硬，暗罵一聲廢物。

急促的馬蹄聲響起，巡城兵馬司這時才姍姍來遲，馬上的校尉連滾帶爬奔過來，一迭聲告罪。

校尉不停擦著冷汗，只恨今天為什麼是他當值，內閣東廠錦衣衛一個就夠他頭疼的了，可他卻一下子撞上了三個，恨不能一頭撞死才省心。

受不得他的聒噪，凌淵沈了沈臉。

幸好那校尉還有幾分眼力，立刻閉上嘴，只戰戰兢兢的看著他。

凌淵瞥一眼陳鉉，又看了面無表情的江樅陽一眼，不知想起了什麼，忽而一笑，轉身離去。

留在原地的校尉愣了愣，劫後重生般吐出一口氣，接著猛地頓住，想起現場還有兩位「大神」，當下小心翼翼看向陳鉉和江樅陽。

陳鉉哪有心思理他，他的人都被凌淵帶走了，忍不住暗罵一句晦氣，抬頭就對上江樅陽不善的視線，看清他眼底壓抑的憤怒，陳鉉苦笑。什麼是偷雞不成蝕把米？這就是！

他忍不住撮了撮牙花，露出一個牙疼的表情。

江縱陽壓了壓火，對一臉不明所以的施氏抱拳道：「表嬸，告辭。」
施氏怔了下，忙點頭道：「我們無大事，你們且走吧。」
似是想起施氏到底是他未來舅母，陳鉉也抱了抱拳，道了一聲別。
江縱陽看一眼洛婉兮，觸及她額上瘀痕，目光一抖，又趕緊收斂，只頷首示意。
洛婉兮朝他淺淺一福。
陳鉉目光在兩人身上來回轉了轉，摸了摸下巴，嘴角一挑，像是在看什麼有趣的景兒。察覺他的目光，江縱陽神情更冷。「我們走。」
陳鉉挑了挑眉，一副不以為忤的模樣隨著他離開，走出一段方笑嘻嘻道：「別生氣啊，我這就是好心辦壞事！起碼是好心。」
江縱陽一言不發，徑直往前走。
人都走了，施氏忍不住長吁一口氣，一個、兩個都不是好惹的。又想起被凌淵帶走的人和馬，不禁搖了搖頭，這叫怎麼回事！
「姑娘，您頭還暈嗎？」柳枝見她家姑娘一直都是心神不寧的模樣，不由心懸。
聞言，施氏也走過來，見她白嫩的額頭上一塊瘀青，登時心疼。「可是要緊？」
洛婉兮強笑道：「不礙事，回去敷點藥就好。」說著看一圈滿地狼藉。「今兒怕是不能去二姑那兒了。」
施氏擺了擺手。「不去不去了，也不差這一、兩天。」想著馬車也壞了，隱約記得附近就有一家醫館，遂道：「咱們先去醫館把妳這傷處理一下，順便等他們回去駕一輛新馬車來接。」

洛婉兮點了點頭。

施氏又吩咐人留下善後，遂帶著洛婉兮前往醫館。

到了醫館，要了一個房間，施氏和洛婉兮入內檢查身上可有暗傷，瞧著洛婉兮膝蓋和腰間的青青紫紫，她生得白皙，這傷就越發驚心怵目，施氏心疼得眼都紅了。「前兒差點被砸了，今兒摔成這樣，七月果然不該出門的。」又突然道：「待妳好了，咱們去廟裡好好上炷香。」施氏覺得這姪女委實多災多難。

洛婉兮苦笑，她也覺得自己這一陣太倒楣。忽然睫毛一顫，似乎自己只要遇上凌淵就沒好事。

第一次遇見他，她們被江翎月欺負，她翻窗跳牆出去搬救兵。

第二次遇見他，自己險些被鬆動的招牌當場砸死。

第三次遇見他，馬匹受驚，差一點就撞死了。

原來不是京城剋她，是他凌淵剋她！她理了理鬢角，覺得自己應盡可能的避開他，最好永生不見，如此自己這一生應該能安然度過了吧……

另一頭，陳鉉見江樅陽往冷清的胡同裡走，心念一動，猜到他的打算，只這事到底是他理虧，要是成了事還罷，偏偏叫凌淵截了胡。

想到這裡，陳鉉又嘆了一口氣，意興闌珊地跟著他走進胡同深處。

四周空無一人，江樅陽緩下腳步，解下腰間的佩刀隨手拋在一旁。

見他動作，陳鉉停下腳步，也將兵器卸下，轉了轉手腕。「我知道你想揍我，可我這人吧，真做不到打不還手，」眉頭輕挑，懶洋洋一笑。「說來咱們上次切磋還是去年的事，那次輸給你，我這半年也沒少練。」

江樅陽看他半晌，冷笑道：「你倒有自知之明。」話音剛落，起腳橫掃，捲起一陣風。

陳鉉早有防備，側身一閃，抬手格擋，另一手直擊江樅陽面門。

江樅陽頭一側，堪堪避過，順勢擊他左脅。

胡同內頓時響起一陣噼哩啪啦的響動伴隨著拳頭打在肉體上的悶聲，奉命保護陳鉉的兩個手下面面相覷，一時拿不定主意該不該救主。只是沒等他們抓耳撓腮作出決定，不遠處的動靜便停了。

陳鉉靠在牆上，抹了嘴角一把，望著手上的血，怒瞪江樅陽。「說好不打臉的。」直直立著的江樅陽陳述事實。「是你先打臉的。」

陳鉉理直氣壯地辯解。「我沒打著！」

江樅陽嗤笑。「躲開了怪我！」

陳鉉一噎，忽地笑起來，順著牆下滑，一屁股坐在地上，抽了一口涼氣。「混蛋！你用得著這麼使勁嗎？我覺得我內臟都被你踢破了。」又看江樅陽紋絲不動地站在那兒，想起自己打實的那幾拳，盯著他的胸口怪笑。「這兒沒有什麼外人，你硬撐什麼！」

江樅陽垂了垂眼，看著隱隱發疼的左肋，默不作聲。

一坐下陳鉉就感到自己渾身都痛起來，他覺得肯定青了，越想越恨。「是出了點意外，可你至於下死手嗎？我這都是為了誰？」

江縱陽臉色一沈。「人命關天！」

陳鉉翻了個白眼。「便是你來不及出手相救，今兒也沒遇上凌淵，我的人也絕不會讓她出意外。當我是那麼不可靠的人？」

江縱陽氣極反笑。「你若可靠，能出這種餿主意？」

陳鉉不以為恥。「英雄救美，招數雖老，實用就好！」說著一臉了然地看著江縱陽。「誰讓你看中了人家姑娘，可人家姑娘家裡看不上你。」

江縱陽臉色陰了陰。

「對我擺臉色有什麼用，又不是我看不上你，我要是有個妹妹肯定挑你做妹婿。」陳鉉痞痞一笑。

江縱陽懶得搭理他。

陳鉉一聳肩。「我覺得你那位洛姑娘對你印象不錯，怕是她家裡不願意，稍有些底蘊的人家都對咱們錦衣衛避之不及。可你要是多救上幾次，保不准人家長輩就被你打動了，再不濟，幾次三番和你扯上關係，想結親的人家也會掂量掂量你的態度。到時候除了你，她還能嫁誰？」

江縱陽瞪著一臉理所當然的陳鉉，眼裡陰沈如水。「心不甘情不願有意思嗎？」

陳鉉嗤笑一聲。「迂腐！自己喜歡的寶貝當然要護在自己羽翼下才安心，你就這麼放心別人，不怕被糟蹋了？你怕是還不知道，據我所知，國子監李祭酒有意為小兒子聘你那洛姑娘，李家家風清正，李家那小子在外風評還不錯，這婚事十有八九能成。可你真以為那小子是個好東西？表面上道貌岸然，私底下沒少喬裝改扮偷偷去小胡同睡暗娼。」

江樅陽的臉一沈到底。

陳鉉忍不住一笑，不慎牽動傷口，齜了齜牙，不由皺眉。「我跟你說，便是不去這李家，換成那張家、王家、周家……都是差不多的貨色。說句你不愛聽的，你的洛姑娘在你眼裡再好，可她那父母雙亡的家世擺在那兒，願意娶她的絕不會是什麼完美無缺的青年才俊，真有也輪不著她。那些個貨色能比得上你？前途無量，長得也不賴。你看你，還不喝花酒……」陳鉉忍不住嘖了一聲，狎妓在大慶官場上司空見慣，有哪個當官的不尋花問柳？連禮部教坊司下面都有專門招待官員的妓館。

反倒像江樅陽這樣去了純粹喝酒的才是異類，要真有個妹妹，陳鉉還真會考慮招他做妹婿。

他抬眸，見江樅陽神色變幻不定，似乎正在天人交戰，得意一笑，搖搖晃晃站起身，揉了揉胸口，倒抽一口涼氣，一張俊臉都扭曲了。「我言盡於此，你好好想想吧，強扭的瓜甜不甜？不扭下來嚐一嚐，誰知道甜不甜。」說著他擺了擺手，晃悠悠地走出胡同。

第三十四章

秋日的暖陽穿過層層疊疊的樹葉，在地上留下斑駁的光點。

樹下，嫵媚的騎裝女子撲進俊挺的男子懷裡，摟住他的脖子用力在他臉上親了一口。

洛婉兮就這麼看著嘉陽對她露出一個充滿挑釁和得意的燦笑，一如當年自己對她那樣。

她自小就沒羞沒臊，打從見了凌淵就追著他不放。

爹娘問她就那麼喜歡凌淵？

六歲的小姑娘哪知道什麼叫廉恥，大聲宣佈：「我要娶他！」就像大哥娶大嫂，娶了就能天天在一塊兒、時時見得著了。

阿爹虎著一張臉，阿娘笑得前俯後仰，笑到流淚，摟著她道：「我的傻姑娘，女兒家只能嫁人，可不能娶人。」

於是她歡天喜地的改口。「我要嫁給他！」然後他們就訂親了。

自己便更加肆無忌憚地跟著凌淵，他讀書時，她會搬一把椅子坐在他旁邊，哪怕什麼都聽不懂。他天資聰穎，少而聰慧，一本《論語》都看完了，可自己連字都還沒認全呢！

有時候，自己也會耐不住枯燥，撒嬌耍賴要他陪自己玩，有一半時候會以自己乖乖玩九連環孔明鎖而失敗，幸好還有一半的時間是成功的。不過成功的那幾回，還有一半是自己辛辛苦苦哭來的。

小時候她頂頂喜歡哭，一不如意就哭鬧，最喜歡凌淵哄她，偏自己還是那種給三分顏色就能開染坊的性子，他越哄自己就越來勁，一時興起還能糊他一身鼻涕和眼淚。

後來洛婉兮都在想，當年凌淵忍她應該忍得極為辛苦，她這人被家裡慣壞了，說風是風，霸道不講理，就是她三哥好幾次都氣得揚言要揍她。

可惜當時她哪有這點自知之明，就這麼肆無忌憚地長大，在京城一干閨秀的羨慕嫉妒恨中如願以償嫁給了凌淵。

她還記得自己婚後第一個上元節，她和凌淵進宮賞燈，在御花園巧遇嘉陽，嘉陽紅著眼，滿臉不甘與憤恨地瞪著他們。

自己腦子一抽，竟是恬不知恥的踮起腳親了凌淵一口。

當時嘉陽那一臉恨不得一口咬死她的表情，令她心頭大暢，如同三伏天裡灌下一盞冰水，從頭舒爽到腳。嘉陽絕對是她最討厭之人，沒有之一，誰讓嘉陽仗著公主的身分誓死挖她牆角到底，哪怕凌淵已婚都不放棄。

風水輪流轉，哪想報應來得這般快，不過三年，咬牙切齒的人換成了她，且她還那麼沒出息的落荒而逃，彷彿做了壞事的人是她。

她慌不擇路地跑回營帳之內，枯坐了整整一個下午。

夜幕低垂時分，他回來了，眉眼繾綣溫柔，嘴角噙著一抹淺笑。「明兒我不用當值，陪妳出去打獵？」

被他這麼溫情脈脈地注視著，她竟是連一個字都不敢問……

「姑娘、姑娘！」柳枝焦急的推著陷入夢魘的洛婉兮。

洛婉兮睜開眼，茫然地看著滿臉擔憂的柳枝，半晌才回過神。

她伸手覆住雙眼，不意外的摸到一陣濡濕。

可真是沒出息！洛婉兮暗暗唾棄自己，使勁眨了眨眼。有什麼好哭的？她明明該後悔，後悔當初沒有衝出去將那對姦夫淫婦暴打一頓。

「姑娘，妳怎麼了？」柳枝憂心忡忡。

洛婉兮抹了一把臉，笑道：「就是作惡夢了，醒了就好了。」

望著她睫毛上晶瑩剔透的淚珠，柳枝怎麼都放不下心。

「阿姊，阿姊！」窗外傳來洛鄴軟軟糯糯的童聲。

柳枝道：「小少爺下學了。」

「我竟睡了這麼久！」洛婉兮感慨了一句，趕緊拿帕子擦了擦眼。

可跑進來的洛鄴還是發覺了，望著洛婉兮額頭上的紗布，小臉上滿是擔心。「阿姊，妳是不是很疼？我給妳吹吹，吹吹就不疼了。」

洛婉兮噗哧一笑，低頭道：「那鄴兒給阿姊吹吹。」

洛鄴鼓起腮幫子，用力吹出一口氣，迫不及待地問：「阿姊，還疼嗎？」

洛婉兮莞爾，摟著洛鄴輕聲道：「阿姊不疼了。」已經不會疼了……

送走幾位前來議事的大臣後，打算返回書房的德坤正好遇上奉命去審問的凌風。

「有結果了？」

凌風冷肅的臉上浮現一抹難以言喻的無奈。「並不是衝著大人來，只是為了製造英雄救美的機會。」

德坤也覺得陳鉉便是想刺殺他家大人也不至於用這麼拙劣的手法，但萬萬想不到是這麼個原因，忍不住抽了抽嘴角。忽地他想起那姑娘也叫婉兮，還是個十分貌美的小娘子，不由想大抵叫婉兮的姑娘都是紅顏禍水吧。

德坤同情地拍了拍凌風的肩膀，他倆一文一武，跟了凌淵近二十年，遂分外不客氣。「折騰了一下午，就為了小年輕那點風月事，真是為難你了。」

凌風面無表情。「別以為我聽不出你是在幸災樂禍。」

德坤嘿嘿一笑，捶了他一下。「進去稟報大人吧，說不定能讓大人高興高興。」

「那姑娘和先夫人同名，你確定大人不是觸景傷情？」凌風分外犀利。

德坤噎了下，目光幽幽地直視前方。「你以為我們不說，大人就不會觸物傷情？」

凌風若有所覺的轉身，臉色驟變。

只見不遠處碧璽穿過院門緩緩走來，手裡提著一個食盒。

德坤同情地瞥一眼好友，當年兩人好過，只等碧璽過了十八就成親，哪想先夫人一朝去了，碧璽心性大變，婚事便不了了之。

這些年碧璽把自己弄得人不人、鬼不鬼，凌風也沒過得好，至今未娶。思及此，他不由望一眼書房內，還真是僕似主。

碧璽走近後，略略一福，神情平靜，眼底無波無瀾，對德坤道：「奴婢做了五彩雞湯麵，大人剛議完事，想來餓了。」

德坤心頭一緊，覺得汗毛都立起來了。這五彩麵是先夫人折騰出來哄凌、陸兩家子姪輩的，先夫人喜歡孩子，又一直懷不上，越發喜歡把小輩接到身邊玩耍，遂時不時就能倒騰出一些好吃好玩的哄小主子們。

德坤其實並不想讓碧璽見凌淵，怎奈凌淵吩咐過不許攔她，遂只能乾笑一聲，違心道：「碧璽還是這麼心靈手巧。」

碧璽睇他一眼，慢慢道：「都是夫人教得好。」

德坤臉上的笑頓時僵了僵，憐憫地看一眼泥塑木雕般只剩下兩個眼珠子能動的凌風，對碧璽客氣的抬手一引。「大人就在裡面。」

碧璽便拎著食盒前行。

德坤看一眼凌風。「進去不？」

凌風緩緩一搖頭。

德坤沈沈一嘆。「那我先進去了。」

世間文字千八百，唯有情字最傷人。

然他剛抬起腳就聽見屋內一聲瓷器碎裂的脆響，德坤臉色劇變，飛奔入內，就見凌淵神色漠然的靠坐在烏木七屏卷書式扶手椅上，而站在門口的碧璽臉色鐵青，一雙眼裡似乎能噴出火來，腳邊一片狼藉，五彩繽紛的麵條和碎瓷摔成一地。

德坤不明所以，循著碧璽刀子似的目光望過去，便見凌淵放在青綠古銅鼎紫檀木書案上的右手，當即恍然大悟。

那天大人被陸婉清抓傷了手背，瀕死之人的力氣可想而知，故那傷口十分深，有幾處幾乎露骨，遂這一陣一直都裹著紗布，直到今兒好些了，才不用繼續包著。

德坤張了張嘴正要解釋，就聽見碧璽陰陽怪氣的聲音。「大人若得了可心人，何不接進府，這麼養在外面也不是個事。接進來正可為大人開枝散葉，日後逢年過節，夫人也有兒女為她祭拜了，九泉之下，夫人定然歡喜，她最是喜愛孩子不過。」

德坤臉色大變，呵斥道：「放肆！」他恨不能堵了碧璽的嘴，真以為大人不敢動她?!說著就要上前扯她出去，都要在心裡給她跪了。就是朝上也沒人敢這麼跟大人說話，哪天耗光了大人的耐心，她怎麼死的都不知道！

啪一聲，碧璽毫不猶豫地拍開德坤的手，目光執拗地盯著凌淵，那模樣委實駭人。

凌淵似古井無波，只垂了垂目光，看著她腳旁那灑了一地的麵條，目光逐漸變得幽遠而深長，似乎看見了歷久彌新的舊日時光，聲音又輕又柔。「不會有別人的。」

德坤喉嚨裡就像是被塞了一團棉花，一直堵到嗓子眼處，噎得他胸口發脹。他張了張嘴想勸，主子正是年富力強時，難道真要孑然一身，他打下的偌大基業又要交給誰呢？

可這些話根本到不了嘴裡，十一年的時光彷彿卷軸在他眼前緩緩鋪開，這十一年主子就是這麼過來的，似乎也打算這麼過下去。

此時此刻德坤不禁對逝去的先夫人產生了一絲遷怒，明明是她先招惹他家大人的，她用十四年的時間讓大人離不得她，卻以那樣決絕的方式離開。徒留他家大人守著兩個人的曾經肝腸寸斷，到底是死去的人可憐，還是活著的更可憐？

德坤用力眨了眨眼，憋下眼中酸澀，一把拖著碧璽出了屋。

屋外如血殘陽就像一張巨網，將整個天地悄悄籠罩，映得人眼睛都紅了。

德坤甩開碧璽，橫眉豎目的盯著她，冷聲道：「記著妳自己的身分，大人對妳客氣，那是看在夫人的面上，妳別把客氣當福氣，得寸進尺。就是夫人在世，有些話都不是她該說的，何況是妳這做奴婢的。」

碧璽踉蹌了幾步後站穩，從從容容的理了理鬢角，淡淡道：「若是夫人還在，奴婢何必做這些，可夫人走了，不是嗎？」

「妳……」德坤指著油鹽不進的碧璽說不出話來。

碧璽漠然著一張臉，語調無悲亦無喜。「若哪天大人受夠了奴婢，大可一根繩子勒死奴婢，奴婢也好去下面伺候夫人和小少爺。」

德坤喉間一哽，只能乾瞪著雙眼，眼睜睜看著碧璽一步一步出了院子，滿腔怒氣無處可發，唯能用力一甩衣袖。

他敬碧璽忠義，可更恨她偏執。

心情複雜之下瞥見木頭樁子似的凌風，德坤怒道：「你當初怎麼會喜歡這麼個固執的女人！」說完德坤就後悔了，忙去看凌風的神情，見他苦笑，當下更尷尬，清了清喉嚨正要道歉，就見凌風腳步往書房邁去，立時攔阻。「這會兒你進去做什麼？大人心情正不好！」

凌風看德坤一眼，懶得搭理他，隔開他的手臂徑直入內。這種時候就該找點事情分神。他那是什麼眼神？德坤氣了個倒仰，在屋外平了平氣方入內。

一進屋，看著神色如常的凌淵，德坤驚了驚，被掃了一眼，連忙收斂異色。

「陳忠賢謹小慎微，他這姪兒倒是個胡來的。」凌淵往後一靠，語氣隨意。

德坤接話。「可不是，哪有我們釗少爺穩重！」

凌淵卻是笑了笑，神色回暖幾分。「阿釗太循規蹈矩，拋開家世背景，把他和陳鉉扔到官場上，阿釗比不得陳鉉。」

德坤訕訕的摸了摸鼻子。話雖如此，但是身在朝廷哪能不論背景，陸釗身為陸家長房嫡子，無論父族母族皆是赫赫有名的望族，是真真正正的天之驕子。六年前拜入凌淵門下，身分更是貴不可言。

「釗少爺還年輕，大人再教幾年便好了。」德坤道。

凌淵搖了搖頭。「我能教的都教了，剩下必須靠他自己去琢磨，有些道理得他自己吃過虧摔了跟頭方能明白。」

德坤愕然。「大人要安排釗少爺去別的地方？」在京城有陸家有凌淵為他保駕護航，哪吃得了虧。

凌淵道：「待他完婚就放他下去歷練。鳥籠裡飛不出雄鷹，花盆裡長不出蒼松。」

兩年前陸釗和邱閣老的嫡長孫女訂了親，明年開春完婚。這門婚事是大人一手促成的。

邱姑娘德言容功沒得挑，對這內姪，大人可謂是盡心盡力。若是夫人留下一兒半女，又該是何光景？怕是含在嘴裡怕化了，捧在手裡怕摔了，大人有個寄託也不至於這麼淒清了。德坤搖了搖頭，打住自己天馬行空的幻想。

忍著蕭瑟，德坤笑道：「釗少爺早就想出去闖蕩，知道了還不高興壞了。」

凌淵輕笑一聲。「先別告訴他，省得他這一年都不安分。」

德坤含笑道：「小的明白。」

凌淵轉了轉食指上的翡翠扳指，導回話題。「將那人還給陳忠賢，讓他管好他姪子。」

德坤心裡一動。「大人不向他討個說法？」雖不是衝他們來的，但是也能做一做文章，讓陳忠賢焦頭爛額一番。

凌淵輕描淡寫道：「何必與個豎子計較。」

德坤點了點頭，心裡卻忍不住想，大人放陳鉉一馬，是真的不屑和陳鉉計較，還是不想牽連出那位叫婉兮的小姑娘？一旦拿這事作筏子，對姑娘家的閨譽難免有影響。

忽地德坤眼前劃過一道亮光，越想這念頭就像草似的瘋狂生長。

那姑娘和先夫人閨名相同，還生得如此花容月貌，大人若真有意，哪怕是將她當作先夫人的替身納進來也是極好的。他不喜陸婉清，是因為陸婉清吃相委實難看，令人生厭，但是那姑娘，德坤對她印象尚可。

越想越覺妙，德坤不動聲色道：「洛侍郎那處可是要給個交代，畢竟涉及到他的家眷。」

「提個醒也無妨，到底是凌煜妻族。」

見他波瀾不驚，德坤也不氣餒，難得出現一個能讓他家大人肯正眼看一眼的姑娘，他豈會輕易放棄？他是萬萬不想自家大人孤苦一生的。

「那小的這就去安排！」

凌淵合上眼。「你們都退下吧，我想休息一會兒。」

德坤和一旁的凌風應了聲是，躬身告退。

且說陳府，從宮裡回來的陳忠賢望著破了嘴角的陳鉉，微微瞇起眼。「怎麼回事？」

陳鉉摸了摸嘴角，涎著臉笑。「伯父，我說了您別生氣啊！」

陳忠賢眉頭一挑。「還不說？」

當下，陳鉉便把自己指使人驚馬，差點誤撞凌淵的事說了。

陳忠賢臉上籠罩一層寒氣，看著姪兒臉上青痕，聲音發寒。「他讓人打的？」

知道伯父誤會了，陳鉉趕緊解釋。「不是，凌淵當時只是把我的人帶走了，並沒有動我，只是我想著他可能會藉此發難。」

聽到不是凌淵打的，陳忠賢臉色稍霽，但聽到他後半段話，又恨鐵不成鋼地瞪了他一眼。「胡鬧！」

陳鉉賠笑。

「你好端端指使人驚馬做什麼？」陳忠賢問。

陳鋐難得尷尬了下，看得陳忠賢大為驚奇，待聽完他欲為江樅陽創造英雄救美的機會，伸手指指他，簡直不知道說什麼才好。「所以這是江樅陽那小子打的！」

這語氣和猜測凌淵時大為不同，若是凌淵讓人動手，那就是兩派之爭，他勢必不能嚥下這口氣，否則哪有臉在朝堂上立足？但江樅陽就不同了，年輕人意氣之爭，陳忠賢雖然心疼姪兒，但也不至於不分青紅皂白的護短。

陳鋐訕笑著一點頭。

「活該！」陳忠賢毫不留情地嗤笑一聲，又道：「你用一個女人拉攏江樅陽，根本就是在胡鬧，她雖和你沒過門的媳婦是表姊妹，可她大姊還是凌家婦，你別到時候為他人做了嫁衣。」

陳鋐不以為然。「要按您說的，衝著白家我不也得偏向凌淵？姻親這關係，看來牢靠卻是最不靠譜，朝堂之上反目的兒女親家還少了？我壓根兒就沒指望他因為這點姻親關係偏向我，不過是藉個契機與他來往，最好讓他欠我一份人情。他這人重情義，當初整韓家那事上我幫了他一把，之後他就還了一個人情。這麼來來回回幾次，他就是想和我撇開關係都難了。」

瞧著振振有詞的姪兒，陳忠賢搖頭一笑。「那你自己看著辦。」

接著他神色一緩。「你為江樅陽的終身大事忙前忙後，自己的事也上點心，九月就要大婚，也就個把月的事，這陣子安分點。」說著瞥一眼他的嘴角。「別到時候婚禮上丟人。」

陳鋐一抹嘴角，懶洋洋道：「您放心，這點小傷，十天半個月就好全了，丁點痕跡都不會留下。」

陳忠賢點點頭，略一思索，笑道：「我儘量讓你在婚前升到同知，大婚時也體面些。」

「伯父不必費心，我做指揮僉事也不到兩年，再升同知，恐怕不足以服眾，待我在僉事位置上再待個一、兩年，或是立幾個功，到時升遷還不是水到渠成的事？」

望著渾不在意的陳鉉，陳忠賢若有所思，冷不丁問：「你是不是不想成親？」

陳鉉揚眉。「怎麼會？」

「可我瞧你怎麼一點喜氣都沒有。」陳忠賢瞇著眼打量姪兒，哪像個要成親的人，不由道：「當初我就說那恩情可以用其他方式來還，他們家那兒子不是要入官場，拉他幾把便是。還不是你自己要娶人家，我還當你是瞧上了人家姑娘，順水推舟，可你既然不喜歡，不娶便是。」這事容易得很，不過幾句話的工夫。私心裡，他也想陳鉉娶個門第高些的媳婦。

聞言，陳鉉噗哧一聲樂了，把玩著手上的果子，滿不在乎道：「說不上喜歡不喜歡，反正都是要成親的，娶誰不是娶？她既然願意嫁，那我就娶了唄！否則她要是自尋短見去了下面遇上我娘，我娘還不得大半夜的上來罵我！」他只是有些不起勁，被找上門要求報恩和自己湊上去報恩，這感覺可不一樣。

陳忠賢瞪著口無遮攔的姪兒，半晌無語。

陳鉉慵懶一笑。「伯父您就別操心了，人是我自己要娶的，待她進了門，我也會好好和她過日子，您就等著抱姪孫吧！」

第三十五章

洛大老爺客客氣氣地送走了德坤，別看他只是個管家，可有一句話叫做宰相門前七品官，還有句話叫閻王好見小鬼難纏。

德坤一走，洛大老爺的臉唰地一下子就沈了。昨兒他從何氏嘴裡知道了施氏和洛婉兮驚馬險些撞上凌淵車駕之事，看情況還是人為，卻萬萬想不到是衝著洛婉兮去的，還是為了製造英雄救美的機會。

「江樅陽……」洛老大爺唸著這個名字，面色陰沈如水。七夕那會兒他救了洛婉兮，他還當此子是個好的，入了錦衣衛可惜，如今看來，果然是能入錦衣衛的人，說不定上一回也是他故意的。

他萬不能讓江樅陽得了逞去禍害洛婉兮，否則他如何向九泉之下的弟弟交代？

忽然洛大老爺眼皮跳了跳，耳邊不期然迴響起一句話——看來洛侍郎為令姪女擇婿時，務必要尋個有真本事的，否則怕是防不住那些宵小之徒。

此言有理，若姪女嫁個沒能耐的，那江樅陽仗勢欺人，姪女婿也莫可奈何。然洛大老爺眼皮子亂跳並不是這句話，而是說這句話時，德坤臉上的那抹意味深長。洛大老爺頓生古怪之感，卻不知原由。

晚間他去向洛老夫人請安時，洛大老爺不由多看了這姪女幾眼，眉目如畫、氣質溫婉，難怪江樅陽會動那些心思。

女兒家模樣生得太好也非幸事，一般的人家護不住，可這不一般的人家，以姪女兒身分想嫁進去也不容易，怕是只能做填房，甚而為妾……為妾？

一道亮光驀地自腦中閃過，洛大老爺心中一震，難以置信。

姪女與淩淵那逝去的夫人閨名相同，莫不是因此淩淵就看中了姪女？可若真是如此，他大可直說，自己還能逆得了他的意不成，何必讓德坤說些耐人尋味的話？可若不是這個意思，那德坤又是什麼意思？

洛大老爺腦袋發脹，咬了咬牙想，自己就當不知道，趕緊把姪女嫁出去，省得被糟蹋了去，只是這人選須得慎之又慎！

洛婉兮完全不知道洛大老爺的愁腸百轉，她正和施氏說著送給長平大長公主的賀禮。

八月初一，大長公主大壽，可她因為之前驚馬額上落了疤，不宜見人，惋惜之餘又有那麼點慶幸，她怕自己一踏入公主府就失態。

「妳倒是捨得，這屏風妳可是繡了一整年的。」

洛婉兮笑道：「三天打魚，兩天曬網，正兒八經也沒用多少時間。我也沒什麼寶貝，就討個巧，送點親手做的針線活，多少也是一番心意。」她人不去，禮物卻是備好了的，一扇一尺見方的雙面異色繡屏風，屏風上是一隻憨態可掬的波斯貓在戲球，正看為黛青色，轉過來則是黃褐色。

身為陸婉兮時，她十指不沾繡花針，連個荷包都縫不好，這輩子倒是學了一手好繡活，每當心浮氣躁，便沈下心繡上幾針，立刻就能平心靜氣。

上輩子長平大長公主不止一次半真半假的抱怨，沒收到過親閨女做的針線活，這輩子倒是能變著法彌補一二，就是不知這扇屏風有沒有機會到大長公主眼前。

施氏道：「大長公主什麼奇珍異寶沒見過，說不定還是更喜歡這些。」

「但願如此。」洛婉兮抿唇一笑。

到了八月初一，天空一碧如洗，萬里無雲。

侍郎府不少人去了公主府賀壽，留下的洛婉兮為洛老夫人唸了會兒話本子，待洛老夫人熟睡之後便帶著幾個丫鬟去園子裡摘桂花。

又到了一年桂花開的時節，可以開始做各種桂花吃食，譬如那醃桂花，將採下來的桂花曬乾後，一層花一層糖的鋪在罐子裡，放在陰涼處兩、三日便可，不管是用來製桂花糖藕還是煮桂花酒釀都是極好的。

還有桂花飴糖，飴糖的甜混合著桂花的香；更少不了洛鄴的最愛，晶瑩剔透的桂花水晶糕。

剛摘了半籃子，柳枝匆匆入了桂花林。見她面色有異，洛婉兮往林子深處走了走，其餘丫鬟俱乖覺地留在原地。

看一圈確定四下無人，洛婉兮便道：「看妳模樣不是什麼好消息。」

前兩日，秋嬤嬤代為轉述了洛婉妤推薦的那門親事，問她意下如何，洛婉兮的意思自然是算了吧，便推說不想遠嫁京城。

洛老夫人卻沒被她糊弄過去，她和施氏說好了，等自己去了，洛鄴就跟著施氏過，她信不過何氏。

那麼洛婉兮嫁在京城還是臨安又有什麼區別，趁她現在還有口氣在，還不如在京城找人家，這般自己也能替她掌掌眼。

洛婉好介紹的那兩人，洛老夫人派秋嬤嬤大致打聽過。

清平伯這家子成了婚的爺們俱是妻妾成群，二房那位少爺現今已經有兩個房裡人，因此她壓根兒都沒向洛婉兮提這一家，她知道洛婉兮定然不願意。

遂她只說了國子監李祭酒家的小兒子，據秋嬤嬤打聽來的消息，這家公子倒是不錯。

洛婉兮沒辦法，只能說讓人先去打探一下再說，於是這任務就交給了柳枝，柳枝兄長也隨他們留在京城，派他出去打聽最方便。

柳枝眉頭皺得更緊，頗有些難以啟齒。「他、他流連暗娼胡同……」

洛婉兮輕嘖了一聲，光明正大去秦樓楚館都比嫖暗娼好。她搖了搖頭，見柳枝一臉鬱鬱，失笑道：「有什麼可氣的，本就沒抱什麼期望。」

柳枝抿了抿唇。「這京城的公子還不如咱們臨安的呢！」起碼洛老夫人為她家姑娘挑的那幾個都是潔身自好的。

洛婉兮忍俊不禁，心想那是因為京城那些好的根本輪不到被她挑，那些權貴又不是眼瞎的。

「好了，不生氣了，待會兒給你們做桂花糖吃。」洛婉兮轉了轉手上的桂花枝，打算繼續去摘桂花，走出兩步後知後覺想起一個問題。「那位李公子的事，妳大哥是怎麼打聽到的？」李公子這毛病可有些見不得人，若是那麼容易被打聽出來，以洛婉妤的謹慎根本不可能牽線。

柳枝臉色微變，紅唇抿成一條線。

洛婉兮收斂笑意，神色端凝。

柳枝低聲道：「奴婢大哥遇上了江世子身邊的長庚。」

洛婉兮微微一怔，低喃了一句。「又欠了他一回。」

「姑娘乾脆嫁給江世子算了！」桃枝實在忍不住了。

「桃枝！」柳枝輕推她一下。「妳胡說八道什麼！」

桃枝卻沒有閉嘴，一臉的不吐不快。「我怎麼就是胡說了？那些人不是這個毛病就是那個毛病，姑娘今年都十五了，再拖下去更難尋到好人家。再說那些個條件哪個及得上江世子，姑娘嫁給他們，我都替姑娘委屈，便是不說這些身外之物，光世子待姑娘這份心意有誰比得上？我娘說了，男人千好萬好不如對妳好！」

柳枝被她說得啞口無言，半晌擠出一句。「江世子身在錦衣衛……」

「錦衣衛怎麼了，表姑娘不也要嫁錦衣衛！」桃枝反駁。

柳枝被她噎得一句話說不出來。

桃枝揚了揚下巴，滿懷期待地看向洛婉兮。

洛婉兮嘴角一翹。

桃枝眼前一亮，恍若受到表揚，也跟著笑。

「妳娘是個明白的，日後多聽妳娘的話。」

桃枝愣了下，傻傻地「哦」了一聲，就見洛婉兮揚長而去。

她眨了眨眼，疑惑的看向柳枝——姑娘到底是什麼意思？

柳枝無奈的搖了搖頭。「老夫人不會答應的。」

桃枝一愣，掩不住滿臉的失望之色，喪氣地垂下頭。

柳枝還有一句話沒說，她隱隱覺得姑娘對自己的婚事興致缺缺，似是並不想嫁人。

不待洛婉兮尋到機會將李祭酒家小兒子的風流韻事告知洛老夫人，朝堂上就出了一件大事。

江樅陽把軍隊的老問題——吃空餉——捅到了皇帝面前，彷彿在油鍋裡潑了一瓢冷水，霎時油鍋沸騰，油星四濺，傷人無數。

朝會之上，天順帝龍顏大怒，在京的幾位都督並兵部尚書皆被皇帝疾言厲色申斥一番後奪職，勒令閉門在家等候查辦。

而查辦之人以東廠督主陳忠賢為主，刑部尚書賀知年、大理寺卿鮑安民為輔，錦衣衛從旁協助。

一夜之間，本就炙手可熱的陳督主聲勢更上一層樓，如日中天，陳府門庭若市，來往者絡繹不絕。

與此同時，每天都有一隊又一隊身穿青綠錦繡服的錦衣衛，從京城東南西北四個城門飛馳離開。城內權貴所居的榮安坊、昌寧坊等坊市內亦是時不時有青綠色的身影伴隨著陣陣哀哭出現。

緹騎一出，天下騷動！

京城上空盤旋著的烏雲厚重得令人窒息，壓得城內官宦之家人人自危，惶惶不可終日。侍郎府難免受此氣氛影響，主子心情不豫，下面伺候之人便大氣不敢出，唯恐被拿來作筏子撒氣。

施氏因為丈夫與娘家都是從軍的，不免擔心，近幾日頗有些心驚肉跳。

吃空餉這問題已是大慶軍隊的老問題，或者該說哪朝哪代都無法避免，尤其是到了開國百年後，更是沈屙難返。

現如今大慶開國至今已有一百六十八年，號稱二百萬雄師，能有一半就頂天了，這種事自古瞞上不瞞下。或許上面也知道，只是他們根本有心無力，一不小心就有動搖國本的風險。吃空餉的都是些什麼人？都是掌兵的，若逼得狠了，造反也就是一念之間的事，誰又能想到耽溺於修道的天順帝竟然會有此魄力徹查空餉。

洛婉兮同樣的心緒不寧，正如施氏擔心丈夫和娘家，她擔心洛四叔之餘更擔心陸家。瞧施氏模樣，想來洛四叔也不是十分清白。早年她聽她國公爹說過幾句，軍隊這地方比官場還黑三分，有些事必須睜一隻眼閉一隻眼，如這軍餉，大慶俸祿不高，武官還比文官差一等，所以武官普遍窮困，窮則思變，吃空餉就是他們想出來的招。這錢，你自己不拿便罷，若想斷了別人財路，他們就敢架空你，甚而造反。有些人甚至要拉著你同流合污才會願意供你驅使。

以她對四叔的瞭解，他又不缺錢，在這事上應該牽扯不深，至多隨波逐流。空餉一事涉及將領成千說不得上萬，肯定不可能一網打盡，頂多各個階層搜抓幾個以儆效尤，只要運氣不是太差被背後的勢力推出來當祭品，大多數人都能全身而退，四叔應不至於這麼倒楣。

反倒是陸家，天順帝如此大動干戈，怕是醉翁之意不在酒。端看如今被革職的幾位軍中高官——兵部尚書、中軍都督、東軍都督、西軍都督，除了中軍都督是帝黨，剩下都是親凌淵的。

天順帝該是想藉著空餉一事收攏兵權。他那點子廢長立幼的心思，差不多路人皆知了，這回他就是想藉此削了太子背後的權力。

而陸靜怡是未過門的太子妃，陸家老大和老三就帶兵鎮守在西北，陸國公府怕是首當其衝。

雖然對公主府和國公府有信心，可洛婉兮依舊擔心，君臣有別，一個做皇帝的鐵了心要收拾人，豈能不叫人心驚膽戰。

於是娘兒倆一個比一個心事重重，在洛老夫人跟前笑盈盈，離了老夫人的眼俱是憂心忡忡。

施氏眼尖看出幾分，一開始以為她在替丈夫著急，後來靈光一閃，猛地想到了江樅陽。將這個人盡皆知的「秘密」攤到光天化日之下的就是江樅陽，頭一個被揭出來的就是江南水軍，南寧侯可是做了近十年的水軍都督，這小子是要大義滅親呢！

這丫頭不會是擔心江樅陽吧？什麼時候的事？施氏越看越像那麼回事，這心就跟在油鍋裡煎似的。

眼下多少人恨不得食其肉、飲其血，跟他沾上準沒好下場，若是皇帝控制不住局面，頭一個被拋出來平息眾怒的肯定是他。

想勸姪女，施氏又不知道該怎麼開口，貿貿然提及一個外男讓姪女面子往哪兒擱，遂施氏只能一顆心擰巴成了麻花。

日子就在娘兒倆的食不知味中，過去了七、八日。

這一日，洛婉兮和施氏剛從洛老夫人的正屋出來，就遇上何氏跟前的丫鬟過來稟報。「姑太太和表姑娘來了。」

施氏嘴角一掀，露出一個含譏帶諷的弧度。「二姑子這個大忙人，怎麼有空過來？」以往白洛氏五天來請安一次，這回可有七、八天沒來了。

一人得道，雞犬升天，陳忠賢作為空餉一案主審，多少人去他這廟裡燒香？可也不是什麼人都能進得了陳府的大門。白洛氏這位未來親家可不就入了眼，聽說白家的門檻都快被人踏平了，甚而還有些人拐著彎找上來，要求她引薦引薦呢。

洛婉兮垂了垂眼簾，默不作聲。

施氏理了理袖子，帶著洛婉兮去花廳。

廳內，白洛氏正在與何氏說話，眼角眉梢掩不住的意氣風發。「原該前兩日就來的，只這家門口都被人堵了，我根本出不了門，好不容易到了今天才抽出空來。」

何氏臉上掛著恰到好處的微笑，握著茶杯的手卻越來越緊。對著這張小人得志的嘴臉，恨不能一碗茶水潑上去。

何氏低頭喝了口茶，壓下火氣，寧得罪君子，不可得罪小人。白洛氏她就是個實打實的小人，眼下陳家正要風得風、要雨得雨，沒必要在這當口觸白洛氏楣頭。

白洛氏一甩帕子，抱怨道：「求我又有什麼用，官場那些事我一個婦道人家哪能說上話？可那些人就跟瘋魔了似的，壓根兒不聽，一個勁的湊上來。」

何氏眼角微微一跳。

白洛氏像是沒注意到，繼續「抱怨」。

若是以往，何氏不耐煩她，早就隨便找個藉口打發了，可這會兒何氏還不是得耐著性子聽她說話。

此時此刻，揚眉吐氣的白洛氏，心情妙不可言。

這個大嫂眼高於頂，向來瞧不起她，自己帶著兒女住在大哥這兒大半年，暗地裡受了她多少悶氣？尤其是為著她想把白奚妍嫁給洛郅那事，她吃了何氏不少白眼。說來還得謝謝何氏，要是白奚妍真的嫁給洛郅，哪會有今天？

白洛氏得意地一翹嘴角，這笑在看見隨著施氏進來的洛婉兮時，忽然一凝。她抬手按了按嘴角，馬上又若無其事的笑起來。

見施氏臉上淡淡的憔悴，白洛氏故作驚訝。「四弟妹怎的這般憔悴，莫不是為著四弟擔心？」

看著她那張臉，施氏便是一陣膩歪，皮笑肉不笑地反問。「我家老爺有什麼可擔心的？」

有著一籮筐後續話要說的白洛氏不防她這麼問，頓時噎住，不禁拉下臉，沒好氣道：「可不是，我們家老四最是老實，哪能跟這些事扯上關係！」天下烏鴉一般黑，她就不信老四乾乾淨淨。

眼見施氏也拉下臉，白奚妍臉色一白，張了張嘴似乎想說話，卻又不知該說什麼。這幾天，母親就像是換了個人似的，尤其是到了大舅家之後，母親的言行更是讓她恨不能鑽進地縫。

「祖母想表姊得緊，要不表姊先隨我去看看祖母？」洛婉兮笑吟吟地看著白奚妍。

她們出來時洛老夫人剛剛睡著，這話施氏自然不會說，她也留意到了如坐針氈的外甥女，可憐見的，攤上這麼一個娘，遂道：「是啊，老太太見了妳一高興，說不定就能開口了。」

白奚妍站了起來，又不放心的看了白洛氏一眼。

白洛氏心裡一動，也站了起來。「我帶了一支老人參來，正想孝敬給母親。」說著也要往外走，自從被大哥趕走，也有整整三個月沒見到母親了。

施氏瞥一眼眼觀鼻、鼻觀心似乎沒聽見的何氏，心下一哂，這是不想得罪人呢。

「二姊還是算了，母親怕是還不想見妳。」

白洛氏面色一僵，捏緊了帕子。「親母女哪有隔夜仇，待我誠心誠意給母親道個歉，母親也就不跟我計較了。」

施氏不為所動。「母親這身子剛有點起色，可不敢冒險，萬一出個好歹，算妳的還是我的？」

白洛氏喉間一哽，瞪著施氏。被接二連三撅回來，是佛也會火，何況白洛氏這陣子被人捧得輕飄飄，哪裡受得了這氣？

「娘，人參我會帶給外祖母的。」白奚妍央求地看著白洛氏，眼裡水盈盈的，似乎馬上就要哭出來。

白洛氏到底捨不得，只能憤憤的剜一眼不識趣的施氏，壓著火氣坐了回去。「那妳去吧，記得代我向妳外祖母請個安。」

白奚妍如釋重負般鬆了一口氣，她真怕母親發擰，若是氣壞了外祖母可如何是好。

第三十六章

清澈水流悠然而下，一枚枚茶葉在水中旋轉、舒展，漸漸潛底，緩緩上浮，再起又落，直至沈底。靜謐的茶香在室內裊裊浮動，沁人心脾。

凌淵接過丫鬟奉上的洞庭碧螺春，淺嚐一口，含笑道：「還是您這兒的茶好！」

長平大長公主捧著青花瓷茶盞，微微一笑。「你要喜歡，走的時候帶上一罐。」

「合該我孝敬您，哪能拿您的好東西？」凌淵輕笑。

「他不要，我要！」陸家二老爺陸承澤笑咪咪開口。

長平大長公主眼皮一撂。「你分得出龍井和毛峰嗎？給你白糟蹋了我的好茶。」

陸承澤打了個唉聲，對凌淵道：「可見你才是親生的，我是撿來的。」

凌淵聞言，笑了一下，低頭飲茶。

陸承澤看了看四平八穩的兩人，外面都快鬧翻天，這兩人倒好，還能平心靜氣的品茶，他也是服了。喝了一口手裡的茶，將茶杯往茶几上一放，陸承澤開門見山道：「錦衣衛都跑到西北邊關去找麻煩了，咱們就這麼看著？」

陸家老大和老三在西北邊關，凌淵胞弟也在那兒。

長平大長公主劃了劃杯盞，幽幽一嘆。「陛下四十好幾的人，怎麼還跟個孩子似的聽風就是雨。」西北那地都敢動。

一旁的陸國公盤著手中的核桃冷笑。「他要是個明白的也不會被個閹人慫恿著御駕親征，還叫瓦剌俘虜，弄得龍椅都丟了。如今被鄭貴妃和陳忠賢攛掇了幾句，又要開始生事。老子費盡心機把他從南宮撈出來，可不是讓他過河拆橋討小妾開心的。」

陸承澤被他爹這大嗓門震得默了默，再看他手裡那兩個核桃啰啰啰直響，不由擔心老爺子會不會一怒之下當場捏碎了。

「跟他置氣，幾條命都沒了，你犯得著嗎？」長平大長公主不冷不熱的瞟他一眼。「別盤了，吵得我難受。」

陸國公立時停下動作，把寶貝核桃往袖裡一塞，言歸正傳。「查空餉倒是好事，這些年底下越來越過分了，是該殺一殺這歪風邪氣，只是沒他這麼急功近利的，他是想逼得將領譁變不成。」一百來年積下的沈屙痼疾，只能徐徐圖之，饒是如此，想徹底杜絕都是癡人說夢。

凌淵慢條斯理道：「陛下的心根本不在查空餉上，不過是想尋個理由收了我們手上兵權。」

陸國公言簡意賅。「想得美！」天順帝恨不得除他們後快，沒了兵，他們可不就是砧板上的魚肉，任人宰割。真到那般田地，凡是長了腦袋的都知道該怎麼選，陸國公眼底閃過一絲暗芒。

「是想得挺美。」長平大長公主語氣淡淡的，本來利國利民一事，落在東廠手裡，可不就是禍國殃民？她看向右手邊低頭飲茶的凌淵。「你是個什麼打算？」

凌淵抬眸，轉了轉茶杯，對陸國公道：「早幾年我就和您商討過空餉一事。」

陸國公點了點頭，一捋腦袋。「太棘手，不可輕舉妄動。」一不小心就成了眾矢之的，尤其是他們陸家，以武起家，會寒了下面人的心。

凌淵臉上隱含著一抹笑意。「可早晚是要動一動。西北戰事頻繁，這情況尚好，不過兩、三成，京畿周圍再多一成，情況最嚴重的是江南。當時我便想著先從江南下手，一點一點向北遞進。眼下陛下先動了手，也省得我另找人把這事捅出來。」

陸承澤揚眉。「可陛下更想動京畿和西北。」

「那就讓他動不了。」凌淵嘴角輕輕一挑。「這齣戲是陛下點的，但怎麼唱下去可由不得他說了算。」他放下茶盞往後一靠。「明日早朝我便上一封奏摺，提議為武將士兵加俸，上一次加俸還是七十年前的事了。」

陸承澤一愣，而後撫掌大笑。中高層將領吃空餉源於貪慾，底層則是為了養家餬口，這一招可大大收買底層軍心，這才是部隊根本。

這不是陰謀，是堂堂正正的陽謀。

「長遠來看，加俸一事自然是好事，可遠水解不了近渴，大哥他們雖然沒伸手拿軍餉，但是他們下屬裡必然有人碰了。一旦這些人被查辦，陛下隨便安個瀆職、監管不力的罪名就能光明正大革了他們的職位。」陸承澤道。

「派幾個錦衣衛過去就想在西北軍營找到證據，未免太不將伯卿他們當回事了。」凌淵緩緩笑了下。陸家老大陸承海，字伯卿。

陸承澤微微一愣，想明白之後，他也笑了。皇帝如此心急如焚的派人前去，就是想打一個措手不及，讓西北那邊沒時間消滅證據。然而陸國公和凌淵幾年前就想到這一茬，還打算出手整頓，怎麼可能留下把柄讓人打自己耳光？

笑著笑著，陸承澤又想到了京畿。

「那京畿一帶呢？」天子腳下可不比西北，這一陣廠衛也著實捉拿了一批吃空餉的將領，幾位都督和兵部尚書恐難獨善其身。

「廠衛如此大興牢獄，就不怕群情激憤？」凌淵眸光漸涼。

八月中秋佳節，良辰吉日天，詔獄之中的北軍都督僉事祁俊在昔日舊部幫助下突然越獄，一路逃至皇城東安門。走投無路之下，祁俊被逼上東安門，撕開囚衣露出傷痕累累的身軀，聲淚俱下痛訴廠衛羅織罪名，構陷忠臣，屈打成招。

最後祁俊跪在城門上遙望皇宮，愴然淚下。「臣懇請陛下勿使廟堂之上，朽木為官；殿陛之間，禽獸食祿；令狼心狗行之輩，滾滾當道，奴顏婢膝之徒，紛紛秉政！」說罷自東安門上一躍而下，當場殞命。

過了幾日，前去地方辦案的錦衣衛中出現幾例遭遇當地將領抵抗，身受重傷的事件。道是查案的錦衣衛到了當地假借徹查空餉之名，行敲詐勒索之實，凡是交不出足夠銀兩，俱被捏造罪名逮捕。

八月底，出現傷亡事件，惠州城王鎮撫愛女遭一百戶姦淫，憤而懸樑。痛失愛女的王鎮撫帶著親信誅殺該百戶並其手下，數百當地百姓為被抓的王鎮撫求情。

八月裡，太學和國子監學生兩次靜坐在西廠、錦衣衛衛所門前示威，抗議廠衛暴行。朝會之上，泰半文臣武將上書請皇帝嚴查廠衛，還朗朗晴天。

御書房中，皇帝氣得一張臉陰沈得能滴出墨汁，平日渾濁的雙眼此刻凌厲異常，陰惻惻地盯著下首微垂著頭、看不清面容的臣子。

立著的有凌淵、邱敏、楊炳義等人，五位閣老及五位尚書。跪著的則是以東廠督主陳忠賢為首，刑部尚書賀知年、大理寺卿鮑安民、錦衣衛指揮使楊蘭田。

「朕讓你們徹查空餉一事，你們就給朕弄出這個結果來！」皇帝怒不可遏，重重拍著御案。

跪在下首的幾人心也跟著跳了跳，只能叩首。「陛下息怒！」

賀知年、鮑安民心裡苦，廠衛自己就能把抓、審、判、關一套做全了，他們根本就沒插手的餘地。

皇帝氣急敗壞地指著他們，怒氣沖沖。「息怒息怒，除了息怒，你們還會說什麼！」幾人俱是唯唯。

皇帝被氣得恨不得一聲令下，把這幾個都拖出去砍了，到底被僅剩的理智壓住了這個蠢蠢欲動的念頭。

皇帝突然看向為首的凌淵。「凌卿家覺得眼下局面該當如何？」

被點名的凌淵向前跨了一步，行過禮後道：「依臣所見，當務之急便是平息民憤。」

「如何平？」皇帝眸色深深。

凌淵肅聲道：「召回廠衛。」

「召回廠衛？難道空餉之事不查了，就讓那些蛀蟲掏空了朕的軍隊？」皇帝怒聲質問。

凌淵面色不改，沈聲道：「空餉一事自然要查，卻不可操之過急。冰凍三尺非一日之寒，此頑疾積年而成，也非一日可除。依臣所見，此事應該徐徐圖之，事緩則圓。」

皇帝神色不定。「那依卿家所見，怎麼個徐徐圖之法？」

「江南情況最嚴重，依臣所見，不妨先從江南入手，待整頓完江南，再徹查其他地方。」

皇帝瞇了瞇眼，忽而古怪一笑。「為何不是西北，我大慶三分之一的兵馬可都在此，是我大慶根基，豈能任由小人敗壞？。」

「啟稟陛下，八百里加急！」門外傳來小黃門尖細的聲音。

皇帝臉色微微一變，驚疑不定道：「傳！」

風塵僕僕的信使飛奔入內，下拜疾聲。「稟陛下，瓦剌陳兵二十萬在嘉峪十里之外！」

上首的皇帝霍然起身，一張臉青了白、白了紅，細看可見他面皮之下的肌肉在輕輕顫動。

對瓦剌，皇帝打從心底恐懼，十三年前他御駕親征遭瓦剌俘虜，為期半年的俘虜生涯是他這輩子都不願意想起的惡夢。

瓦剌屯兵嘉峪關之事一出，朝野上下聚焦在空餉上的目光不約而同被轉移。空餉這個內憂在外患的干擾上，以虎頭蛇尾的方式落幕。

天順帝再不提西北空餉幾字，他再蠢也知道，這當口調查西北將領空餉，前腳查出來，保不准後腳被查的將領倒戈相向，給瓦剌大軍行了方便。

然而瓦剌大軍不早不晚，在這個時候出現在嘉峪關，天順帝不由心緒翻湧，忍不住將懷疑的目光投向淩淵和陸國公府，只是無憑無據，他也不好說什麼，只能捏著鼻子認了。

可在京畿這一塊上卻沒有這般草草收場。經過這幾日的調查，並沒有找到幾位都督吃空餉的證據，但是他們各自有下屬被揪出來，一個監管不力的罪名跑不了。皇帝原已乘機把他們都撤了，連自己的心腹中軍都督也沒有例外，畢竟若要革職只能一塊兒革，否則堵不住悠悠眾口。可現在找不到證據，權衡利弊一番，皇帝選擇罰了三位都督兩年俸祿，就讓他們官復原職。

兵部尚書卻沒這好運，他統領兵部，出了這樣的事難辭其咎。君臣角力之下，兵部尚書被罷了官，性命倒是無礙。

同樣被罷官的還有錦衣衛指揮使，朝野上下參廠衛倒行逆施的奏摺如雪片似的飛來，加上民間群情激憤，天順帝也不得不給出一個交代，遂錦衣衛指揮使被問責，東廠陳忠賢卻讓天順帝咬著牙硬保下來。

最終，空餉一案受影響最大的還是江南，尤其是江南水軍。

一開始前去調查之人是陳鉉，查得七七八八後被皇帝召回，另外派欽差大臣前往。結果觸目驚心，江南軍中空餉高達五、六成，還可以明目張膽的買閒、買官。

帝王一怒，血流成河。憋了滿肚子火的皇帝可算是找著了地方發洩，凡是涉案人員全部從重處理。

這一陣子，便是內宅都不能免俗的談論起江南。

如今，白洛氏和白奚妍又來請安了，說了會兒閒話，白洛氏就掩嘴笑起來。「天理昭昭，報應不爽，那南寧侯夫人……不，」白洛氏一拍大腿，幸災樂禍般看著何氏。「人家可不是侯夫人了，該說是罪婦，韓氏可算是遭報應了。」

白洛氏對於南寧侯夫人的怨氣來自於早些年的冷眼以及洛老夫人因著他們家而病了。何氏嘴角微微一翹，笑容矜持，並沒有如白洛氏那般喜形於色，但她心裡的喜悅只比白洛氏更甚。洛婉如在韓氏母女倆手裡吃了多少虧，毀容、摔下山坡重傷，一件件一樁樁她都記著呢，可礙於侯府勢力，她只能咬著牙吞下這口惡氣。

眼下這口氣可算是出了。從去年開始就賦閒在家的南寧侯因為水軍的貪腐連爵位都丟了，要不是文陽長公主的面子，怕是連命都保不住。而韓氏則是不知被打哪兒冒出來的先侯夫人舊僕告到了順天府，狀告韓氏戕害先夫人楊氏。

耳聰目明的都知道這是江樅陽在替母報仇呢，南寧侯府倒了，韓家早在去年就沒了，而江樅陽正是皇帝跟前的紅人。順天府自然知道該怎麼判，倒是有幾個嫉恨江樅陽把空餉這事捅出來的人向順天府尹打招呼，然而這都沒有幫江樅陽打招呼的人來頭大——皇帝，皇帝在早朝上還開口問了幾句。

於是韓氏謀害楊氏罪名成立，被判處死刑，連因為害人而得來的正妻之位也沒了。畢竟哪能讓一個戕害原配的繼室繼續頂著正妻的身分，豈不滑天下之大稽？

判決下得這麼快，不少得知韓氏所作所為而咬牙切齒的原配夫人功不可沒。

「說來婉如這病也養了快一年了，該是好了，大嫂怎麼還不把她接回來？咱們婉如都十六了，可還沒許人家呢！」白洛氏狀似不經心地問。

廳內霎時一靜。

洛婉兮抬眸瞧一眼滿臉不經意的白洛氏，捕捉到她眼底一閃而逝的笑意。

為了洛婉如的名聲，洛老夫人對外宣佈她在臨安養傷，她被江翎月逼得摔下山坡之事人盡皆知，倒也能糊弄過去。可自家人知道自家事，白洛氏豈會不知道洛婉如是在受罰。

何氏臉色驟沈，冷冷盯著白洛氏臉上浮誇的擔憂。「哪及得上二妹妳手腳快，給奚妍找了這麼個萬里無一的好婆家。」說著站了起來。「我還有家務要處理，先行一步。」說罷甩袖離去。

八月才剛進門的蕭氏看婆婆走了，尋了個藉口，尷尬地向白洛氏、施氏幾位長輩屈膝一福，緊隨其後。

白洛氏一張臉青了白，白了紅，萬想不到時至今日何氏還會這麼打她臉。

施氏瞧著她臉色變化，就覺痛快，譏誚一笑。「我勸二姊一句，別揣著明白裝糊塗，打量著誰不知道妳心裡在想什麼。」說罷起身一理裙襬，對洛婉兮道：「我頭暈，妳扶我回去歇息一下。」

洛婉兮起了身，對滿面羞紅的白奚妍點了點頭，扶著施氏離開。

施氏一走，左右為難的吳氏愣了一會兒，最後也尋了個藉口告辭。

被氣了個倒仰的白洛氏指著匆匆離去的吳氏，憤憤不平。「連她也敢下我臉，她以為自己是誰——」

「娘！」白奚妍打斷張口欲罵的白洛氏，泫然欲泣。「您到底要做什麼，一家人好好說話不行嗎？您為什麼一定要夾槍帶棍，弄得大家都下不了台呢？」

白洛氏被女兒說得心頭訕訕，嘀咕道：「當年妳大舅母不就是這麼對我的，我還她兩句怎麼了？好了好了，我以後不說了還不成嗎！」

類似的話，白洛氏沒說過十遍都有八遍了，讓白奚妍如何信她？她只覺得心力交瘁。

「妳二姑這個人，壓根兒就不知道『見好就收』這四個字怎麼寫！」離開的施氏如此對洛婉兮說道。何氏已經讓著她了，可她非要往傷口上踩兩腳才痛快。在一個母親面前拿女兒作筏子，純粹是自己找難堪。

真論起來，何氏有個嫁到凌家的女兒，未必怕了她白洛氏，不過是忌憚無事也能生非的廠衛，不想惹麻煩。可惹了也就惹了，白洛氏有沒有那個讓陳家為她出頭的本事還是兩說，這一陣她是琢磨出來了，這姑姊扯著陳家的大旗扯得歡，可陳家未必拿她當回事。

洛婉兮抿了抿唇，也不知道該怎麼說才好，白洛氏委實叫人難以言喻，偏這還是至親，想遠離都離不得。

「對著自家人都如此，對著外人，二姑怕是更不會收斂。眼下陳家得勢，她也水漲船高，哪天陳家若是……」洛婉兮搖了搖頭。「牆倒眾人推，這世上從來不缺落井下石之人。」南寧侯府不就是活生生的例子，前兩任西廠督主可都沒什麼好下場。

施氏眉頭一擰，可不就是這個理。「妳跟她說這些，她聽得進去才怪，說不定還要啐妳兩口，只當妳眼紅她。我是懶得跟她說了，就是可憐了兩個外甥。」

想起羞得滿臉通紅的白奚妍，洛婉兮默了默。

施氏也沈默下來，被白洛氏這一鬧，她倒是想起了另外一件與洛婉兮息息相關之事，斟酌了半晌，她壓低了聲音道：「大房想把婉如接回京。」她說的是大房，而不是大房某一個人。

洛婉兮便知道這不只是何氏的意思，洛大老爺、洛郅、洛婉妤該是都有這個意思。正如白洛氏說的，洛婉如都十六了，再在臨安待下去，婚事怕要被蹉跎。

見洛婉兮垂下眼，濃密的睫羽在眼瞼投下一片暗影，施氏的心也跟著抽了下。長房得勢，能讓洛婉如在家廟待上一年多，施氏覺得已經是極限了。

「回來就回來吧，她早晚都是要回來的。」對此她已有心理準備，只是不想這一日來得這般快。

施氏沈沈一嘆。「但願她那性子能好一些。」

洛鄂的婚事也有眉目了，十月她就要離開，到時候便是想幫這姪女也是鞭長莫及，愛莫能助。

洛婉兮笑了笑。

施氏拍了拍她的手道：「這一陣子心驚膽戰，大門都不敢出，過幾日咱們去白馬寺上香，妳也能出門散散心。」

洛婉兮點了點頭。「好。」

第三十七章

到了白馬寺才發現和施氏想法一致的不少，自覺逃過一劫的紛紛前去各大寺廟燒香拜佛，香客絡繹不絕。

排著隊在大殿上過香，何氏拉著兒媳蕭氏去喝送子泉，也不知何時流傳出來的說法，喝了白馬寺西邊那口泉眼的水有助懷胎。在出了幾件因為搶泉水而發生的流血事件之後，方丈便派了僧侶前去打水維持秩序，自此那泉水似乎更靈驗了，遂送子泉的名頭一傳十，十傳百。

一旁的白洛氏瞧見，也想拉白奚妍去喝一碗，她覺得只有女兒生下陳家的骨肉，這地位才算是徹底穩固。幸好她還記得白奚妍尚未出嫁，硬是忍住，盤算著婚後一定要趕緊帶白奚妍過來。

「我們去聽經，妳們小姑娘到處逛逛散散心。」施氏溫聲對洛婉兮和白奚妍道。

二人屈膝應了一聲，攜手離開。

九月天，秋高氣爽，放眼望去一片金黃。難得好景致，白奚妍卻無心欣賞，一臉的心神不寧。

洛婉兮不止一次對上侍書央求的目光，再看白奚妍鬱鬱的眉眼，遂帶著她往冷清的地方走。

遠離了人群，洛婉兮側過臉問她。「我瞧著妳愁眉不展，是遇上什麼難事了？」

聞言，白奚妍眉心皺得更緊，細聲道：「我害怕，婉兮，我害怕！」她一連說了兩個害怕，洛婉兮甚至能察覺到白奚妍放在她臂彎裡的手在輕輕顫抖。

洛婉兮默了默，白奚妍怕什麼，根本用不著猜。九月二十八就是她和陳鉉的婚期，只剩下半個月，白洛氏這次和她們一道來上香就是為了讓白奚妍放鬆心情。

斟酌了一下，洛婉兮才慢慢地問：「妳怕什麼呢？」

白奚妍身形微微一顫。她怕什麼？她怕陳鉉知道自己冒名頂替，她怕陳鉉的風流多情，還怕整個陳家。

白奚妍輕輕咬住下唇。

見她半晌無語，洛婉兮只能挑好的說。「都說女兒家嫁人最怕的是遇上難纏的婆婆，可表姊妳看，妳就沒這煩惱，是不是？」

白奚妍擠出一絲勉強的笑容。

洛婉兮洩氣，女兒家臨近出閣難免緊張，尤其是白奚妍這門親事，換作她也無法淡定。

「我當是誰呢，原來是白姑娘！」斜刺裡冷不丁冒出一道隱含挑釁的女聲。

洛婉兮眉頭輕輕一皺，循聲望去，就見背後的楓樹林裡走出一群人，領頭一紫色錦裙的少女眉眼上挑，似笑非笑地看著白奚妍。

白奚妍一見她，當即變了臉色，拉著洛婉兮轉身便走。

洛婉兮心下狐疑，倒沒多問，跟著她走，奈何來人並不想她們走。

紫衣少女攔在路前，一臉不善，語氣含譏帶誚。「白姑娘這是做什麼，見了我們就走，是做了什麼虧心事不成？」

白奚妍臉色更白，不由自主的握緊了洛婉兮的手。

見她這模樣，紫衣少女從鼻子裡哼出一聲，語帶嘲諷。「走也對，外頭有危險，出門需謹慎，否則再遇上個什麼天災人禍，白姑娘又要等著別人來救，一不小心就沒了清白，到時候可怎麼辦？妳倒是嫁給陳僉事呢，還是另嫁呢？」

白奚妍的臉剎那間褪盡了血色，嘴唇劇烈地哆嗦著。

洛婉兮總算是聽明白了，這姑娘話裡的酸醋味都能沾餃子吃了。合著這姑娘喜歡陳鉉，所以來找白奚妍晦氣？看白奚妍這模樣，想來還不是一次、兩次。

她看著紫衣少女的眸光漸漸涼下來。「女兒家遭遇那樣的事已是十分不幸，這位姑娘不譴責那喪盡天良的凶徒，卻在這兒對受害的女子落井下石，極盡嘲諷之事，不覺虧心嗎？諸位自己也是女兒家，若是有朝一日遇上不幸的是妳們，旁人這樣待妳們，妳們是何心情？」

十幾歲未出嫁的小姑娘本就是純真良善的年紀，聞言不由心有戚戚焉，一鵝蛋臉的高䠷女孩輕輕拉了拉紫衣少女，低聲道：「玉敏，算了……」

閻玉敏這才注意到洛婉兮，定睛一看，微微一驚，驚訝之中又帶了一絲羨慕。雖然衣料首飾都極為普通，可那張臉瑩潤如玉，襯得耳上珍珠都失了顏色，眉眼昳麗，姝色無雙。

難以言喻的嫉妒湧上心頭，她父親為刑部侍郎，是陳忠賢朋黨，自從兩年前見了陳鉉，小姑娘便情根深種，心心念念想嫁給他。她父親也是同意的，可陳鉉卻不同意。閻玉敏一直都覺得，那是因為自己姿色平平，若她有這樣一張臉，何愁嫁不得心上人？

閻玉敏面龐扭曲了下，眼中燃起兩簇小火苗，恨不得燒了這張臉。她一把拂開女伴的手，譏笑道：「她白奚妍失了清白可憐，難道陳僉事不是如此？明明救了人，只因為看了她的身子就要娶她，豈不更可憐！」

她一雙眼惡狠狠的瞪著白奚妍。「也不知用了什麼下作手段，逼得陳僉事不得不娶了妳。」閻玉敏堅信，陳鉉娶白奚妍之事有黑幕。

白奚妍渾身一顫，搖搖欲墜。

「為什麼姑娘一心覺得陳大人是被逼的，而不是心甘情願？陳大人位高權重，我表姊何德何能能逼迫他做不願之事。此事，不過是陳大人不忍見一弱女子遭受流言蜚語，一生悲苦，所以站出來承擔起責任。陳大人急人之困，慷慨仗義，實在是真君子大丈夫。」洛婉兮微微一挑眉，一本正經地看著閻玉敏。「難道姑娘覺得陳大人不是這樣的人？」

閻玉敏頓時噎住，不大的眼睛瞪得滾圓，不管否認還是承認，這都是個坑。她氣得胸膛劇烈起伏，一張臉青白變幻，伸手指了指洛婉兮，咬著牙道：「妳行！」

洛婉兮微微一笑，笑容清淺，端地動人。

閻玉敏氣上加氣，恨恨瞪了她兩眼，甩袖離去。她的女伴立刻跟上，轉眼之間，又恢復了平靜。

洛婉兮緩緩吐出一口氣，看向臉色依舊蒼白的白奚妍，愁腸百結。

白奚妍性子太軟了，被人打上門，也只知道避開，眼下只是個爭風吃醋的小姑娘便如此，日後嫁給陳鉉，如何與後宅命婦交際應酬？以陳鉉的身分，她少不得與敵對派系的貴婦遇上，那些人才是真正的綿裡藏針，指桑罵槐，連消帶打信手拈來。

「世上見好就收的少，欺軟怕硬的多，妳越是讓著她，她不會以為妳大度，只會以為妳好欺負，得寸又進尺。」

白奚妍眼裡浮現水光，顫著聲音道：「我知道，可是對上這些人，我就說不出話來。」說著淚水如同掉了線的珠子，一顆連著一顆往下淌。

洛婉兮一驚，趕緊上前安慰她，好不容易才勸她止了淚意。

洛婉兮萬般無奈，千般擔憂。白奚妍這柔順的性子不是一日養成的，也不可能在短期內性情大變。

待二人離開後，楓林更深處又走出兩人。

陳鉉一摸下巴，笑嘻嘻地對江樅陽道：「哎呀，這麼誇我，多不好意思！」

「……」江樅陽無語，轉身就走。

韓氏已經伏法，他今日前來白馬寺是為告知亡母。他在白馬寺為楊氏請了一座往生牌，方便祭拜。

陳鉉偶然得知後，道他那一日無事，便同他一道來為亡母上炷香，他母親的往生牌也在白馬寺內。至於為何會出現在此處，完全是被陳鉉誆來的。

望著離去的江樅陽，陳鉉嘖了一聲，挑眉嗤笑。

他才不信江樅陽這一路沒發現不對，只是順水推舟罷了。本來還想安排兩人見一見，可誰想半路殺出個閻玉敏，活該他倒楣。

他幸災樂禍地搖了搖頭，邁開長腿跟上。

閻玉敏離開後越想越是不忿，眼前一會兒是梨花帶雨的白奚妍，一會兒又變成了人面桃花的洛婉兮，登時醋海翻波。

「二妹！」

遠遠一聲喚回了閻玉敏的心神，一抬頭就見遠處樂顛顛跑來一肥頭大耳的青年，每走一步，渾身的肉都跟著顫了顫。

閻玉敏目露嫌惡，來人是她二哥閻玨，不只生得癡肥笨壯，還蠢笨如豬，偏偏最得她母親疼愛。

與閻玉敏一道的女伴不由皺了眉，恨不得退避三尺，倒不是她們以貌取人，而是……

還沒走近，閻玨一雙幾乎淹沒在肉裡看不見的小眼睛已經赤裸裸的黏在幾個女伴身上，看得幾人臉色一沈，當下道：「我們還有事，先行一步。」話音未落，便旋身而去，壓根兒不等閻玉敏反應。

「哎哎哎！」一看美人兒走了，閻玨伸著手叫，立刻追上去。

閻玉敏趕緊讓人攔住他，因為他，自己的朋友都不敢來他們府上作客，他還想害得自己一個手帕交都沒有才甘休是不是！這時候閻玉敏不由對一味溺愛二哥的母親也生出幾分怨懟。

她怒氣沖沖地瞪一眼閻玨的小廝，厲喝道：「你們是幹什麼吃的，怎麼讓我二哥跑了出來？闖了禍，你們擔當得起嗎！」白馬寺裡到處都是女客，萬一衝撞了哪家貴人，就是自家也得吃不了兜著走。

忽然，一道亮光照亮了她的雙眸，閻玉敏看著閻玨那憨傻之態，嘴角綻開一抹冷笑……

白奚妍哭紅了一雙眼，為了不讓長輩擔心，兩人並沒有立刻回去，而是尋了個僻靜的涼亭坐著，又打發了丫鬟去尋水，好用濕帕子給白奚妍敷眼。

哭了一場，白奚妍悲意稍斂，又有些不好意思，明明自己才是姊姊，卻每每要洛婉兮安慰她。

見白奚妍面露赧然之色，洛婉兮忍俊不禁，故意逗她，遂揶揄道：「表姊現在才覺得不好意思，是不是太晚了？」

白奚妍臉一紅，垂了垂眼又抬起頭，忐忑不安的看著洛婉兮。「婉兮，我是不是特別沒用？」

「怎麼會？」洛婉兮想也不想道，沈吟了下開口。「表姊，妳顧忌的人和事太多，其實有時候做人不妨自私一些。」

聞言，白奚妍愣住了，難以置信的看著洛婉兮。

洛婉兮忍不住笑了笑。「就像剛才……」

這頭兩人正說著話，完全不知道有危險自另一頭而來。

「你要做什麼？」守在路邊防止意外情況的婆子見一肥壯如山、形容猥瑣的男子直直衝向涼亭，趕忙阻攔，看他衣著華麗，忍著厭惡客氣道：「亭中有女眷，請這位公子迴避一二。」

閻玨滿腦子都是妹妹說的仙女似的姑娘，哪裡聽得見這婆子的話，見這討人厭的婆子伸手攔他，遂一把推開。

那膀大腰闊的婆子不敵蠻力，就像被秋風打落的樹葉被他一推就倒，還在地上打了兩個滾才停下，摔得這婆子暈頭轉向。

遠遠在後頭看著亂局的閻玉敏偷笑不止，她二哥不只蠢笨如豬，還力大如牛，頭一次覺得這位胞兄順眼了一些。

她的丫鬟戰戰兢兢，壯著膽子道：「姑娘，要不算了吧，若是出了事，可怎麼是好，白家姑娘畢竟是陳督主未過門的姪媳婦……」

「閉嘴！」閻玉敏狠狠瞪她一眼，就是白奚妍在才好，要是她二哥能把白奚妍怎麼了最好。京城誰不知道她二哥心智不全是個傻子，陳督主看在她爹分上，還能跟個傻子計較？以她來看，陳家也不十分想娶白奚妍，說不定她這還是為陳督主分憂解難。

不過以她二哥那好色的性子，怕是看不見白奚妍，只看得見白奚妍那個表妹。想起那張狐媚臉蛋，閻玉敏就忍不住一陣嫉妒，轉瞬又高興起來，再漂亮又如何，說不定到頭來便宜了二哥。

「二哥，你看妹妹我對你多好，送你這麼個如花似玉的美人……」閻玉敏語氣溫柔，眼神冰冷地喃喃道。

另一頭的涼亭，洛婉兮話說到一半就被不遠處的混亂打斷，沒等她們弄明白怎麼回事，閻玨已經衝到了亭前，身後是東倒西歪的丫鬟和婆子。

「小仙女！」一見到洛婉兮，閻玨幾乎成縫的眼睛都睜大了，以與癡肥身軀完全不符的速度橫衝直撞而來。

上前阻攔的桃枝幾個在他面前好似紙片糊的，完全不堪一擊。

洛婉兮駭然變色，拉著白奚妍就跑，跑了幾步眼看著要被他追上，一把將白奚妍往前推了一把，自己猛地向左邊一拐，邊跑邊回頭，果見那胖子追著她來了，登時加快步伐，一頭栽進林子裡。

被推開的白奚妍怔住了，回頭一看，嚇得花容失色，立刻調轉方向追上來。

追過來的侍書一看自家姑娘好不容易脫險竟又追過去，當即嚇白了臉，拚盡最後一絲力氣撲過去抱住她，急聲道：「姑娘，您別去，讓奴婢們過去！」

「放手，妳放手！」白奚妍大驚失色，第一次對侍書疾言厲色。「妳快放手！」

侍書死死抱著白奚妍不放，那人瘋了一樣，還有一身蠻力，她們這些人加起來都不是他的對手，且他穿戴非富即貴，她怎麼敢讓白奚妍涉險？表姑娘身手敏捷，又素來穩重聰慧，定有辦法化險為夷。

落後一步的桃枝見侍書拖著白奚妍不讓她過去幫忙，瞪著侍書的一雙眼幾乎能噴出火來，要不是情況緊急，恨不得上去打她兩耳光。她敢發誓，若是今兒遇上麻煩的是白奚妍，她絕不會阻止洛婉兮去幫忙。

桃枝冷笑，果然是患難見真情，她加大步子往林子裡跑，她性子活潑，平時就愛玩鬧，遂體力最好，很快就一馬當先，甚至追上最前面的洛婉兮和閻玨，卻見到傻眼的一幕。

望著前頭抄著一根手臂粗的樹枝暴打閻玨的洛婉兮，桃枝一臉的不可思議，只覺得眼前發生的一切如夢似幻，匪夷所思，以至於她忍不住揉了揉自己的眼，再看過去，依舊是她心目中最溫婉、最可人的姑娘正氣勢磅礡地揮舞木棍的畫面，而她腳邊那一坨「生物」則發出殺豬般的嚎叫。

桃枝搖搖晃晃的靠近洛婉兮，也不知是打擊過大，還是一路不要命的飛奔導致的力竭，就在她忍不住要暈一暈讓自己清醒一下時，驀地見滿面寒霜的洛婉兮眼底迸射出一道寒光，狠狠舉起手中木棍直奔對方臍下三寸而去。

桃枝嚇得魂飛魄散，衝上去抱住洛婉兮的腰往後拖，顫聲道：「使不得，姑娘，萬萬使不得！」這人該死，但是不值得自家姑娘為他賠上自己，一旦攤上這事，哪怕姑娘是受害者，這輩子也完了。

用力太猛之下，主僕二人不慎跌倒在地。桃枝心急如焚地看向面色陰沈如水的洛婉兮，一顆心撲通撲通亂跳。姑娘在發抖，既像是憤怒又像是恐懼，她覺得此刻的主子有著說不出的古怪，尤其是在對上主子空洞的眼睛之後。

桃枝忍不住心下一慌，顫聲道：「姑娘，您怎麼了，您別嚇奴婢啊！」

洛婉兮合上眼，握著木棍的手指發白，手背上青筋畢露，須臾後復又睜開眼，所有情緒都消失無蹤。

而原本猶豫著該不該出現的江樅陽和陳鉉見勢不對，隨後奔至，恰巧正對上洛婉兮鎮定自若的雙眼。

江樅陽心中一頓，隱隱約約的疼起來。要怎樣的經歷與心性，才能讓一個及笄年華的少女在這樣的情況下繼續保持冷靜，而不是驚慌無助的哭泣？

陳鉉一挑眉，目光饒有興味。

洛婉兮推了推還死命抱著她的桃枝，低聲道：「我們起來。」

桃枝愣愣的看著她，後知後覺地鬆開手。

洛婉兮站了起來，又拉起愣神的桃枝，問向江樅陽。「你們怎麼會在這兒？」

江樅陽心跳快了下。陳鉉對他說她有危險，他雖將信將疑，但是不敢冒險，還是跑了過來，正想出手，卻見場上局勢瞬間反轉，她抄起路邊斷枝三兩下就將閻玨制伏，還穩占上風。他怕自己出來會令她尷尬，故避到樹後。

「洛姑娘好身手，巾幗不讓鬚眉啊！」陳鉉打哈哈，還笑咪咪的對洛婉兮豎起了拇指。

他一雙眼不掩好奇，在這之前若有人告訴他這般嫋娜纖細、一根指頭就能戳倒的小姑娘，將閻家那天生巨力的傻胖子按著打，陳鉉千萬個不信，但現在他信了，還深信不疑。

洛婉兮靜默下來，陸國公府以武起家，她自幼便跟著父兄們學過家中祖傳劍法，且學得還不錯。到了洛家後漸漸荒廢，不過收拾一個人渣依舊綽綽有餘，所以才會把人往林子裡引。

「妳先走，這裡交給我們。」江樅陽突然出聲。

洛婉兮微微一怔，又搖了搖頭。她已經欠江樅陽太多，不想再欠他，她怕自己還不起，便緩緩道：「你的好意我心領了，不過我想……」

「女兒家不要太要強，否則就不可愛了。」陳鉉嬉皮笑臉地截過話頭，說完就見江樅陽冷眼看著他。

陳鉉訕訕一笑，一個沒忍住就原形畢露了，這姑娘可不是他能油腔滑調的那種，於是他輕咳兩聲，一本正經道：「多一事不如少一事，閻玨那娘是出了名的疼這傻兒子，家裡又很有兩分勢力，洛姑娘沒必要自尋麻煩。對著外人，只說是我們打的，妳表姊也在，外人絕不會起疑。」

白奚妍可是他即將過門的妻子，他聞訊趕來並且教訓閻玨天經地義。忽然他眉頭一皺，放眼看了一圈，沒發現白奚妍的身影，意味不明地輕輕一笑。

陳鉉踢了踢還在原地翻滾、涕泗橫流的閻玨，對上那張不堪入目的臉，差點忍不住一腳踹過去，最後嫌惡的在他肚皮上踢了一腳。「就算這傻子說是妳打的，也沒人信。」

洛婉兮垂下眼簾，陳鉉的話戳中了她最難堪的軟處，她惹不起麻煩，她不過是寄人籬下的孤女，老祖母還臥病在床，若閻玨的身分真如陳鉉所說不一般，自己恐怕真惹不起，哪怕他有錯在先。

袖中的手倏爾握緊，指尖掐進掌心，可洛婉兮就像是不覺疼似的，越掐越緊。

第三十八章

江縱陽和陳鉉皆是耳聰目明之輩，豈會沒有察覺到她身體驟然緊繃，轉瞬間，二人便猜到了七七八八。

江縱陽心頭一刺，有些話近乎脫口而出，卻又如鯁在喉。

陳鉉目光一閃，突然俯身拖著閻玨就走，還對江縱陽使了個意味深長的眼色。當下正是洛婉兮心神不穩的時候，江縱陽只要加把勁，保不准就把人打動了。

他對江縱陽道：「我先去把這個麻煩解決了。」

桃枝後知後覺地發現這兒只剩下他們主僕三人，那些人也不知道怎麼回事，竟然還沒追上來。看了看江縱陽，她一咬牙，也往旁邊走了幾步，卻不敢走遠。

被留在原地的兩人一時無言，尷尬在兩人之間瀰漫。

洛婉兮扯了扯嘴角苦笑。「似乎每次見面，我都狼狽不堪。」

江縱陽搖了搖頭，他想起了那天，她站在巨大的美人蕉下，拈花一笑，眸光清淺，絢麗的陽光都為之失色，驚豔了時光。

洛婉兮愣了一息，方想起兩人見面僅有那麼兩、三次是在正常情況下，奈何不正常的情況太過深刻，以至於她都忘了。

「這次又是你幫了我！」

「妳表姊是陳鉉未過門的妻子，闔家是陳黨，他理應出手。」江樅陽道。

洛婉兮卻是笑了笑。直覺告訴她，陳鉉之所以幫她，最大原因是他給江樅陽面子，而不是因為白奚妍那邊的關係。

江樅陽這般說，想來是怕她心有負擔，可他越是如此，自己的負疚感越重。對方一次又一次的施以援手，可她無以為報。

以身相許嗎？

若是真到了不得不嫁人的地步，她會選擇一個能夠相敬如賓之人，然而那個人不會是江樅陽，因為自己無法回應他的感情。一年、兩年他可能不在乎，可終有一天他會筋疲力竭、失望透頂。感情這回事，兩廂情願最幸福，一廂情願便是萬劫不復。

「姑娘，有人來了。」桃枝壓低聲音提醒了句。

洛婉兮定了定神，飛快道：「官場凶險，你莫給人當了刀子，記得給自己留條退路。」話音未落，人已轉身離開。

在她背後，江樅陽臉上緩緩綻開一個笑容，蔓延至眼角眉梢，英俊的面龐頓時更加生動，透出幾分少年人的鮮活，其實他也不過十九，尚未及冠。

來的是追尋而至的洛府下人，她們因為腳程不及，追丟了人，好不容易才尋過來，見洛婉兮雖然形容狼狽，但衣裳完好，心頭高懸的巨石終於落地，差點喜極而泣，一迭聲唸佛。

洛婉兮敷衍了幾句，略作一番收拾，便被人簇擁著往林子外走去。

為了避免流言蜚語，隱在樹上的江樅陽目送她離開後，一躍而下，循著另一條路離開。

洛婉兮等人剛出林子，就遇上帶著施氏和白洛氏一行人趕來的白奚妍和侍書。

見狀，桃枝俏臉沈了下來，這一旦看一個人不順眼，就能在雞蛋裡挑出骨頭來。如這會兒，見她們捨近求遠，搬來自家人當救兵而不是就近找人幫忙，桃枝不由地怒火中燒。

這是打量著她家姑娘已經吃虧，所以打算胳膊折了往袖子裡藏？既然覺得她家姑娘會吃虧，怎麼不來搭把手，多個人多分力量啊！

桃枝狠狠瞪了眼目光閃爍的侍書，不用想就知道是她出的主意，以前只覺得她機靈，現在覺得她是機靈過頭了。

一見洛婉兮那可憐模樣，施氏頓時紅了眼，三步併作兩步跑到她跟前，飛快上下打量一遍，方才如釋重負摟著她道：「沒事就好、沒事就好。」又自責得無以復加。「我上什麼香啊！」

她提議出門上香是為了求平安，可她們分明是求了禍。

洛婉兮朝她安撫一笑。「四嬸我沒事。」想了想道：「是陳僉事和江僉事救了我。」江樅陽已經繼承父親爵位，合該稱上一聲小侯爺，不過她想他應該不喜歡這個稱呼。

「陳僉事？」施氏還沒反應過來，攙扶著淚人兒一般女兒的白洛氏猛地抬了聲調，一雙眼睛瞪大了看向洛婉兮，目光驚疑不定。

洛婉兮微微一皺眉，不明白白洛氏為何這般大的反應？

白洛氏似乎也察覺到自己反應過度，掩飾般地笑了笑，摟緊白奚妍。「我就奇怪，妳怎麼會遇上陳僉事？」

洛婉兮看她一眼，道：「想來是陳僉事聽說表姊和我在一塊兒，遂特意趕來幫忙，救我不過是順帶。」

白洛氏容色稍霽，她打心眼裡喜歡洛婉兮這個解釋，否則又能是為了什麼？左右一看都沒有陳鉉身影，放心的同時，又奇怪地問：「那陳僉事人呢？」

「似是去尋那家人要說法了。」洛婉兮回答。

白洛氏吃了一驚，她已經根據白奚妍的形容知道來人是閻玨，那閻家可是陳督主心腹，陳鉉肯為白奚妍去閻家要公道，可見心裡是有白奚妍的。思及此，她嘴角就忍不住往上翹，對洛婉兮道：「婉兮妳放心，這虧咱們絕不會白吃！」

洛婉兮看著意氣風發的白洛氏，微微一笑，視線一偏落在她身旁的白奚妍臉上。她眼眸水盈盈一片，歡喜、愧疚、慶幸、難堪……諸多情緒交織，似有千頭萬緒在眼中翻湧，以至於她嘴唇開開合合幾次都沒能說出一個字。

她想起在回來路上，桃枝義憤填膺的「告狀」。當時她將白奚妍推開，是因為她發現閻玨似乎只盯著她，遂抱著試一試的態度推開了白奚妍，否則帶著白奚妍一塊兒跑，只會害人害己。

桃枝氣侍書拖住了想回來幫忙的白奚妍，洛婉兮卻想只是各為其主罷了，何況白奚妍過來也無濟於事，倒是這救兵搬得她心裡頗為不舒服。

她突然覺得疲憊潮湧而至，遂她只對白奚妍笑了笑，朝施氏道：「四嬸我累了，我們能早點回去嗎？」

施氏立即道：「這就回去。」

「閻家還沒來道歉呢！」白洛氏脫口而出，既然陳鉉親自過去了，閻家怎麼能不給個交代？她可記得白奚妍在閻家那姑娘手裡三番幾次吃虧。

施氏氣不打一處來，冷笑道：「二姊這個正主在，我們這些無關緊要的人留在這兒幹麼！」說罷拉著洛婉兮就走。

白洛氏訕訕一笑，見白奚妍要跟上去，伸手一攔。「妳去幹麼？」

「婉兮她……」

「她又沒事！」白洛氏不以為然。「待會兒我們下山後再去妳大舅府上看她便是，不急這一時半會兒。」

白洛氏望了望走遠的洛婉兮，對錢嬤嬤道：「妳去尋一下陳僉事，遇上了就說是我派妳過去致謝的，若是他有空請他過來一趟，我們要親自道謝。」白奚妍和陳鉉總共就見了兩次面，其中一次還是鏡月湖畔被救的那次。她早就盤算著讓兩人見一見，也好消除白奚妍那點緊張感。

錢嬤嬤應聲而去。

白奚妍唰地白了臉，四肢冰涼。

白洛氏又憐又惱，沒好氣道：「妳怕什麼，那是妳未來夫婿！」

另一頭，白奚妍的未來夫婿此刻剛把閻玨交給閻夫人。

當時在林子裡聽著閻玨慘叫連連，再看洛婉兮越揍越熟練，陳鉉聽著就覺得疼。後來出了林子，在陽光下一看，更深切地見識到閻玨的慘不忍睹。幸虧了那一身肉，否則怕是要被活活打死了。

他都覺得厲害了，更別說一腔慈母心腸的閻夫人，望著腫了一圈的兒子，差點沒暈過去。

她瞪著陳鉉，差點就要不顧形象地撓上去，可她滿腔的怒氣在得知閻玨驚擾了白奚妍之後，頓時梗在了胸口，無處可發洩。

驚擾女眷，被打一頓絕對是輕的，自己不占理，還勢不如人，她還能怎麼辦？遂這一腔怒火只能記在下人身上。

她帶兒子上白馬寺是為兒子祈福，因為知道兒子德行，故安排了人仔細看著。萬不想自己不過是遇到熟人敘了敘舊，兒子就被打得不成人形送回來。

「還有一事要問問閻夫人。」陳鉉皮笑肉不笑地道。

閻夫人心頭湧上不祥的預感，抿唇看著陳鉉不語。

陳鉉目光銳利。「前腳白家姑娘和貴府二姑娘爭執了幾句，後腳令公子就孤身一人尋了過去，妳覺得這是個巧合嗎？」

閻夫人心頭一顫，瞬間明白了他的言下之意，勉強一笑。「會不會有什麼誤會？」

陳鉉冷笑一聲。「咱明人不說暗話，我要是沒弄清楚來龍去脈會開口？」

閻夫人呼吸一滯，也沈默下來。

陳鉉放下茶杯站了起來，對閻夫人點了點頭。「說句難聽的，打狗還得看主人。閻姑娘過界了，今兒我看在閻大人面子上不予計較，若有下回，夫人可別怪我心狠。」

這尾音上揚，無端端讓閻夫人心跳漏了一拍，她穩了穩心神，對陳鉉苦笑。「賢姪放心，我這女兒被我慣壞了，回頭我定然好生教訓她，再不令她胡作非為。白家姑娘那兒，我也會親自帶著她過去賠禮道歉。」

陳鉉定定看了閻夫人兩眼，忽然冰雪消融，如同春暖花開，笑吟吟道：「今兒我急怒攻心，下手有失分寸，還望夫人不要怪罪。」

閻夫人便笑。「怎麼會，確是玨兒胡鬧了。」

頓時氣氛一派和諧，閻夫人命人送走陳鉉，一張滿月臉登時冷下來，咬牙道：「二姑娘呢？」

合著兒子被打成這樣一半是替女兒受過?!閻玨癡傻尚能原諒，但閻玉敏可不傻！陳鉉不好跟個姑娘計較，可不就把怒氣發洩在兒子身上？

想起皮開肉綻、鼻青臉腫的兒子，閻夫人頓時心如刀絞，只想一巴掌拍死那個不爭氣的不孝女。

陳鉉是在山頂一塊巨石上找到江樅陽的，此地亂石嶙峋，前面就是懸崖峭壁，一個不慎就會墜入深淵粉身碎骨，故人煙稀少。

抬頭望著迎風獨立、衣袍獵獵作響的江樅陽，陳鉉便知他再一次被美人拒絕了。自己都替他著急，這大兄弟太老實了。

陳鉉腳尖一蹬，兔起鶻落間躍上大石，恨鐵不成鋼地嘖了一聲。「又被拒絕了？」

江樅陽默不作聲，保持著俯瞰的姿勢一動不動。

陳鉉也低頭，掩映在蒼松翠柏下的路上可見影影綽綽的人影，隔得這麼遠，只能看到一點模糊的影子。陳鉉想，這裡面是不是就有他那個心尖尖上的姑娘？

「怎麼，你想在這兒當望夫石？」他的聲音戲謔含笑。

江樅陽就像沒聽到似的，彷彿已經與腳下的石塊融成一體。

陳鉉瞟了他一眼，冷不丁大笑起來，越笑越大聲。江樅陽面無表情的扭過頭看向他。

陳鉉忍住笑。「我只是想起了之前林子的事，」他不懷好意的盯著江樅陽腰間以下，表情促狹。「如此彪悍，不愧是你喜歡上的，要是哪天你惹了她，可得小心！」

江樅陽一愣之後霎時黑了臉。

陳鉉樂不可支，笑得前俯後仰，見江樅陽臉黑如鍋底，似乎想揍人，也明白見好就收，揉了揉發痠的臉頰，無辜聳肩。「我這不是看你像個怨婦似的，想活絡一下氣氛？」

江樅陽懶得搭理他，否則他怕自己忍不住把他一腳踹下山崖，遂抬腳就要下去。

「你這人就是沒情趣，連個玩笑都開不起，人家小姑娘怎麼可能喜歡你？豈不悶死！」

江樅陽腳步一頓，忽然道：「今日之事多謝你。」雖然他也能解決，但是沒有陳鉉出面方便，畢竟自己名不正言不順。

陳鉉一點都沒有自己是藍顏禍水，而洛婉兮不過是條被殃及的小魚苗的覺悟，心安理得的收下了江樅陽的道謝。「下回請我喝酒。」

江樅陽臉上浮現淡笑。「好，日子你定。」

「那可就說好了！」陳鉉一拍江樅陽的肩膀。「到時候我拉幾個朋友過來，咱們一塊兒熱鬧熱鬧。」

江樅陽目光微動。

陳鉉笑吟吟看著他，見他點了頭，笑容更盛。空餉案過後，江樅陽算是打上了他們這邊的烙印，也是時候給他引薦一些自己人。

沈吟片刻，江樅陽道：「你別再製造我和洛姑娘見面的機會了，你的好意我心領了，但是我們之間真的不適合。」他朝不保夕，何必牽連人家跟著他擔驚受怕。

陳鉉恨其不爭。「你這人怎麼這麼死腦筋！」

江樅陽垂下眼，看著腳下石縫中不起眼的黃色小花，目光漸柔。「人各有志。」

陳鉉頓生一拳打在棉花上的無力感，沒好氣道：「那我以後要是知道你家洛姑娘遇上麻煩了，是不是也不用告訴你，讓她去自生自滅？」

江樅陽神情一窒。「我會承你情。」

陳鉉氣極反笑。「我覺得你不該叫江樅陽，你該叫江情聖。」

江樅陽默了默，動了動嘴角，似是想笑，卻牽不出弧度，於是那笑顯得有些滑稽。

陳鉉越看越糟心，頭也不回地跳下巨石。「我等凡夫俗子就不狗拿耗子多管閒事了，等她成親生子，你別來找我喝悶酒。」

走出一段後，陳鉉回頭，見江樅陽還站在巨石上，無奈地搖了搖頭，又嗤笑一聲。

一屬下迎上來，陳鉉看他一眼，漫不經心道：「把來龍去脈仔細給我說一遍，一個字都別漏。」

他也是鹹吃蘿蔔淡操心，錯過了一次機會，還打算安排第二次機會讓洛婉兮和江樅陽見面，遂派人跟著洛婉兮，也因此才能及時發現閻家兄妹倆那噁心事。

當時那局面，若是洛婉兮制伏不了閻玨，而他們也不能及時「英雄救美」，他的人自然會出現。

那屬下撓了撓後腦勺，似乎有些糾結。

陳鉉眼一眯。「怎麼，還想瞞我什麼？」

屬下心頭一悸，把情況一五一十道來，尤其是白奚妍的反應。他覺得主子這般關心此事，大抵和白奚妍有關，畢竟是未過門的妻子。

聽罷，陳鉉饒有興致地問：「你有什麼想法？」

那屬下賠著笑，沒開口。

陳鉉一腳踹過去，笑罵：「跟我還來這一套！」

屬下嘿嘿一笑，揣摩著主子的臉色道：「白姑娘重情義，那樣的情況下第一反應是回去幫忙。」

陳鉉似笑非笑看著他。

屬下頭皮一麻，硬著頭皮道：「就是有些感情用事，那樣的情況下她首先該做的是去搬救兵，而不是跟個丫鬟拉扯浪費時間。」白奚妍要是身手敏捷，能一打十，不，一打五，回去幫忙是仗義，可就她那小身板過去不是白白送死嘛！

「她還真被個丫鬟絆住了？」陳鉉眉頭一挑。

屬下為白奚妍鞠了一把同情淚後毫不猶豫的一點頭。主子多疑好猜忌，保不准這會兒他想到哪兒去了。

「最後救兵總搬來了吧！」陳鉉隨口一問，他帶著閻玨一路出來都沒遇見尋過來的人。見屬下臉皮抽了抽，陳鉉嘴角微挑，那笑透出一絲古怪。「這又是出了什麼岔子不成，還是連救兵都忘了去搬？」

「……白姑娘回寺裡請來了白夫人和洛家四夫人。」

陳鉉默了默，忽而一笑，不掩譏誚。「你說，咱們這位未來少夫人腦子裡到底在想什麼？」

陳鉉都不明白，屬下就更不明白了，他還奇怪陳鉉為何要娶白姑娘，這位白姑娘論家世、模樣沒哪樣頂尖，就是性子，從這事上來說，太過軟弱糊塗。當然再納悶，他也是不敢問出口的。

所幸陳鉉也沒指望他回答，揮手把人打發了便往寺廟走去，盤算著請幾位高僧給他爹娘做一場法事，差點被江樅陽氣得忘了正事。

陳鉉剛跨進寺廟，就見一個滿臉堆笑的婆子迎了上來。

「陳大人好，老奴是白夫人派來的。」錢嬤嬤恭敬福身。

陳鉉意味不明的笑了笑。

錢嬤嬤不知怎麼的就覺得有點瘮，她嚥了口唾沫道：「我家夫人和姑娘十分感念陳大人仗義出手救了我家表姑娘，遂想親自向您道一聲謝。」

陳鉉懶洋洋一笑。「不必。」

錢嬤嬤愣了下。

陳鉉留下一聲輕笑，大步離開。

被留在原地的錢嬤嬤面色發苦。早有耳聞這位未來姑爺是個不按理出牌的主，哪想他會真這樣撅面子。女方都做到這分上了，但凡正常人都會順水推舟過去拜訪一下吧！這樣她回去該怎麼跟夫人交代呀？

率先回到府內的洛婉兮和施氏發現洛老夫人還在午歇，俱是鬆了一口氣。

施氏看著洛婉兮欲言又止，她可記著呢，是江樅陽救了姪女，這是怎樣的孽緣！然對上洛婉兮疲憊的臉，她什麼話都說不出來，只能讓她趕緊回屋休息。

與施氏分開後，洛婉兮立刻回了屋，第一件事就是沐浴更衣。之前她出了一身的汗，自己也分不清是嚇的還是累的。

洗了一個熱水澡，洛婉兮陰鬱的心情頓時晴朗不少，懶洋洋地靠在美人榻上由著丫鬟們擦拭濕髮。

半睡半醒之間，她覺有人在輕推她肩頭，她睜開眼，目光詢問的看向桃枝。

桃枝一臉的不高興。「表姑娘來了。」

洛婉兮一怔，復又笑了，捏了捏桃枝的臉。「板著臉醜死了，笑一笑。」

桃枝咧咧嘴。

「真醜！」洛婉兮嫌棄，吩咐道：「請表姊進來。」

白奚妍進屋，望著洛婉兮，忍不住眼底酸澀。事情因她而起，最後遭罪的卻是洛婉兮。

洛婉兮見她淚盈眉睫，眨眼間，眼淚順著粉腮滑落。她就這麼定定看著白奚妍淚流不止，看得後者一顆心如墜無底深淵，空落落的探不到底。

「婉兮，妳是不是……是不是怪我？」白奚妍艱難的吐出一句話。

第三十九章

洛婉兮幽幽一嘆，拿帕子擦了擦她的眼淚，把她往一旁的羅漢床帶，吩咐道：「妳們都下去，我想和表姑娘說會兒話。」

侍書一顆心七上八下，忍不住咬了咬唇。

桃枝沒好氣的瞪她一眼，一把將她拽了出去。

白奚妍不由被這架勢弄得心驚膽戰，正襟危坐於羅漢床上，一雙眼瞬也不瞬的看著洛婉兮，就像是在等待著判決的囚徒。

洛婉兮心頭不忍，看她眸中水潤，似乎隨時都要哭出來，慢慢道：「表姊，哭能夠發洩情緒，但是並不能解決任何問題。」

白奚妍的手當即一抖，無意識的拽緊了錦帕。

洛婉兮將目光從她捏得發白的骨節移到她一張水洗過般的臉上。「表姊，妳馬上就要嫁為人婦，嫁過去之後上頭連個女性長輩都沒有，妳一過去就是當家主母。妳若遇事就哭，下面那些人不會服妳，甚至會給妳使絆子。所以我覺得表姊日後若是遇上難事或是受了委屈，妳也得咬著牙把眼淚憋回去，萬不能墮了自己的威風。」

猶豫了下，洛婉兮有些不好意思道：「不過妳也可以背著人在丈夫跟前哭一哭，訴一訴委屈，讓他憐惜妳、心疼妳。」

對大多數男人而言，女人的眼淚還是十分有用的，想當年……洛婉兮搖了搖頭，甩走那些不由自主冒出來的畫面。

白奚妍見她笑容一苦，頓時心懸。「婉兮？」

洛婉兮對她柔柔一笑，繼續道：「人心肉長，想來陳大人這般的男子也是會憐香惜玉的。」

白奚妍生得嫋娜纖細，哭起來時彷彿梨花帶雨，饒是她見了都心疼，更別說陳鉉那樣的大男人了。

不防她說出這樣的話來，白奚妍尷尬得無地自容，總算明白為什麼洛婉兮要屏退左右了，這些話委實不好在下人面前開口。

洛婉兮低頭露出一個羞澀的笑容。「這些我也是從話本子上看來，不過我覺得還是有些道理的。表姊可不要說出去，要是四嬸知道我看這些話本，定然不會饒了我。」

她難得一見的孩子氣令白奚妍不由心下一鬆，她鼓足了勇氣拉住洛婉兮的手，緊張地看著她。「婉兮，我是不是哪裡做得不好，惹妳生氣了？」

洛婉兮靜默了一瞬，白奚妍忍不住屏住了呼吸。

「我是有點不高興。」洛婉兮實話實說。

白奚妍的臉瞬間褪盡了血色，眼裡再一次浮現淚珠，又想起了洛婉兮的話，手忙腳亂地逼回去。

看她這樣，洛婉兮倒是笑了笑，問：「表姊，我先問一下，妳去找人幫忙時，是因為沿路找不到別人幫忙，只能跑回寺裡找四嬸和姑母，還是一開始就想找四嬸她們？」

「我想請路人幫忙的，但是……但是……」白奚妍語無倫次的解釋。「可侍書說這樣會傷及妳的名譽，會害了妳，所以……所以我們才去找娘和四舅母。」

洛婉兮簡直不知道說什麼才好。

她的沈默讓白奚妍驚慌失措。「我是不是應該請路人幫忙？可侍書說傳出去，妳的名聲……」侍書說洛婉兮已經退過一次婚了，要是再傳出什麼不好的流言，這輩子就完了。

「救人如救火，刻不容緩。」洛婉兮斟酌了下。「這麼說吧，如果我已經遭逢不幸，自然是要避開旁人找自家人來善後。但是在還有一線希望的情況下，哪怕希望再小，也應該以救人為主，早一點趕到就早一分脫險的可能。侍書的行為讓人覺得她已經認定我難逃一劫，她找人不是為了救我，是為了給我遮醜，這是不是有些本末倒置了？」

若說侍書存了故意耽擱救人時間的壞心，洛婉兮不信，她覺得侍書是真認為自己在閻王手上在劫難逃，因此從最壞的角度考慮，並做了決定。

聽到這裡，白奚妍如遭雷擊，震得她頭暈目眩，半晌才開口。「她、我……」

洛婉兮嘆了一聲，語重心長。「表姊，下人總歸是下人，妳才是主子，她們的建議，妳可以參考，但是不能言聽計從。不說下人，就是旁人，哪怕是我給妳的建議，妳可以聽，卻不能別人說什麼就是什麼，尤其是緊急慌亂的情況下。做錯了決定固然可怕，但是連自己的主都做不了的話，不覺得這樣更可怕嗎？所以以後遇上事，先問問自己是怎麼想的，再參考別人的意見，權衡利弊做出決定。錯了也不打緊，只當是教訓，誰還不是一個跟頭一個跟頭捧著長大的？」

白奚妍呆坐在那兒，久久回不過神來。坐在她對面的洛婉兮看著她神色來回變幻，不覺想著，以前沒遇上事，白奚妍沒主見的性子也不明顯，到了京城一點一點暴露出來，也不知道現在改還來不來得及？

白奚妍離開時都還有些神不守舍，見她如此，洛婉兮反而高興，她要是一點反應都沒有，自己才該失望。不指望她一夜之間脫胎換骨，只希望她能慢慢立起來。

腹內的話一吐而盡，洛婉兮心情頓時舒暢了許多。稍晚一些檢查了洛鄴的功課，小傢伙對於姊姊丟下自己出去玩的事情怨念頗深，不過很快就被洛婉兮用一盒桂花飴糖化解了。姊弟倆親親熱熱的玩了會兒，又陪著洛老夫人用了膳，說過閒話，便各自回去歇息。

這一天兵荒馬亂，身心俱疲的洛婉兮早早就上床休息，原以為會一夜安睡到天明，卻總有斷斷續續的畫面從她眼前飄過——

三月春光將那件石青色貢緞上的祥雲紋路照得一清二楚。這是她今早親自替他穿上的。她不由自主地跟上了那個熟悉的身影，就像是為了印證什麼。

她上了問天樓，兜兜轉轉之間跟丟了人，她緩緩打開了頂層那扇刻著九朵金蓮的木門，猝不及防之間，景泰帝那張醉醺醺的臉出現在眼前，屋子裡飄出一股甜膩的香風，熏得人手腳發軟，眼前發暈。

她被人一把推進屋內，回頭正對上嘉陽那張無比得意的笑臉，笑容燦爛，聲音愉悅。

「陸婉兮，妳去死吧！」

一招借刀殺人，嘉陽使得多順溜。她若是害死了自己，母親定然不會放過她，就是她胞兄景泰帝也未必保得住她。但自己若是被景泰帝害死的，情況可就不同了，那到底是一國之君。

最終也如嘉陽所願，陸婉兮死了！她從十丈高的問天樓之頂一躍而下，重重摔入未央湖，柔軟的湖水在那一刻堅硬似鐵，她覺得自己渾身的骨骼連帶著五臟六腑都摔碎了。

好疼！

洛婉兮自夢中驚坐而起，一張臉白得嚇人，豆大的汗水混著眼淚滾滾而下。

值夜的桃枝被這動靜驚醒，慌忙奔至床前，就見洛婉兮滿面水光，整個人似乎剛被人從水裡撈上來，駭了一大跳，一邊安慰一邊替她擦臉。「姑娘別怕，沒事了，沒事了！」

洛婉兮神情茫然，兩眼放空，似乎還陷在那種渾身散架的劇痛與令人絕望的窒息之中。直到紊亂的心跳逐漸平靜，她清冷的聲音在昏暗的室內響起。「我不怕，已經沒事了。」景泰帝死了，嘉陽死了，陸婉兮——也死了。

桃枝點了點頭，對上洛婉兮的眼，倏爾頓住，那雙眼彷彿死水，黑漆漆一片，丁點亮光都沒有，著實嚇人！桃枝當場心跳漏了一拍，焦急道：「姑娘妳怎麼了，妳別嚇奴婢！」

「我沒事，我真的沒事。」洛婉兮低了低頭，再抬頭，眼中已經有了亮光。「我身上難受，打盆水來給我擦洗一下，動作輕點，別驚動旁人。」

見她似乎恢復正常了，桃枝稍稍鬆了一口氣，趕緊去給她打水。

與此同時，容華坊內剛睡下不過半個時辰的凌淵霍然睜開眼，黑暗中深入骨髓的悲憐在他眼底流轉。

凌淵，我好疼！

說話間，兩行血從她眼角流出，觸目驚心，驚得他四肢百骸也恍恍惚惚的疼起來。

凌淵再也睡不著，起身披上外袍來到隔壁的書房。

這些年他一直住在書房，如此便覺得不遠處的瑤華院依舊花團錦簇，小廚房裡永遠有熱騰騰的湯水、點心，淨房內備有熱水和潔淨的裡衣，只等著他處理完公務，回來安歇。

狂風吹得院中樹枝簌簌作響，如同啼哭哀嚎，涼意順著窗戶爬進來。書桌後，凌淵眼底漸漸起了一層霧，眼前公文上的文字變得模糊不清。

恍惚之間，他聽見一陣環珮叮噹響，倏爾抬頭看向門口。

恰在此時，隨手關上的房門被狂風驟然吹開，寒風爭先恐後灌進來，吹得桌上公文霎時亂飛。

凌淵望著門口，眉眼驟然軟化，蘊著描不清的溫柔與道不明的繾綣。他起身迎上去，柔聲道：「這麼晚了，怎麼還不睡？」

他握住她的手，被她手上刺骨的涼意嚇了一跳，抬眸見她的臉蒼白毫無血色，趕緊摸了摸，冰得他心頭一悸。

「怎麼了，哪裡不舒服？」他眉頭緊鎖，揚聲喚：「傳府醫！」

當值的護衛張賈在寒風中站了兩個時辰都沒有哆嗦一下，然而在這一刻，他忍不住打了個紮紮實實的寒噤，毛骨悚然地看著門口的主子。

張賈眼神中的匪夷所思太過強烈，讓凌淵想視而不見都難。

一陣突如其來的風穿過他的皮肉，透入骨髓，吹得人心發寒，一涼到底。眼前佳人如同一陣青煙隨風飄散，鼻尖若有似無的桃花香也消散在風中，便是手上冰冷刺骨的觸感亦隨之消失，凌淵垂眸看著自己空落落的手，悲戚之色一點一點布滿整張面龐。

張賈膝蓋一軟，撲通一聲跪倒在地，低著頭不敢正視主子。

半晌，他才聽見上頭傳來淡漠的聲音。「起來吧！」

片刻後，跪著的張賈才敢悄悄抬頭，對上眼前緊閉的房門，他抬手擦了擦額上冷汗，一臉的劫後重生。不經意回想起之前的畫面，登時骨寒毛豎，搓了搓手上浮起的細慄，用力搖了搖頭，飛快起身回到崗位上。

琺瑯彩瓷燭檯上的燈火劇烈搖晃了下後歸於湮滅，旭日暉映朝霞的金光透過窗紙灑入，枯坐至天明的凌淵眼睛動了動，揚聲喚人，聲音中透出絲絲沙啞。

應聲入內的紅裳瞥見他眼底血絲，腳步一頓，復又若無其事的伺候他梳洗。

望著鏡中的自己，凌淵不禁輕輕一笑。

他終歸是不如往年，不過一夜未眠，便掩不住憔悴之色。自古美人嘆遲暮，不許英雄見白頭，他眯眼打量鬢髮，倒是沒有發現白髮，看來自己還不算老。

他想起曾經有個小姑娘靠在他懷裡，嬌嬌俏俏地說：「他們都說女大十八變，可我覺得你也不遑多讓。你看，我剛認識你那會兒，第一個念頭是：『這誰家的臭小子一本正經裝老成？像個小老頭似的。』過了幾年你變成了芝蘭玉樹美少年，倒是有趣多了。及冠後，雖沒年輕那會兒俊俏了，不過勝在氣質更出眾，君子如玉。

「這幾年變化倒是少了，不過都說三十歲的男人最有魅力，我都迫不及待想看看而立之後的你了。還有四十歲，我想想啊，我爹四十歲的時候……」她突然笑得不行，笑得肩膀一抖又一抖，像是想起了什麼特別好玩的事。「你可千萬別學我爹蓄鬍，醜死了！我都不好意思嘲笑他。我覺得只要你不留鬍鬚，肯定還是個美大叔，一堆小姑娘哭著鬧著想嫁給你。不過你也就只能臭美到這兒了，等你五十歲，你就成了老樹皮，小姑娘們都不要你了，不過你別怕，我不會嫌棄你的！」

凌淵輕輕一撫眼角細紋，他一天比一天老去，而她永遠雙十年華，豔若桃李美如玉。

恍惚間，凌淵想起第一次見到她的那天，她穿著一件水紅色的狐皮小襖蹲在河邊看燈，兩邊髮髻各垂著一個小毛球，整個人圓滾滾、毛茸茸，遠遠看過去就像一顆球。

凌淵不由自主的靠近，鬼使神差般伸手想抓住那個搖來晃去的小毛球。

「你要幹麼？」她一臉戒備的看著他。

背著手的凌淵一本正經道：「小心掉進水裡。」見她孤身一人，他問：「妳家人呢？」

她扁了扁嘴。「走著走著，他們就不見了。」

「妳家在哪兒，我送妳回去。」

「我家在——我為什麼要告訴你，萬一你是壞人怎麼辦？」

還挺警覺的。她不說，他也不問，只是也沒離開。

「你跟著我幹麼？」她氣鼓鼓的瞪著他。

「妳一個人會被拐子賣掉。」為了嚇唬她，他還道：「拐子最喜歡找落單的小孩。」

「他們敢？我讓阿爹阿娘把他們統統抓起來！」聲音氣勢十足，若是不偷偷靠近他就更有說服力了。

之後陸家人找了過來，從此以後他身後多了一條小尾巴，這條小尾巴活潑可愛討人喜，就是偶爾太鬧騰了。

他還記得有一次，他對她說：「最近我要閉門讀書，準備下個月的院試。」

她可憐巴巴地舉手發誓。「你看書的時候我保證不說話，我不會吵你的。」

她不說話，可她會吃東西，還會坐不住地走出去玩一會兒再汗淋淋的跑回來。

他搖頭拒絕，態度堅定。

她扁著嘴，氣呼呼地走了，三天都沒過來。

她不在，他好像更加看不進書了，時不時抬頭看窗前那張空蕩蕩的羅漢床，心也變得空落落的。

第四天，他抱著她養在這兒的小花貓去了公主府。

「你來幹麼？」見了他，她輕輕哼了兩聲。

他撫著懷裡的貓微笑。「花鼓這兩天沒精神，獸醫說牠是心情不好，我便帶牠來看看妳。」

其實，是我想妳了，可我竟然從未親口和妳說過。

凌淵悲涼一笑，眼底瀰漫濃濃的荒蕪。

我想妳了，兮子。

一場秋雨一場涼，風吹梧桐葉斷腸。

洛婉兮打開窗戶就見院子裡鋪了一層又一層的梧桐落葉，看過去金黃黃一片，洛鄴在上面跑來跳去，發出咯吱咯吱的聲音，樂此不疲。

李奶娘一迭聲叫喚：「外頭水氣重，少爺別玩了，當心著涼。」

玩得興高采烈的洛鄴豈會聽話，李奶娘不由求救地看向憑窗而立的洛婉兮。

洛婉兮對她笑笑。「讓他玩吧，回頭給他灌一碗薑湯。」

聞言，洛鄴頓時就像霜打的茄子蔫了，可憐巴巴地看著洛婉兮。「阿姊，我不要喝薑湯！」

「那你過來。」

洛鄴戀戀不捨的看一眼梧桐葉堆才跑進屋裡，洛婉兮看他鞋子都濕了，脫下來一看，襪子也濕了，嗔道：「你就不冷？」

洛鄴嘿嘿直笑。

洛婉兮戳了戳他的腦袋，讓人打水給他洗了腳，重新換上新襪子，領著他去給洛老夫人請安，用過朝食，又送他去了學堂。

剛回來就見才走不久的何氏腳下生風地回來，滿臉掩不住的笑意，見了她，也露出一個發自內心的笑容，而不是之前那種客套。

洛婉兮納悶，這是遇上什麼好事了？

「母親，好兒那兒剛傳來的好消息，她又有喜了！」何氏喜形於色。

聞言，躺在床上的洛老夫人也露出一個略帶僵硬的燦爛笑容，顫巍巍道：「好！」經過這一段時間的治療，她已經能夠勉強一個字一個字的說話。

洛婉兮聽了也替堂姊高興，洛婉妤之前是三年無子，眼下就是三年抱兩的節奏。

這次懷孕，洛婉妤孕吐反應頗嚴重，遂不得不在家休養，大抵是太無聊了，她兩次派人來請洛婉兮過去玩。第一次洛婉兮找藉口推辭，第二次她一時沒現成藉口，加上洛老夫人的話，只得上了凌家派來的馬車。

兩府隔著一個坊，不過一炷香光景就到了。

「洛四姑娘，到了！」車外傳來聲音。

洛婉兮定了定神，嘴角微微上揚，露出一抹得體的微笑，踩著繡墩而下。

眼前是朱漆古韻大門，飛檐斗拱，粉牆黛瓦，兩座等身高的石獅威風凜凜，她不禁微微恍神。

「姑娘這邊請！」凌府下人抬手一引，領著一行人往側門去。

沿途走來一花一樹，不少都是似曾相識，亭臺樓閣、池館水榭隱約還記得名字。

穿過垂花門，順著青灰色磚鋪就的主道一直往前走，就是凌家老夫人所居的慈心堂。洛婉兮理了理衣襬，拾級而上。

小丫鬟對她福了福，打起簾子，洛婉兮對她微微一笑，那小丫鬟一愣，不覺紅了臉，只覺得大少奶奶這位堂妹長得可真漂亮，說不出的好看。

洛婉兮不著痕跡地看了一圈，屋內人不少，其中還有不少熟人，當中一人滿頭銀絲、精神矍鑠，正是凌家老夫人，洛婉妤則坐在左下第三個位置。

她穩著心神，對洛老夫人屈膝請安。「婉兮給老夫人請安。」

饒是早就在長孫媳婦口中得知她這堂妹的閨名，凌老夫人還是忍不住閃了閃神。那姪媳婦明豔又嬌俏，愛說還愛笑，凌老夫人也是十分歡喜的，可惜紅顏薄命，每想起一次就要嘆息一次。

不過老夫人人老成精，很快就回過神，笑咪咪地看著洛婉兮。「怪不得妳大姊藏著掩著不肯帶來給我們瞧瞧，原來是怕被我們叼走了。」

洛婉兮低頭羞澀一笑。

「可不是，要不是您催著，我都不想接四妹妹過來，京城誰不知道您老人家最喜歡鮮麗的小姑娘，我怕您一見我四妹就捨不得讓她走了，到時候我祖母還不得捶我，她最是疼我四妹的。」洛婉妤笑道。

凌老夫人指了指她，笑瞇了眼。「這麼伶牙俐齒的丫頭，妳祖母怎麼捨得捶？」說著轉過頭來對洛婉兮道：「這兒是妳姊姊家，就跟自己家似的，別拘謹了。」

洛婉兮輕輕應了一聲。

凌老夫人從丫鬟手裡接過一錦盒遞給她。「不過是些小姑娘的玩意兒，拿去玩耍。」

洛婉兮雙手接過見面禮，鄭重道了謝。

洛老夫人又拉著她說了幾句話，無外乎是年齡、愛好什麼的，方道：「妳頭一次來，讓妳姊姊帶著妳四處走走，待會兒記得過來用膳。」

洛婉妤便站了起來，帶著洛婉兮與屋中諸人告辭，出了院子。

「大姊最近還吐得厲害嗎？」洛婉兮端詳著洛婉妤的臉色，一臉關切。

洛婉妤瞧她模樣，噗哧一聲樂了，知道她懷疑了，遂拉了她的手笑道：「可真是個機靈鬼，前幾日就好多了，還不是祖母不放心妳整天在家裡待著，遂讓我帶妳出來走走，可妳這嬌客太難請了，我才不得不找藉口嘛！」

洛婉兮無奈地看著她，就覺她這氣色都比自己紅潤了，哪像個被孕吐折磨的孕婦？

「好了好了，快別生氣，妳說妳一個小姑娘整天待在家裡就不悶？合該出來多見見人。」

洛婉兮認真道：「我覺得我今年命裡犯太歲，凡出門必要撞上事。」所以她能不出門就不出門。

洛婉妤也聽說過一星半點，不覺好笑，笑了兩聲又覺不厚道，連忙忍住。「說什麼胡話，就算是真的，在大姊家裡還能出什麼事不成！」

洛婉兮心想便是不出事，她也不大舒服。這裡有她不少回憶，凌家這兩房因為凌淵這一房父母走得早的緣故，關係十分親近，所以不管是小時候還是婚後，她都沒少來這裡。

「妳不是愛花嗎？府上有一座菊園，紫龍臥雪、瑤台玉鳳和玄墨都有，還有一株十丈珠簾。」洛婉妤道。

洛婉兮微微一驚。「十丈珠簾？這花不是說絕種了嗎？」

「保不准園子裡那株就是天上地下獨一株了，這是前一陣六叔門下孝敬的，六叔便轉送給老夫人賞玩。」凌淵在族內行六。洛婉妤解釋。「老太太不知道多寶貝，下了死令，讓花匠一定要再培育出一株……婉兮？」洛婉妤愕然看著發怔的洛婉兮。

「我在回憶書上對它的描述。」洛婉兮理了理鬢角，掩飾多餘的情緒。

「回憶什麼？去看看不就是了！」說著洛婉妤便拉著她去了菊園。

第四十章

行至半路，洛婉兮突然駐足，洛婉妤納悶，正要問，就見洛婉兮示意她噤聲。

一道細不可聞的貓叫聲傳入耳中，聽聲音像隻小奶貓。

洛婉兮循著聲音，終於在假山腳下的爬山虎堆裡翻出一隻被藤蔓纏住的黑色小奶貓。小傢伙比巴掌大一點，可憐兮兮的，虛弱得很，似乎被纏在這兒有一陣了。

「妳耳朵真尖！」洛婉妤由衷感慨，她們一行十幾個人，就她一人聽見了。

洛婉兮笑了笑，小心翼翼地將小黑貓身上的藤蔓解開，仔細檢查牠可有受傷。

「婉兮，我怎麼瞧著牠無精打采，不會是病了吧！」洛婉妤擔心地問。

洛婉兮熟練地伸手撓了撓小奶貓的下巴，撓得小東西蹭了蹭她的手心，根據她曾經養過貓的經驗回答：「牠應該是餓的，這個小笨蛋把自己困在這裡估計有一陣了。」

與此同時，凌淵剛從二叔凌老太爺的萬松院出來，或者該說是被凌老太爺趕出來的。凌老太爺見他面色潮紅，似病得不輕，趕緊讓他回去休息。

凌淵拒絕了德坤坐軟轎回去的建議，帶著人抄了近路回府，行至此處，循聲抬頭，本是不經意的目光瞬間凝結。

「凌淵，小黑好像餓了，把小魚乾給我！」

「凌淵，小黑被貓勾引走了，怎麼辦？」

「凌淵，小黑要當娘了！」

「凌淵……」

凌淵想起繼花鼓那隻小貓後，她養的另一隻小黑貓。他雙眼不受控制地睜大，似是不敢置信，以至於指尖無意識的痙攣抽搐。

他抬手重重一捏眉心，希望發暈的神志更清醒一些。

再一次睜開眼望過去，巨大的狂喜湧動至四肢百骸，令人渾身發麻。他的眼眸驟然發亮，就像是一潭死水被引入了活水，再次生動起來。

目睹凌淵神色變幻的德坤先是驚詫莫名，後看凌淵模樣，心念一動似明白過來，見他大步走向那小姑娘，瞪一眼滿頭霧水要出聲的護衛，自己小跑著追上去。

幾個小丫鬟率先發現疾步而來的凌淵，見他模樣，大驚失色。「大人！」

蹲在地上的洛婉兮眉心一跳，側臉一看，瞳孔瞬間收縮。她忍不住抖了抖手，躺在手心裡的小奶貓一不小心就摔了下去，發出哀怨的小奶音。

洛婉兮恍若未覺，她就像是被凍住了，只能眼睜睜看著凌淵越走越近。他臉上透著不正常的紅暈，目光亮得古怪，讓人不由自主地害怕。

一股寒意順著腳心襲上心頭，洛婉兮猛然回神，下意識要跑，可很快她又硬生生忍住逃跑的衝動。

她為什麼要逃？做虧心事的又不是她，何況她現在是洛婉兮！

「六叔?!」洛婉好驚疑不定的看著凌淵。「六叔，您是不是身體不舒服，我讓人送您回去？德坤叔，你來得正好，我看六叔情況不大好的模樣。」

德坤像是沒聽到似的，站在不遠處一動不動的看著凌淵。

「兮子？」失而復得的歡喜讓凌淵嗓音發顫，神情中含著不踏實的惶恐。

聞聲，洛婉兮心尖狠狠一顫，雙掌倏地握緊。

他有什麼資格用這種語氣喚她？

洛婉兮只想一巴掌甩到這張臉上，質問那天他明明就在問天樓，為什麼不來救她？她看見了……她跳下去的時候看見了，看見他就在樓內，和嘉陽在一起！

洛婉兮死死咬住唇，只有這樣她才能忍住脫口而出的厲問。

洛婉好驚得一張俏臉都白了，心悸如擂地拽緊了帕子，強笑道：「六叔，您是不是認錯人了？這是我娘家妹子……」她看凌淵這模樣像是病得神志不清了，洛婉兮雖然閨名與故去的六嬸相同，模樣可不同，她見過據說與六嬸有八分像的陸婉清，兩人長得完全不一樣。

這話就像泥牛入海，一點波瀾都沒有生起，凌淵依舊直勾勾地看著低頭蹲在地上的洛婉兮，那眼神就像是餓了三天的狼，恨不能把人連皮帶骨吞下去。

洛婉兮蹲在那兒一動也不動，像是嚇傻了。

洛婉好脊背上不由冒出冷汗，硬著頭皮一把拉起洛婉兮，乾笑兩聲。「六叔，我們還有事，先行一步。」

凌淵眼神為之劇變，染上徹骨的冰冷肅殺，伸手一把扣住洛婉兮的手臂，將她扯到自己懷裡。

洛婉妤駭然失色，失聲尖叫。「六叔！」

啪！

一直低著頭的洛婉兮忽然揚起右手，一巴掌又快又狠地甩在毫不設防的凌淵臉上。

清脆的巴掌聲震耳欲聾，時間彷彿在這一瞬間定格成畫。畫上是眼中跳動著兩簇火苗的洛婉兮，以及偏著臉難以置信的凌淵。

洛婉妤驚駭欲絕，一旁的丫鬟和婆子目瞪口呆，不遠處的德坤和護衛們瞠目結舌。

耳畔一陣轟鳴，神志在這一瞬間恢復清明，凌淵垂眸看著眼前這張充斥著憤怒的臉龐，眼底的陰鷙猶如滿月下洶湧澎湃的浪潮，夾雜著令人心悸的陰沈。不知是在惱怒洛婉兮竟敢以下犯上，還是她竟然不是「她」更多一些？

在這樣的目光下，洛婉兮不寒而慄，指尖輕顫。

突然，凌淵放開手，神情在須臾之間恢復如常，眼底卻流轉著淺淺的自嘲。

洛婉妤回過神來，趕緊將洛婉兮拉到身後，雖然她覺得以凌淵的風度不至於打女人，但堂妹可是甩了他一巴掌。那可是凌淵，堂堂內閣第一人！這天下誰敢動他一根手指頭？

洛婉妤緊張又不安地看向凌淵，見他挨打的左臉上浮現淺淺紅印，一口氣懸著沒接上來。沒想到這丫頭看著嬌嬌弱弱，手勁倒不小，也真下得了手。

「六叔，今兒就是一場誤會，」洛婉妤覷著凌淵臉色，小心翼翼道：「您別……」

凌淵捏了捏眉心，淡聲道：「是我認錯了人！」

聞言，洛婉妤便不再說話，凌淵肯承認錯在他自己，那應該不會計較那一巴掌了吧！

「方才之事，我不想聽到一絲流言蜚語。」他語氣淡漠，聲音不高不低，卻令在場的丫鬟和婆子俱是噤若寒蟬的低下頭。

「六叔放心，我一定會約束好她們。」洛婉妤連忙保證。

凌淵略一頷首，覺得好不容易清明的視線漸漸又模糊起來，兩道劍眉不禁緊鎖，鬼使神差抬眸，只能看見洛婉妤身後露出的一片衣角，那一刻他也說不清是何心情。

他收回視線，腳尖一轉，徑直離開。

德坤意味不明地深深看一眼洛婉兮，抬腳追上，一把扶住腳步虛浮的凌淵，驚道：「大人，您手好燙！」隨即揚聲吩咐：「傳軟轎！」

不說他這身子，只說他臉上的掌印，也不能這麼招搖過市的回去。

話說回來，望著那清晰可見的指痕，德坤想，還真是人不可貌相！

留在原地的洛婉妤見凌淵一行進了遠處的涼亭，應是在等軟轎，趕緊帶著洛婉兮離開，彷彿怕人秋後算帳。

出了這檔子事，十丈珠簾什麼的早被拋之腦後，洛婉妤拉著堂妹就往自己院子裡跑，瞧這小丫頭顏色如雪，該是嚇得不輕。

此時此刻的慈心堂裡，凌老夫人正與一眾兒媳說笑著五日後的菊花宴，得了這麼一株難能可貴的十丈珠簾，愛熱鬧的老太太自然要好好跟老姊妹們炫耀炫耀。

說著說著，凌家二夫人便把話題扯到了凌淵的婚事上。

「趁這機會，母親也好給六叔挑個媳婦兒，這麼大的一個府邸還是要有個女主人，不說旁的，就說這回，六叔得了風寒，連個知冷知熱的人都沒有，多冷清！」

這話正中凌老夫人下懷，陸婉兮都去了十一年，凌淵也該續弦了。這些年她不是沒提過，奈何屢屢不成，不過凌老夫人並沒有放棄，這家沒個女人、沒個孩子算怎麼回事？

「花宴那天看看再說。」若有好的，給凌淵瞧瞧也沒什麼。

這時，大丫鬟翠芮挑起簾子疾步入內，匆匆走到凌老夫人身旁低語。

下首幾人就見凌老夫人臉色變了又變，不由好奇是什麼事能讓凌老夫人露出這般神色？

「你們都下去，我要歇一歇。」凌老夫人沈聲開口，掃一眼眾人，又道：「不該妳們關心的事就少管，多言可不是什麼好名聲。」

一句話說得有心打探一二的幾位夫人白了臉，一顆心撲通撲通狂跳。

最是穩重的凌大夫人神色自若地起身，溫聲道：「那兒媳們就告退了，母親好生歇著。」

凌老夫人淡淡一點頭，凌大夫人便帶著弟妹們行禮，魚貫而出。

人一走，凌老夫人臉色就變了，盯著翠芮問：「讓她進來說清楚到底怎麼一回事？」

方才翠芮只說了一句「曲婆子說洛四姑娘打了凌淵」，這沒頭沒腦的，聽得她一頭霧水。

翠芮連忙去喚人。

曲婆子也覺自己倒楣，好端端在園子裡巡視，哪想遠遠就瞧見凌淵輕薄洛婉兮反被人掌幗一事。最後瞧著似乎沒事了，可琢磨著茲事體大，思前想後覺得還是該向老夫人說一聲。

聽罷，凌老夫人若有所思，問曲婆子。「除了妳還有誰看見這樁事了？」

「老奴身邊還有兩個小丫鬟，其他地方就不知道了。」曲婆子回道。

聽到這兒，凌老夫人不由嗔凌淵忒不講究了，就這麼在光天化日之下對人家姑娘動手動腳。他若喜歡娶進門便是，以他的身分，誰還敢違逆他不成？

是的，凌老夫人已經堅信凌淵是看中洛婉兮了，要不以他的潔身自好，怎會要碰人家小姑娘，就算被打了也沒惱羞成怒？

忽地她想起去年凌淵還在臨安待過一陣，保不准就是那時候看上的？這小姑娘委實長得齊整，她見了也歡喜，雖然那是大孫媳婦的堂妹，錯了輩分，但是兩府已經分家，洛家也分家了，倒不礙事。

想著想著凌老夫人就高興起來，她真怕這姪子陷在前頭那樁婚事的陰影裡走不出來。

「回頭讓她們把嘴閉嚴實。」凌老夫人下令。

曲婆子連聲應是，凌老夫人又讓人打賞了她一袋金瓜子，喜得曲婆子眉開眼笑。

打發走曲婆子後，凌老夫人喃喃自語：「總覺得有哪裡怪怪的，不像是阿淵會做的事……」可他想抱人家姑娘總是真的，挨打也假不了，曲婆子沒這扯謊的膽。

「您要是覺得奇怪，不如傳大少奶奶過來問問？」翠芮細聲細氣地建議。

「倒是我糊塗了，竟忘了她。」凌老夫人沈吟了下道：「眼下她怕是在安慰她那妹子，稍晚些再問便是。」復又笑起來。「可憐見的丫頭，怕是被嚇壞了！」

洛婉妤也覺得堂妹被嚇壞了，一路都魂不守舍，回來後捧著熱茶也不喝。她不由愧疚，才說完在大姊家安全，就被打了臉，偏那人還是凌淵，自己也不能給她做主，要是凌淵生氣，還得拉著她去道歉，洛婉妤越想越是無地自容。

「大姊對不起妳。」洛婉兮羞愧地道。

洛婉兮顫了顫睫毛，搖頭道：「這關大姊何事。」那樣的情況下，洛婉妤明明也怕得很，還不忘把她護在身後，已經極好了，她不是不識好歹的。

她這麼說，洛婉妤更是愧疚，滿心懊惱地道：「請妳過來是為了散心，誰知卻出了這樣的事……今兒六叔也不知道是怎麼回事，平日他並非如此孟浪之人。」

說是認錯了人，可人長得又不像，何況當時那麼多人，怎麼就偏偏挑中了洛婉兮？但要說他故意輕薄，一來不像凌淵會做的事，二來凌淵後面的反應也不像故意。

洛婉妤百思不得其解，想得頭都疼了，忍不住按了按太陽穴。

「大姊別再想這事了，當心傷著肚子裡的孩子。」洛婉兮見她臉色微微發白，不禁擔心。「這事已經過去了，咱們就當沒發生過。」

這種事也只能這麼冷處理，難道還要凌淵給自己一個說法？他沒追究自己那一巴掌就夠她燒高香的了。這隻手遮天的閣老大人，她可惹不起，但她躲得起。

「大姊，我想先回去了。」剛來一會兒就走有些不好，但她真的不想再在這兒待下去。

洛婉妤能理解，遂道：「去給老夫人辭個行，」看了看洛婉兮蒼白的臉色。「就說妳身子不舒服。」

洛婉兮嗯了一聲，姊妹倆便前往慈心堂。

正閉目養神的凌老夫人聽說她倆過來，愣了愣，馬上就猜到她們的來意，暗忖都把人嚇得要跑了。

「請進來。」凌老夫人溫聲道。

見洛婉兮臉上透著淡淡的蒼白，秀眉輕輕蹙著，嬌嬌柔柔惹人憐，凌老夫人頓生憐惜，在心裡又把凌淵好一通埋怨。

而洛婉兮完全不知道，只覺得凌老夫人看著她的目光中帶著比之前更深的善意。

從慈心堂出來，洛婉好一直送洛婉兮到了垂花門才折回。

洛婉兮直到上了馬車，才覺壓在心口上的那塊巨石移開了，她脫力一般靠在軟枕上，耳邊忽然響起他含情脈脈的聲音——

兮子。

溫柔繾綣中夾雜著惶恐，洛婉兮嘴角勾起一抹譏笑。當年背叛了她還見死不救，如今又何必作出這一副情深意重的模樣？莫不是失去了才覺她好，可真叫人噁心！

洛婉兮只恨自己當時沒多甩他兩個巴掌。

頂著鮮紅巴掌印的凌淵讓花甲之年的老府醫嘆為觀止，尤其是發現這手印該是個姑娘家的之後，竇府醫頓時表示喜聞樂見。

德坤一臉黑線的看著比劃著手掌的竇府醫，嘴角抽了又抽。

老人家是先太夫人一個表姪，自幼在凌府長大，後來棄文從醫，便屈居在府上做了府醫，一手岐黃之術堪比太醫院。

老人家年紀越大越像個老小孩，這府裡頭也就他敢和凌淵玩笑幾句，這會兒就在肆無忌憚的幸災樂禍。「你這是調戲了哪家閨秀？」

凌淵抬眸淡淡掃他一眼，可惜眼下他燒得七葷八素，眼神完全沒了平日的銳利。

竇府醫不以為然的哼了一聲。「敢做還不敢說了？」扭頭問德坤。「誰家的？」

德坤低頭，假裝自己只是個花瓶。

竇府醫噘了一聲，不甚溫柔地按了下凌淵的臉。「問題不大，搽點藥養個三、五天就看不出來了。」

凌淵眉頭一皺。

竇府醫拉下臉。「怎麼，嫌長？你要是不怕被滿朝文武嘲笑，明兒就能去上朝。」十分高興地又加了一句。「誰讓你不規矩的，活該！話說回來你到底做了什麼，這力道可不小，你沒把人家姑娘怎麼著吧！」

德坤見凌淵嘴唇抿成一條薄線，知道他心情已是不悅，趕緊打岔。「竇叔，大人的風寒似乎更嚴重了。」

竇府醫沒好氣地看他一眼。「老頭子眼沒花，看得清清楚楚。早就跟你說了，讓你好生養病，你不聽，真以為自己的身子是鐵打的，別小瞧風寒這病，一個不好也是要出人命的……」

德坤賠著笑，時不時點個頭，總算是把老人家哄高興，下去抓藥去了。

老府醫一走，屋內霎時安靜下來，連凌淵的眉頭都微微舒展開一些。德坤無奈搖頭，老爺子越發愛嘮叨了，雖然折磨耳朵，不過有時候還是得請他老人家暢所欲言一下，自己到底是下人，有些話不方便說，竇府醫總是長輩，又看著凌淵長大，有些話只有他能開口。

「大人，這就把您告病的條子遞上去，五天如何？」德坤試探地問，不管是風寒還是臉上的傷，五天總能好得差不多。

凌淵淡淡一點頭。

「這都快晌午了，您可要用點什麼，讓人熬點粥可好？」德坤又問。

凌淵可有可無的一點頭。

見狀，便有丫鬟自去安排。

德坤見凌淵已經合上眼，臉上泛著濃濃的疲憊，遂不再說話，只立在一旁。

「她們像嗎？」凌淵喑啞低沈的聲音忽然響起。

德坤愣了下，見躺在床上的主子依舊閉著眼，斟字酌句後方緩緩道：「模樣雖不大像，顧盼之間卻有幾分神似。」

德坤這話說得是滿滿的私心，他非凌淵，對去世十一年的陸婉兮早已印象模糊，洛婉兮更是正兒八經都沒見過幾次，他看得出來才有鬼，不過是為了迎合主子罷了。

主子既然能將她錯認，總是有理由的，他由衷希望主子能將錯就錯。

「可她都這般大了。」凌淵低低一嘆。

德坤原先聽得莫名其妙，倏地明白過來。先夫人去了十一年，若是洛婉兮十一歲或是再小點，說不定就是夫人轉世投胎了。

德坤眼角發酸。「大人，您別想了，好好休息。」

凌淵牽了牽嘴角，臉上漸漸被荒涼籠罩。屋內再一次陷入寂靜之中，透著絲絲涼意。

德坤低聲命人加了個無煙銀骨炭盆在屋裡，又伺候主子喝了粥和藥才退下。

第四十一章

德坤一出屋，就見凌老夫人跟前的翠芮立在廊廡下。

翠芮趨前幾步，屈膝一福。「坤總管，這會兒您若是不忙，老夫人請您過去一趟。」

「老夫人有請，就是再忙也是要過去的。」德坤玩笑一句，腹內琢磨凌老夫人無緣無故絕不會傳他，這是為了什麼？當下心念電轉，走出幾步後，恍然大悟。

凌老夫人傳德坤還能是為了什麼，自然是凌淵那點事，她已經問過洛婉妤了。

面對凌老夫人，洛婉妤便是有心隱瞞也沒這個膽，只能一五一十說了。

聽到凌淵喚「兮子」，凌老夫人幽幽一嘆。雖然她覺兩個孩子並不像，但當時凌淵病得糊裡糊塗，而洛婉兮在逗貓，還是隻小黑貓。陸婉兮也養過一隻黑貓，那是她的心頭寶，如此觸景移情也說得過去。

可那麼些年，也沒聽說他錯認過誰，就是陸婉清都沒這榮幸，茫茫人海，偏偏是她，未必不是冥冥中注定。

遂她派人去請德坤，便是想確認一下凌淵對洛婉兮到底是個什麼意思，她也好決定要不要撮合，免得剃頭擔子一頭熱，耽擱了人家姑娘。

對著德坤，凌老夫人說得開門見山。「你家大人與那洛姑娘到底是怎麼回事？」

聞言，德坤深深作了一個揖。「回老夫人，我家大人與洛姑娘頗為有緣，在臨安時便見過。」德坤說得臉不紅氣不喘。
凌老夫人露出一臉「果然如此」的表情。
德坤繼續道：「月前洛姑娘的馬車受驚失控，還是我家大人救的。」
凌老夫人吃了一驚。「還有這麼一樁？」
德坤點頭。「老奴瞧著，大人對那洛姑娘是有些不同的，可因為先夫人的緣故，大人對男女之情心如死灰。」說著他一撩衣襬，跪在凌老夫人面前請求。「難得有個人能令大人另眼相看，不如老夫人出面將人納進來。人進了府，總有一天能將大人焐熱了的。」
屆時木已成舟，朝夕相處，未必不能日久生情。想起洛婉兮那張容色清絕的臉，德坤平添信心。
卻不防凌老夫人重重冷哼一聲。「納？你這是要結親還是要結仇？讓人家書香門第的姑娘做妾，我要是敢開這個口，洛家就能把我掃地出門！人家姑娘是身世單薄了點，但年輕又漂亮，嫁個舉人進士也不難，犯得著自甘下賤當個一輩子抬不起頭的姨娘嗎？」
凌老夫人越說越糟心，怒氣沖沖道：「這事我不管了，沒得糟蹋人。」小姑娘眼神正派，絕不是那種為了攀高枝而自甘為妾的，她老婆子活了一甲子，這點眼力還是有的。
德坤懵了，聽凌老夫人要撒手，立刻急了，解釋道：「可娶妻……大人不會答應啊！」
納妾不比娶妻，洛老夫人出面就能決定，但明媒正娶就不同了，凌老夫人到底只是嬸娘，做不了這個主。最重要的是，德坤覺得凌淵不可能同意娶妻。
「不答應說明情分未到，既然情分未到，何必把人家姑娘弄進來害人。我算是明白了，你打的是先斬後奏的主意，可你是否想過，就算人進來了，阿淵遷怒她、冷落她，不是害了人家姑娘一輩子？」凌老夫人怒瞪一眼德坤。「我知道你心疼你家主子，可也不能把人家姑娘當草芥，誰不是爹生娘養的，做人得講良心！」

德坤面紅耳赤，忙不迭賠罪。「老夫人息怒，老奴這是豬油蒙了心，才出了這等餿主意，您老息怒，別氣壞了身子。」德坤好話說了一籮筐，又把自己臭罵一頓，總算讓凌老夫人容色稍霽。

覷著凌老夫人的臉，說得口乾舌燥的德坤嚥了口唾沫，小心翼翼地問：「那您看這事怎麼著？」

凌老夫人瞟他一眼。「姻緣之事講究水到渠成，情分到了不用我們催，他自己就能辦了，可若是沒情分，咱們就是硬把人湊成對，也是害人。」

德坤巴巴望著凌老夫人。

凌老夫人看他倒有些可憐，雖然動了歪心思，到底也是一心為主，遂語氣略微緩和。「情分都是相處出來的，面都見不上，哪有什麼情分？少不得老婆子得請洛四姑娘常來玩耍，你家大人也多來給老婆子請幾次安。若是命中注定有緣，自然而然便成了，若是幾次三番還是沒進展，那我們也好歇了心思，別耽擱了人家。」說著瞪一眼德坤。「你別再給我整什麼么蛾子，否則看我饒得了你！」

德坤滿臉賠笑，連聲道不敢，凌老夫人這才放過了他。

「回去找幾樣女兒家的玩意兒再添點上好的藥材，洛家老夫人身子不好，派人給洛四姑娘送去。」凌老夫人道：「阿淵冒犯了人家，總得讓人壓壓驚。」

德坤忙道：「派我們府上的人送過去有些打眼，不如借了煜大奶奶的人前往。」東西備重一點，想來那洛四姑娘能明白怎麼回事。

凌老夫人點頭。「這樣也好，你下去吧。」

德坤躬身告退。

洛婉兮完全不知道有人在為她的婚事如此「煞費苦心」，她正在深切體會什麼叫福無雙至，禍不單行——洛婉如終於回來了，比預定的早了兩天。

一年不見，她身量高了一些，也更瘦了，也不知是因為舟車勞頓的緣故還是去年那一次重傷的元氣還沒有恢復，整個人渾身透著一股憔悴病弱，似乎一陣風來就能把她吹走。

何氏心疼得眼淚直流，心肝肉似的摟著女兒哭，洛大老爺的幾房姨娘和庶女便跟著抹眼淚。

回到屋裡後，洛婉兮躺在窗前的美人榻上望著窗外的梧桐樹出神。

桃枝幾個憂心忡忡，本來姑娘在凌府就受了大委屈，心情不佳，如今更是在猝不及防下撞見回來的洛婉如，簡直雪上加霜。

發生了那麼多事，兩人哪能冰釋前嫌，便是各自放下了，住在同一個屋簷下也尷尬，尤其她們家姑娘現在還是寄人籬下。

見屋內沒了旁人，桃枝忍不住擔憂。「二姑娘回來了，這可如何是好？」

當初說得好聽終身不得出家廟，可這才多久，人就出來了。出來就算了，桃枝想起方才洛婉如對著她家姑娘那笑，就覺說不出的瘆人。比起這樣陰森森的洛婉如，她寧願面對以前那個張牙舞爪、什麼都寫在臉上的二姑娘。

洛婉兮心裡一緊。「除了小心些，還能如何？」洛老夫人那情況又不得離京，連躲都躲不了。

「防得了一時，防不了一世。」桃枝道。去年她們還不是中計了，誰能想到面慈心善的吳氏竟然已經倒戈，幫著洛婉如坑害她家姑娘，這種事根本防不勝防。眼下她們住在這府裡頭，要是洛婉如想做什麼，以後只會更方便。

洛婉兮往後一靠，把自己陷在綿軟的大引枕裡，意興闌珊道：「那妳想怎樣？」

桃枝登時啞然。

「都下去吧，我要休息一會兒。」洛婉兮揉了揉額頭，神情是掩不住的疲色。

幾個丫鬟俱是心頭發澀，深覺自家姑娘過得太不容易了，屈身一福，躡手躡腳地退了出去。

因著洛婉如的歸來，榮安院氣氛有些凝滯，饒是洛老夫人對著洛婉兮都有些愧疚不安。可洛大老爺親自開了口求情，也在她跟前做了保證，而臨安那邊也傳來消息說洛婉如性子變得沈靜，且身子一直不大好，遂洛老夫人才鬆了口，派秋嬤嬤代表她去族裡說明情況，把洛婉如接回來調理。

洛婉兮少不得寬解洛老夫人，勸她放寬心。洛老夫人再看洛婉如乖巧安靜，漸漸也放了心。

轉眼就到了十月中旬，這期間白奚妍出嫁了，施氏和洛鄂也走了，他們此次進京，一是為了吃洛郅的喜酒，二是為了洛鄂的婚事，眼下兩樁事都了了，再不好耽擱，洛四叔那裡也需要人手。

施氏一走，洛婉兮越發寂寞了，大半時間都待在書房裡看雜書，對於請帖一概婉拒。其實也就是凌府那邊的帖子，一回是菊花宴，她尋了身子不好的藉口；第二回則是凌老夫人請林家女眷過去聽戲，洛婉兮依舊推掉了，然而十八那天的周歲宴卻不好再推了，主人翁是洛婉妤的長子凌陽。

周歲宴當天，洛府一行人浩浩蕩蕩前往凌府，甚少出門的洛婉如也在其中。

凌府張燈結綵，彩旗飄揚，哪怕只是個小輩過周歲，門口依舊車如流水馬如龍，聲勢之顯可見一斑。

拜見過主家之後，洛婉兮等姑娘們便隨著凌家二姑娘凌嬋去了院子裡玩耍。

凌嬋對洛婉兮頗為好奇，上次洛婉兮來時，她去了外家，故沒有見著，回來後就聽幾個妹妹說家裡來了個頂好看的姑娘。今日一見，冰肌玉骨，顧盼生姿，凌嬋頓時欣喜。

凌家大姑娘好美人，不論男女，如這家裡她最喜歡她六叔，自然是因為她六叔最好看！眾人見凌嬋已經挽著洛婉兮胳膊了，俱是好笑，她那點子毛病，她們豈不知道？這會兒就喊上「婉妹妹」了。

被她挽著的洛婉兮心情十分複雜，凌嬋這「膚淺」的毛病，小時候就已經有跡象了，比方說她只吃好看的點心，不管好不好吃，自己當年挖空心思琢磨吃食，一半是為了這小祖宗。

猶記得當年為了爭奪最後一塊牡丹花樣的糕點，凌嬋把陸釗按在地上揍，女孩兒小時候比男孩早熟，故陸釗只有捱打的分，也因此，為了報仇的陸釗才開始認真學武。

眼下，被曾經抱著她腿討過點心的凌嬋一口一個「婉妹妹」叫著，洛婉兮覺得十分滑稽。

「婉妹妹，妳平日都在家做什麼？」

「……閒時便看些書。」

「妳都看什麼類型的書？」

「最近在看山水遊記一類的。」

「哎呀，我也喜歡看這類型的書，那下回咱們一塊兒看書，還能互相交流。這書啊，還是得一起看才有意思。」凌嬋語氣裡的輕快幾乎要溢出來，說完覺得自己可能嚇到人了，於是意義不大的補了一句。「可以嗎？」

「……可以。」

「那我們就這麼說好了，明天我就去找妳。」凌嬋雷厲風行地道。

「……好。」

凌嬋笑瞇了眼，心滿意足的握了握她的手。「來，我給妳介紹幾個朋友，以後可以一起玩。」

邀月樓上，一位鬚髮皆白、精神矍鑠的老者抬手將黑子落在棋盤上。

「聽說陛下又訓斥太子了，這個月第幾回了？」

執著白子的凌淵望著棋局，漫不經心道：「第三回。」

老者幽幽一嘆。「這一個月才過去一半呢，堂堂儲君在眾目睽睽之下被指責為朽木不可雕也，還說不如福王慧穎，這話有些重了。」

「您沒聽過私底下陛下如何責罵太子，與之相比這話可不算重，」凌淵微微一笑，落子。「太子資質的確比不上福王。」

老者瞪眼，惱他長他人志氣，滅自己威風。「太子是你教出來的！被陛下這麼指著鼻子罵愚鈍，難道你就有臉了？」

凌淵把玩著手中白子。「最好的少年時期在幽禁恐慌中度過，二叔，我也回天乏術。」

老者便是凌淵二叔，凌老爺子。

凌老爺子搖頭一嘆，也知道凌淵說的是事實。太子五歲進了南宮，十二歲才踏出，最為至關重要的七年就在朝不保夕的惶恐中渡過，再好的資質也被荒廢了，何況本就資質平庸。倒是福王，雖在南宮出生，但彼時還懵懂無知，幾年幽禁對他無甚影響。

「長此以往，太子在朝中還有何威望可言！」三不五時被皇帝拉出來痛罵一頓，文武百官該怎麼想？凌老爺子看著鎮定自若的凌淵。「你就沒打算做點什麼？」

「老子教訓兒子天經地義，我有什麼辦法。」凌淵失笑。

凌老爺子瞇著眼打量他，半晌哼了一聲。「還跟我賣關子！」說罷也不追問，他對這姪兒還有幾分瞭解，他不說，說不定又是劍走偏鋒，怕他嘮叨。

思及此，凌老爺子就想起了另一樁事，拿起茶杯啜了一口，狀似隨意道：「瓦剌退兵了。」

凌淵略一頷首。

凌老爺子看他一眼。「還好是虛驚一場。退兵好啊，不打仗好啊，自來一將功成萬骨枯。」

凌淵輕笑。「誰都不希望發生戰爭，不過邊關太平了好些年，將士難免懈怠，這次屯兵讓他們醒醒神，也算是因禍得福了，生於憂患，死於安樂！」

凌老爺子看著他笑了笑，望了望外頭院子裡的景色，輕「咦」一聲。

凌淵循著他的視線看過去——

另一頭，洛婉兮望著眼前一臉興師問罪衝過來的少女，只覺得莫名其妙，她不過是去一趟淨房，回來就被人堵在這兒了。

許清玫跟著母親來凌府作客，沒想到會見到洛婉兮，她怒氣沖沖地瞪著她，那目光像是恨不得扒了她的皮。

「姑娘有何事？」洛婉兮不悅地皺眉，她並不認得許清玫。

「妳少揣著明白裝糊塗！妳會不知道我找妳做什麼?!」許清玫氣急敗壞道。

洛婉兮擰眉。「我連姑娘是誰都不知道。」

許清玫氣上加氣，咬牙切齒道：「許清揚是我哥！現在妳知道我是誰了吧！」

聞言，洛婉兮神色驟冷，可真是大開眼界了，幫著已經訂親的兄長與人暗通款曲，見了她不繞道走，竟然上前挑釁，果然是物以類聚，一樣的寡廉鮮恥。

「原來是許姑娘，」洛婉兮輕嗤一聲。「不知許姑娘有何貴幹？不過我想以我們之間的關係，怕是沒什麼可說的。」

許清玫伸手指著洛婉兮，冷笑道：「妳這人好生陰險，想和我哥退婚那就光明正大的退，以為我們家會稀罕妳這個喪門星不成？可妳竟然黑了心腸設計毀我哥名譽，好把自己摘出來，世上怎麼會有妳這樣惡毒的人！」

洛婉兮也想說，世上怎麼會有這般厚顏無恥之人，不過顯然許姑娘就是那種寬以律己、嚴以待人的，與她爭論都覺掉價，她只是奇怪——「令兄那名譽難道不是自己不檢點養外室毀掉的？」

「妳別裝了！妳以為我不知道？那外室是妳安排的！」

洛婉兮嗤笑。「好端端的我為什麼要給妳兄長安排外室？許姑娘惱恨我因為外室之事退婚傷及許家顏面，想找茬便直說，也別找這樣荒謬的藉口。」

許清玫氣得一張俏臉都青了，怒道：「妳別狡辯了，我知道妳已經曉得我哥和婉如姊的事，可他們才是兩情相悅，我哥根本就不喜歡妳，妳嫁過來也不幸福。枉我一開始還覺得對不起妳，可哪想妳這樣惡毒，先是逼得婉如姊進了家廟，後派人陷害我哥，既能名正言順的退婚，還能害我哥和婉如姊沒了在一起的可能。妳這人怎麼這麼可怕？自己不幸福就見不得別人幸福，幸好我哥沒娶妳！」

來龍去脈知道得這麼清楚，看來果然是洛婉如跟她說了什麼，如此洛婉兮也沒了跟她磨嘴皮子的閒情逸致，徹底冷下臉。

「正好，我也十分慶幸沒能嫁給妳哥。說來還要感謝許姑娘做紅娘，助我逃離火坑。」她盯著許清玫的眼睛，目光又銳又亮。「一個明明有婚約卻和人私通養外室的男人，一個興高采烈幫自己兄長和其他女人牽線搭橋還不覺有錯的小姑子，我在這裡由衷祝願許姑娘將來能嫁入這樣萬中無一的『好人家』。」

「妳！」許清玫怒不可遏，想也不想的抬起手掄下去。

洛婉兮眼神一利，一把扣住許清玫揮過來的手腕，反手一巴掌還過去。

許清玫踉蹌幾步後跌倒在地，摀著臉不敢置信的看著面如冷霜的洛婉兮。

須臾後疼痛、羞辱、憤怒等情緒噴湧而出，她坐在地上，立時嚎啕大哭起來，哭得撕心裂肺。

第四十二章

哭聲很快就把人群吸引過來，其中便有許清玫的母親許大夫人。許大夫人一看眼前這情況，心裡就咯噔一響，三步併作兩步跑到女兒面前，蹲下身摟著女兒連聲問：「妳這是怎麼了？」

見到母親，許清玫頓覺有了靠山，當下哭得更是可憐。「娘，洛婉兮她打我！」

望著女兒紅腫的臉，許大夫人目眥欲裂，扭頭看向洛婉兮，按捺著怒氣問：「便是玫兒有不對之處，洛四姑娘也不至於下此重手，我知道清揚之事上，是我們許家對不起妳，可妳也不能因此遷怒玫兒，她何其無辜！」

洛婉兮望著痛心疾首的許大夫人，還真是親母女，連事情緣由都沒弄清楚就迫不及待的往自己頭上潑髒水。

有那麼一瞬間，她真想把她兒女做的醜事揭開來，看她如何維持這張義正辭嚴的臉。不過也只是想想罷了，揭了出來，不說洛家大房，就是洛氏族人也不會輕饒她，她自己倒無所謂，可她還有個弟弟。

洛婉兮淡漠著一張臉道：「許姑娘先是出言挑釁，再是想打人，難道就不許我反擊了？」

桃枝在一旁氣憤難平。「明明是她先動手想打我家姑娘的！」

「妳胡說！」靠在許大夫人懷裡的許清玫一口否定。「妳是她的丫鬟，當然偏向她！」

這一刻許清玫福如心至，如有神助，泣聲道：「娘，我為了大哥的事特意向她道歉，可她不領情就罷了，還咒我，咒我以後、以後的夫婿也養外室。我氣不過與她理論，她就打我！」

她也知道許清揚和洛婉兮如那樁子事是絕對不能拿到檯面上來說的，也斷定洛婉兮不敢說。事發時只有她們主僕四人，而她挨了打是事實。她洛婉兮討好凌嬋不就是想嫁個好人家嗎？她就讓她在京城無立錐之地！

當下，許清玫伏在許大夫人懷裡痛哭流涕，真正是聞者傷心，見者落淚。

「許姑娘惱恨我在她兄長出事後解除婚約，害得她兄長淪為笑柄，故前來質問我，我二人便爭執了起來。」哪怕知道沒什麼用，洛婉兮還是說了一句。

本來是公說公有理、婆說婆有理的事，然而因為許清玫頂著那一巴掌，又哭得這般可憐，旁觀者自然要偏向她兩分，世人總是同情弱者的。不過洛婉兮並不後悔打這一巴掌，名聲對她來說並不十分要緊，她無意在京城久留，更沒想嫁在京城，被人在背後說兩句又少不了幾塊肉，還是自己痛快來得更重要一些。

這時凌大夫人才姍姍來遲，忙打圓場。「好了，小姑娘話趕話，不小心拌了嘴，一時失手，幸好傷得也不重。」說完對洛婉兮溫聲道：「只要賠個禮，這事便過去了。」

不管怎樣洛婉兮都打了許清玫，這個不是還是要賠的，許家也不好再揪著這事不放。

洛婉兮垂眼看著腳尖不動，她一直覺得自己上輩子被嬌慣出來的稜角已經被現實磨平，洛婉如那麼對她，她都能忍著厭惡與她在同一個屋簷下粉飾太平。直到這會兒，她突然發現自己原來還剩那麼點稜角，雖然不識時務，但她決定隨心所欲一回，就是對不起凌大夫人一番好意了。

見狀，凌大夫人不由尷尬，看著挺乖巧的孩子，怎麼這當口犯擰了？

「怪可憐的！」邀月樓上的凌老爺子嘆了一聲，雖然隔得遠聽不見那兒在說什麼，但是老爺子什麼風風雨雨沒見過，只看一眼，就能猜出個大概。

「要不派人下去說明一下情況？」德坤主動請纓，也不用多說，只會說他們看見的，在場之人自會分辨。

凌老爺子詫異地看向德坤，又看了凌淵一眼，點了點頭。「去吧！」

德坤見凌淵沒有反對，便當他默認了，轉身下去點了個丫鬟，吩咐了幾句。

翠蛾到時場上正尷尬著，這份尷尬來自於剛剛聞訊而來的凌嬋，她一開口就說：「我覺得婉妹妹不是這樣的人。」

換言之她覺得許清玫在撒謊，許家母女倆臉色當場就變了。

凌大夫人瞪了女兒一眼，這丫頭有時候耿直得可怕，一點眼力都沒有，就連凌大夫人都沒少被噎到過，奈何老夫人寵著。

洛婉兮抬頭，對上凌嬋安撫的目光，眼底漾著淺淺的笑意。

頭疼欲裂的凌大夫人一見凌老爺子跟前的翠蛾，也沒工夫瞪女兒了，忙問：「翠蛾怎麼來了？」

翠蛾含笑指了指不遠處的邀月樓。「老爺子在樓上喝茶。」

凌老爺子喜歡在邀月樓請人品茶的習慣，凌大夫人是知道的，心念一轉便問：「那妳來這兒是？」

翠蛾回道：「老爺子瞧著下面熱鬧，遂命我來看看是怎麼回事。」

凌大夫人看了一眼洛婉兮，又看了一眼許清玫。

許清玫在許大夫人懷裡瑟縮了一下，下意識抓緊了母親的胳膊，心跳如擂鼓。距離這麼遠，凌老爺子肯定聽不見的！

許大夫人的胳膊被女兒掐得生疼，這份疼痛也讓她心裡湧出不好的預感，遂她半抱起女兒，歉然道：「驚擾了凌老太爺的雅興，實在是我們的不是，索性也不是什麼大事，便算了吧，我也得帶玫兒下去敷敷臉。」說著便要走。

「翠蛾，妳一直都在上頭，可瞧清楚下面的事了？」凌嬋出聲。之前她娘想息事寧人時，怎麼不見許夫人順著臺階下，這會兒一見翠蛾就要走，定然是心虛了。

走出幾步的許大夫人步伐一頓。

凌嬋徑直將場上情況說了一遍，問向翠娥。「……各說各有理，妳看見的到底是哪一種情況？」

翠蛾福了福身後，細聲細語道：「奴婢在樓上起先是看見許姑娘氣勢洶洶的跑到洛姑娘面前。」

這話一出，眾人看許清玫的目光頓時變了，依照許清玫的話，她是去找洛婉兮賠禮道歉的，可誰家賠禮道歉時是氣勢洶洶的？

許清玫的臉一會兒紅一會兒白，使勁往許大夫人懷裡縮。

翠蛾繼續道：「看情形兩位姑娘像是起了爭執，許姑娘揚手要打洛姑娘，卻叫洛姑娘擒住手腕打了回去。奴婢看到的就是這麼一回事。」

可不就和洛婉兮說的話對上了！這下子落在許家母女倆身上別有深意的目光就更多了，看得二人的臉火辣辣地疼，恨不能鑽地縫。

這兒到底是凌府，還是自己嫡長孫的周歲宴，凌大夫人也不想鬧得太難看，遂清了清嗓子。「這都快開宴了。」

諸人也是識趣的，反正戲也看了，當下便轉身離開。

望著接二連三離開的貴婦和閨秀，許大夫人一顆心如墜冰窖。不出明日，女兒做的這點事就能人盡皆知，兒子的事也會再一次被人提起，兩個兒女都會淪為笑柄。

想到這裡，許大夫人忍不住趔趄了一下。

凌大夫人瞧著，倒是有些不忍，可女不教，母之過，許清玫小小年紀就敢這樣信口開河，許大夫人這個做母親的難辭其咎。

「今兒實在是抱歉，給您添了這樣的麻煩，我們便不多留了。」許大夫人咬了咬舌讓自己鎮定下來，又恨恨一拍許清玫的背。「這個孽障被豬油蒙了心，我……」

許大夫人氣得嘴唇哆嗦，旋身對洛婉兮福了一福。「四姑娘，玫兒年幼無知，千錯萬錯都是我的錯，是我教女無方。今兒讓妳受委屈了，實在是對不起。」又推了一把許清玫。

「還不道歉！」

恍惚間洛婉兮想起當初洛婉如事發後，何氏隱約也是這麼跟她說的，怪不得洛婉如和許清玫能合得來。

許清玫緊緊咬著唇，彷彿遭受了奇恥大辱，她挨了洛婉兮一個巴掌還要向她道歉，這是什麼道理！她越想越是委屈，眼淚啪嗒啪嗒往下掉。

洛婉兮就這麼看著她掉眼淚，無動於衷。

許大夫人下不了台，又恨女兒不懂事，攤上一頂死不認錯的帽子，以後她還怎麼見人？眼下認了錯，好歹也能撿回一點名聲。

凌大夫人暗暗嘆了一口氣，現在的小姑娘一個比一個脾氣大，之前覺得洛婉兮犯擰不識抬舉，不過知道她的確被冤枉後，凌大夫人便覺這孩子有骨氣。可許清玫明明白白的錯了還不肯低頭，只會讓人覺得這人死性不改，再想想許清揚因為養外室而被洛家退了婚，她還有臉去怪洛婉兮，更覺不可理喻。

凌大夫人抬頭看許大夫人在拍許清玫，緩和道：「小孩子回去好好和她講講道理便明白了。」她也不想讓許大夫人在自家園子裡教女。

許大夫人難堪地停了手，只覺得這輩子的臉都被女兒在今天丟光了。她窘迫地向凌大夫人告了辭，連忙帶著許清玫離開。

可算是走了。凌大夫人搖了搖頭，再看向洛婉兮，目光柔和又歉意。「妳來參加陽哥兒的周歲宴，倒叫妳受委屈了，是我們待客不周。」

洛婉兮微笑。「您言重了，倒是我們壞了氣氛。」

「這豈能怪妳？」凌嬋脆生生道：「對吧，娘，分明是那許家欺人太甚。幸好婉妹妹不用嫁進他們家，就這小姑子就夠妳喝一壺的了。」

話音未落，凌嬋就被凌大夫人在背上掐了一把，簡直愁死人，這大咧咧的性子日後去了夫家可如何是好？

這一掐也把凌嬋掐回了神，暗道糟糕，不管怎麼樣，退婚於姑娘家而言都是災難，忙小心翼翼去看洛婉兮，但見她笑容自若，方鬆了一口氣，不好意思地乾笑兩聲。

洛婉兮莞爾，凌嬋便也笑起來。

看著兩個小姑娘相對而笑，一個明豔颯爽，一個清麗脫俗，怎麼看怎麼養眼，不過凌大夫人還記得自己的正事，遂看了兩眼後便道：「好了，咱們也該回去了。」

「洛姑娘稍等。」靜立在一旁的翠蛾突然開口。

洛婉兮詫異地看過去。

「老爺子請妳上去一趟。」

洛婉兮愕然，謹慎道：「敢問是為何事？」

翠蛾微微一笑，抬手一引。「姑娘去了可不就知道了。」

凌大夫人也是狐疑，只是作為兒媳，她卻不好多問。

凌嬋就沒這麼多顧忌了。「祖父找妳是為什麼呢？不如我和妳一塊兒過去吧。」

洛婉兮心下稍定，對凌嬋感激一笑。

只是兩人還未走到樓下，就見下面站著不少護衛。洛婉兮目光微動。

凌嬋笑道：「原來六叔也在這兒！」

洛婉兮面色不改，心卻略略一沈。

兩人拾級而上，噠噠噠的腳步聲越來越清晰。

凌淵在棋盤上落下一子，側臉望向樓梯，看著那張臉，眉頭微皺。

明明和兮子一點都不像，就連氣質也不像，可他為什麼會認錯，為什麼偏偏是她？

冷不丁又想起那一巴掌，她倒是愛打人臉！

「嬋兒見過祖父、六叔。」凌嬋屈膝行禮。

洛婉兮定了定神，福身道：「婉兮見過老太爺、凌閣老。」

凌淵淡淡應了一聲。

凌老爺子眼中閃過一抹異色，轉瞬即逝，笑呵呵地看著凌嬋。「怎麼想著過來了？」

凌嬋納悶。「不是您讓翠蛾傳婉妹妹？我好奇就跟來了。」

凌老爺子看翠蛾，翠蛾看德坤，德坤看腳尖。「瞧瞧，年紀大了，記性就是差了！是我請小姑娘過來的。」

「祖父，您請婉妹妹過來有何事？」

凌老爺子拿著棋子沈吟了下，笑道：「好些年沒見過這麼大膽的小姑娘了，打人不打臉啊，不免好奇！」

凌嬋與有榮焉一點頭。「我也覺得婉妹妹膽子大，不過那個許清玫也該打，祖父您不知道這人多壞！」當下就把許清揚誣衊洛婉兮的事說了。「幸好您派翠蛾過去，要不許清玫的詭計就得逞了。」

凌老爺子望著氣憤填膺的孫女失笑，這丫頭嫉惡如仇，也幸好他們家還能縱著她。

「許家這一輩怕是成不了器了。」養個兒子那樣，姑娘還這樣，一個不好還能說是意外，兩個都有問題，那就是家風了。

凌老爺子抬眸看了看一直很安靜的洛婉兮，餘光瞄一眼凌淵，突然問：「妳的外祖父是李延？」

洛婉兮斂膝一福。「正是。」

聞言，凌老爺子心花怒放。「妳那兒可有妳外祖父的公雞圖？」開年他在好友那兒看到了一幅李延所作的「吉祥如意」，畫上的公雞形神皆備，栩栩如生，尤其是那股精神氣，委實難能可見。

老爺子撓心撓肝地想要一幅，奈何李延早已回了山西老家，自己和他也沒什麼交情，而李延此人頗有點文人的清高傲骨，自己去托人討，搞不好就被當成仗勢欺人。

但是眼下情況不同了，李延的外孫女就站在他面前。

在凌老爺子滿懷期待的目光下，洛婉兮緩緩一點頭。外祖父晚年就喜歡畫公雞，雞同吉，他老人家還派人給她送了兩幅得意之作。

凌老爺子大喜，矜持地清了清嗓子。「小丫頭，我也不占妳便宜，我這兒有唐寅的『秋風紈扇圖』、『騎驢思歸圖』，妳喜歡哪一幅，我跟妳換。」

唐寅的畫換她祖父的畫，她還是賺了，不過洛婉兮可不敢占這便宜，笑道：「今兒要不是您，事情不可能真相大白，我也不能討回公道。您的恩情我無以報答，我那兒有一幅外祖父所做的『金玉滿堂』，便送來聊表謝意。」

凌老爺子待她一直不錯，又幫了她這一回，送他一幅畫也是應有之義。

凌老爺子搖頭失笑。「雖然老頭子很想要那幅『金玉滿堂』，可也不能厚著臉皮搶功勞，幫妳的可不是我。」老爺子執著黑子的手一指德坤。「人是我的，卻是他派過去的，妳要感謝的人在那兒。」

看了這麼會兒，他算是琢磨出一點味來。他這姪兒，正是年富力強時，位高權重還生得面如冠玉，氣質卓然，尋常小姑娘見著凌淵，哪個不多瞄兩眼，心思淺的耳朵都能紅起來。可洛婉兮上來之後，便是行禮時也一絲眼風都沒掃過去，像是當這個人不存在。倒是凌淵在她上來時，多看了兩眼。

聯想到德坤的反常，老爺子不免多想。

洛婉兮心頭一跳，轉向凌淵，提著裙襬，低眉斂目一福。「多謝閣老大人。」

比起對洛老爺子的真情實意，這一句多謝可就虛情假意多了。洛婉兮隱有察覺，然而她也無能為力。不管是上輩子還是這輩子，他對她做的事歷歷在目，她很難做到心平氣和。

凌淵抬眸，便見一排濃密如鴉羽的睫毛一扇又一扇，似是不安。

「不必。」他收回目光淡淡道。

離開邀月樓後，凌嬋覷著洛婉兮的臉突然問：「妳是不是怕我六叔？」

洛婉兮一怔，不好意思地笑了笑。

凌嬋捂著嘴輕笑。「不瞭解我六叔的總以為他身居高位，定是十分威嚴不好親近，其實我六叔這人脾氣好得很，反正比我爹脾氣好多了。」小時候六叔還會時不時抱她，她親爹可沒抱過她。

身為左都御史，凌大老爺十分不苟言笑，親生兒女都怕他，這點洛婉兮自然知道。

「妳看之前我六叔不就派人幫妳了，可見我六叔還是挺熱心腸的。」凌嬋舉例說明。

洛婉兮笑而不語，凌淵會幫她，著實出人意料，但可以肯定不會是因為熱心腸。

凌嬋看洛婉兮不說話，想到自家六叔對她而言到底是外男，她不方便開口，遂岔開話題，挽了挽她的胳膊。「咱們去廳裡吧，快開宴了，再不去可就要遲了。」

「那我們快走吧！」洛婉兮含笑道。

凌嬋領著洛婉兮走了近道，穿越梧桐林剛踏入梅花林，便聽見嘰嘰喳喳的喧譁聲，轉過彎便見一群人站在一棵老梅樹下，仰著腦袋一臉為難。

洛婉兮定睛一看，就見樹枝上趴著一隻小奶貓，那樹枝不過食指粗細，顫顫巍巍，搖搖晃晃，看得人心驚膽戰。

「貓貓下來，貓貓！」樹下，穿著大紅色錦袍的胖娃娃伸著胳膊奶聲奶氣地叫。

洛婉兮一眼就認出，那胖嘟嘟的小娃娃就是自己七月半在天水河畔救起的陸毓甯，幾個月不見，小傢伙又胖了一圈，都有雙下巴了。

洛婉兮嘴角一翹正要笑，卻見一個婆子走動了幾步，露出了身旁的碧璽。

她猛然僵住，震驚地看著她半白的鬢角和眼角深深的紋路。

碧璽不過三十一，怎麼會如此蒼老！難道凌風對她不好？不對，洛婉兮眼神一變，碧璽梳的並非婦人髮髻。

「甯哥兒？」凌嬋奇怪地問：「你在幹麼？」

陸毓甯指了指樹上的貓，含含糊糊道：「貓貓下不來！洛姊姊！」甯哥兒看見洛婉兮，眼睛一亮，連貓也不顧了，像小炮彈一樣衝過來，一把抱住洛婉兮的腿控訴。「妳不是說要來看我？」

大抵是洛婉兮把他從鬼門關拉了回來，陸毓甯格外親近洛婉兮，哪怕幾個月沒見也依舊熱情如火。

被他這一撲，洛婉兮恍然回神，她收了收心神，歉然地對他道：「我身子不舒服。」

「那妳現在好了嗎？」甯哥兒圓圓的臉蛋上全是擔心。

洛婉兮心頭泛柔，摸了摸他的臉。「都好了。」

「那妳要來找我玩哦！」甯哥兒歡快道。

洛婉兮頓了下，笑著點了點頭。

甯哥兒當下便笑得見牙不見眼，拉著洛婉兮去看樹上的貓。「貓貓調皮下不來。」

在甯哥兒和洛婉兮說話的那會兒工夫，碧璽已經從甯哥兒身邊的丫鬟那兒得知洛婉兮曾經救過甯哥兒，眼下見她過來且看著自己，便對她客氣一笑。

這一笑，碧璽臉上的紋路就更明顯了，洛婉兮心頭一刺，強忍下心中酸澀，回以微笑。

第四十三章

「好啊，你個小沒良心的！」凌嬋佯裝不悅地輕輕一戳甯哥兒腦袋。「見了你洛姊姊，就看不見嬋姊姊，我一個大活人站在這兒，你叫都不叫我一聲。」

甯哥兒捂著腦袋嘿嘿笑，脆生生道：「嬋姊姊！」

凌嬋哼了一聲。「晚了，我已經生氣了！」說著扭過身去。

甯哥兒不知所措地看看凌嬋，可憐極了，扭頭求救似的看向洛婉兮。

洛婉兮故作沈吟。「你去抱抱她、親親她，說最喜歡她了，也許她就不生氣了。」

甯哥兒立刻小跑過去張開手。「抱抱！」

凌嬋溜她一眼，一臉勉為其難的抱起小胖墩，甯哥兒嘟著嘴在她臉上用力親了一口，甜滋滋道：「我最喜歡嬋姊姊了！」

凌嬋繃不住失笑，掐了掐他的臉。「油嘴滑舌的小東西！」

這當口，前去搬梯子的婆子也帶著梯子回來了，爬得上去下不來的小傢伙終於得救了。

洛婉兮也認出這就是前一陣子她從爬山虎藤蔓裡發現的小黑貓，不由好笑，這小傢伙看來十分擅長害自己。

安全著地的小黑貓跑到洛婉兮腳邊，一邊蹭腿一邊發出喵喵的小奶音，水汪汪的綠眼睛軟糯糯地望著她。

洛婉兮不禁低下頭，一手順毛，一手撓下巴，小傢伙舒服地喵了一聲，啪一下躺倒在地，露出小肚皮，示意洛婉兮撓撓。

見狀，甯哥兒大為驚奇，伸著小胖手就要去摸牠。摸了兩下，甯哥兒摸得高興，小黑貓卻不樂意了，俐落地翻過身，不高興的喵了一聲躲開。

「摸摸，讓我再摸摸。」甯哥兒委屈地跟著牠跑，於是一貓一團子就繞著洛婉兮轉起圈來，轉得眾人忍俊不禁。

被轉得頭暈的洛婉兮一把拉住甯哥兒，又將小黑貓招過來，對著甯哥兒眨巴眨巴的圓眼睛柔聲道：「貓咪喜歡被人撫摸臉頰兩側，就是頭部和下巴那一塊，等牠信任你了，才能摸肚子。動作要輕一些，你看牠那麼小，稍微重一些牠就要疼了。」

甯哥兒似懂非懂地點點頭。

洛婉兮便牽著他的手教他。「就像這樣……你看牠是不是不跑了？」

甯哥兒見小貓咪在他手下攤軟成一團，露出十分愜意的模樣，當下心花怒放。

碧璽嘴唇輕顫，很快的，顫抖蔓延到全身，她低頭看著蹲在地上逗貓的洛婉兮和陸毓甯，從她這個角度，看不清兩人的臉，只能聽見洛婉兮耐心到極致的聲音和甯哥兒興奮的歡呼聲。

這畫面熟悉得觸目驚心，當年姑娘就是這麼教幾位小主子逗貓的。碧璽雙眼因為不敢置信而睜大，踉踉蹌蹌地靠近。

「碧璽嬤嬤？」旁邊的丫鬟疑惑地看著失態的碧璽。

洛婉兮聞聲，倏爾扭頭。

虛幻的夢境在看清那張臉的瞬間崩塌，只殘留下夢碎的無措和痛苦，碧璽臉上的失望太過濃烈，在場所有人都忍不住揪了揪心。

碧璽閉了閉眼，再不多看一眼，轉身就走。

幾個小丫鬟趕緊跟上。

「嬤嬤怎麼了？」甯哥兒仰頭問洛婉兮。

洛婉兮也很想知道碧璽這是為何，不由去看凌嬋。

凌嬋也是一臉的不明所以，她摸了摸甯哥兒的腦袋問：「這貓是碧璽嬤嬤的？」

甯哥兒點點頭。

「那讓人送回去吧！」凌嬋道。她是知道的，嬤嬤對凡是和她六嬸有些關聯的東西都當成命根子，這貓看著還怪像小黑的。

小黑？凌嬋看一眼洛婉兮，隱隱對嬤嬤的失態有了猜測。說來她對洛婉兮親近，一則是因為她委實長得美，二便是她的閨名。幼時，六嬸待她是極好極好的，可惜了紅顏薄命。如今遇到一個與她同名之人，難免覺得親近。

「真不能再耽擱了，咱們走吧。」凌嬋搖了搖頭，試圖甩開悵然。

洛婉兮應了一聲。

甯哥兒戀戀不捨地看一眼小黑貓，看得凌嬋失笑。「用過膳再去找牠玩便是。」

甯哥兒方轉悲為喜，一手牽著洛婉兮，一手拉住凌嬋。「快走，吃完了去看貓貓！」

洛婉兮心神微鬆，一行人便快步離開了梅花林。

可惜用過膳，甯哥兒就把小黑貓拋在了腦後，洛婉兮不動聲色提了兩句，這小沒良心的也沒反應過來，洛婉兮只好作罷，只難免心事重重，眼前不斷縈繞著碧璽蒼老的面容……

這些年她到底經歷了什麼？

一直到了戌時半，洛府一行人才打道回府。

何氏心神不寧，洛婉兮和許清玫的事她是事後才聽說，聽說之後她眼皮子就跳個不停，這心總是不踏實。

她忍不住看了看面無表情的洛婉如，只覺得嘴裡發苦。回來的路上她試探地問了兩句，就被洛婉如冷言冷語嗆了回來。

廊廡下的燈籠透出紅色的光暈，打在洛婉兮臉上，透出一種莫名的晦暗。

「伯父，我有事要和您說。」

洛婉如霍然抬頭，瞳孔劇烈一縮。

何氏心頭狂跳。「這麼晚了，有什麼事明天再說吧！」

「事關重大，我想今晚就稟報伯父。」洛婉兮堅持。

洛大老爺看一眼神情僵硬的何氏，眸色一深，對洛婉兮點了點頭。「去偏廳。」又看了看其他人。「你們都各自回去休息吧！」

偏廳裡，洛大老爺和何氏坐在上首，一個神色端凝，另一個如坐針氈。

洛婉兮站在二人面前，語氣平靜地陳述著白天發生的事。「……許清玫說她知道我早就知道二姊和許清揚之事，她還說是我為此把二姊逼進了家廟，更說我為了光明正大退婚所以陷害許清揚養外室。我不知道那些隱秘之事，她許清玫從何得知？又是如何得出如此荒謬的猜測？更擔心除了她知道，是不是還有其他人知道，會不會有人把這些事傳得街頭巷尾人盡皆知？」

洛大老爺不知是想到了什麼，臉色鐵青。

何氏臉都白了，看向洛婉兮的目光中染上不自知的憤怒和怨恨。

洛婉兮波瀾不驚地迎著何氏的目光。她清楚自己這一番話說出來會得罪何氏，可不得罪何氏的代價就是換來洛婉如的得寸進尺，而何氏便是發現洛婉如的小動作，也只會幫她遮掩，說不定又會像去年那樣助女兒一臂之力。

既然何氏管不住洛婉如，那麼得不得罪何氏又有什麼意義？

洛婉兮看向洛大老爺，這個家是他做主，她想知道洛大老爺的態度。若是洛大老爺也一味偏袒洛婉如，那麼這侍郎府於她而言就是龍潭虎穴。在這兒，洛婉如天時地利人和，她便是睡覺都睜著一隻眼，也總有一天會中計。

倘若洛大老爺無法主持公道，那麼她只能帶著祖母和洛鄴搬走，在自己的地盤上總比在別人眼皮子底下安全。

守在院裡的桃枝幾個見洛婉兮出來，立時迎上來，欲言又止地看著她。

洛婉兮打了個眼色，示意回去再說。

桃枝等人會意，替她披上厚錦鑲銀鼠皮披風，簇擁著她離開。

廳裡氣氛在洛婉兮離開後，降到了冰點。

洛大老爺的臉色如同潑了墨般黑不見底，冷聲吩咐：「把今天跟著二姑娘去凌府的丫鬟和婆子帶來。」

何氏放在袖子裡的手倏爾握緊。「老爺這是懷疑婉如了？」

洛大老爺冷冷地看著她。「那妳說我該懷疑誰，這些事咱們捂得嚴嚴實實，許家那個丫頭從哪兒得知？」

何氏嘴唇一顫，勉強道：「說不定是她自己猜出來的，別人猜不出，她畢竟知道點內情，猜出一點也……」在洛大老爺寒沁沁的目光中，何氏不由自主地消了音。

洛大老爺指了指何氏，氣極反笑。「不早不晚，就這當口猜著了，還猜得這麼準，猜得和婉如一樣。妳別以為我不知道，去年出事那會兒，婉如就認定許清揚養外室那事是婉兮派人做的。」

何氏抖了抖，一張臉面無人色。

「把她的丫鬟拉來問一遍，還有什麼不明白的？」洛大老爺眼神一利，一把扣緊扶手。到底是親女兒，洛大老爺也盼著自己錯怪了她，哪怕希望渺茫，也要確認一下。然他又不想和洛婉如閒扯，他怕自己忍不住一巴掌拍死那孽障。

他厚著臉皮在洛老夫人面前求情把女兒接了回來，可她才回來多久就忍不住生事，他只覺得面皮火燒火燎地疼。

眼見何氏還要說什麼，洛大老爺厲聲一喝：「妳給我閉嘴！當初妳發現那個孽障和許清揚的醜事時沒說出來，現在說這些又有何用？」洛大老爺指著面如血色的何氏。「婉如就是被妳活生生慣壞的！」

若事情只是在萌芽階段時發現，及早遏止，哪裡會發生之後那麼多事？

何氏如遭雷擊，肩頭一垮，整個人都癱在了圈椅內，一張臉上縱橫交錯著後悔與難堪。

不一會兒，今日跟著洛婉如去凌府赴宴的丫鬟和婆子都來了，領頭的鄭婆子和黃芪並另一個大丫鬟芍藥被帶了進來，其他人則被帶到另一處審問。

一看這陣仗，鄭婆子幾個就知道紙包不住火，遂低頭避開何氏的視線，實話實說。「姑娘拉許家二姑娘去了無人的角落，不許我們跟著，奴婢們聽不清兩位姑娘說了什麼。」

洛大老爺臉色一暗。「說話時，許清玫是何表情，妳們總看見了吧！」

鄭婆子瑟縮了下，支支吾吾道：「一開始還好，說著說著許二姑娘就生起氣來……」

何氏恍若被人抽掉了脊梁骨，身子軟得像根麵條，差點滑下椅子。她慘白著一張臉，哀求地看著洛大老爺。

洛大老爺揮手讓人退下，空曠的廳內只餘下夫妻二人。珊瑚木座桌燈上的燭火突然扭曲，發出噼啪的爆裂聲。

何氏被驚得從椅子上跳了起來，她知道洛大老爺已經認定是洛婉如挑唆許清玫，若一味否認下去，只會讓洛大老爺氣上加氣。遂她不顧形象地撲到洛大老爺腳邊，拉著他的衣襬哀哀求饒。

「老爺，如兒遭了那樣的大罪，連身子都敗了，她只是一時心氣難平，您饒過她這一回吧，我保證，她以後再不會……」

「求我接她回來時，妳是怎麼保證的？」洛大老爺低頭，看著珠釵凌亂、狼狽不堪的妻子，神情之中難掩心痛與失望。「可她又是怎麼做的，妳讓我怎麼相信她不會再犯？」

洛大老爺目光一轉，變得堅定。「京郊有一座溫泉莊子，讓她去那兒養身子，沒我的命令不許出莊子半步。妳再給她找戶老實本分不在京城的人家，不拘其他，人品為重。」

洛大老爺這也是一片拳拳愛女之心。女兒到底是親的，再恨她不爭氣，還真能掐死不成？只能把她看管起來，省得她再造孽。而替她擇京城外的人家，則是希望她能在一個新地方重新開始，待她嫁人生子，有了新的寄託，心中怨恨也能隨著時間淡卻。

「老爺！」何氏悽然一叫。「您不能這樣！」

「那妳想讓我怎樣？繼續縱著她作惡，等著她哪天把那點醜事鬧得人盡皆知，等著咱們洛家因為她被人恥笑？」洛大老爺一把拂開何氏的手。「我是她爹，也是洛氏族長，我不能為了她拿整個洛氏的名譽冒險。如今我已是徇私，若她不是我女兒，妳覺得憑她所作所為還能活到今天嗎？」

一股寒意順著被拂開的那隻手侵襲至四肢百骸，何氏不由自主地打了個冷顫。

洛大老爺深深看她一眼。「以後家事就交給大媳婦吧！」

「老爺這是怕我刁難四姪女？」何氏顫了顫，露出一個含譏帶諷的冷笑。「老爺對這個姪女倒是比親生女兒還上心。」

洛大老爺定定看她半晌。「妳捫心自問，孰是孰非？我這樣的決定是不是對婉如最好？」忽地他語氣一變，疲聲道：「四姪女是老太太的命根子，她若是出個好歹，老太太受不住啊。阿荷，妳便當是替我盡孝了。」

何氏心頭一震，眼裡突然湧現水光，眨眼間就匯聚成淚，順著眼角滑落。她伏在地上失聲痛哭，也不知是在哭自己不能護住女兒、不能為她報仇，還是痛惜心性大變的女兒？

嗚嗚咽咽的哭聲透過門縫鑽入守在院裡的下人耳裡，面面相覷一陣，不約而同地低下頭，彷彿自己只是園子裡的一棵樹或一株花，什麼都聽不到。

而此時此刻在凌府，跪得膝蓋麻木的德坤覺得自己真快成了一棵樹，什麼知覺都沒有了。

多年好友凌風同情地看著他，不知他犯了什麼錯，竟然被凌淵罰跪在書房外，這是多少年沒有的事了。

只是他也不敢去求情，倒不是他不仗義，而是凌淵雖然待他們這些屬下甚好，然而賞罰分明，若是有人求情，反而會罪上加罪。

頂著凌風憐憫中帶著疑惑的目光，德坤苦笑。直到月上中天，跪足了整整兩個時辰，德坤肩膀一鬆，差點栽倒在地。

眼疾手快的凌風扶穩德坤。「沒事吧！」

德坤心想哪裡能沒事？他渾身像有千百隻螞蟻在鑽，尤其是膝蓋處更是針扎似的疼，他又不是凌風這個大老粗，一身銅皮鐵骨。「你跪上十二個時辰，就知道我有沒有事了！」

看他還能貧嘴，凌風便知道他沒有大礙，於是翻了個白眼，言辭犀利，直戳傷口。「我又沒做錯事，為什麼要去跪？」

德坤被他噎得差點內傷。

「瞧你這半死不活的模樣，」凌風嫌棄地看了他一眼。「趕緊再去給大人認個錯，回去上藥。」說話間把人扶到了書房門口。

德坤瞅瞅他，忽地一笑，笑得凌風臉色不自在了一瞬。

德坤心情又好了一些，不過立刻收斂，換上肅穆的神情，抬手在門上輕輕一敲，得到准許後才推門而入。

書房內亮如白晝，凌淵坐在紫檀鑲理石靠背椅上，手裡拿著一份公文，肩上披著一件紫貂絨披風。

他放下手中公文，抬眸看向德坤。

德坤往地上一跪。「老奴不該假傳主子命令，引洛姑娘上樓，老奴知錯！」

凌淵依舊神色不動。

德坤又道：「老奴不該自作主張！」

凌淵往後一靠，淡淡道：「下不為例。」

德坤應聲，臉上卻浮現一抹果決之色，他咬了咬牙道：「可大人真的不為自己的終身大事考慮一下嗎？您都為夫人守了十一年了，足夠了，就是夫人在九泉之下也不會忍心看您這麼清清冷冷過完下半輩子，想必也希望您能找個人好生過日子的。」

凌淵卻彷彿是聽到了什麼笑話一般翹了翹嘴角，燭光下俊美如斯的面容上透出幾縷溫情，語氣篤定又帶著淺淺的溫柔。「她不會希望的。」

她可是抱怨過，憑什麼女兒家失了丈夫後要改嫁另覓幸福，就得被人指指點點，而男人死了妻子卻能光明正大地續弦，便是死了兩個，也能坦坦蕩蕩娶第三個？

彼時，她一位知天命的族叔娶了第三任妻子，女方僅碧玉年華。

抱怨完了，她又凶巴巴地抓著他的肩膀威脅。「我要是比你早走，你可不許娶個小姑娘回來，要不然我得氣得從棺材裡蹦出來！」萬不想三年後一語成讖。

凌淵心頭一刺，面上的溫柔如潮水般退去，只餘下淡漠。「下去上藥。」

德坤覷著他的臉色，到底不敢行忠言逆耳那一套，只腹誹先夫人到底給他灌了什麼迷魂藥，有本事灌一輩子啊，半途而廢丟下這麼一個爛攤子算怎麼回事！

德坤心緒萬千，勉強起身行禮之後告退，一打開門就被嚇了一跳。只見一個黑影跳過門檻，一溜煙躥到書桌旁，順著鏤花俐落地爬到了書桌上，目標直指桌上那剩下一半的海鮮粥。

德坤張嘴想說什麼，但見凌淵動作輕柔地順著那隻小黑貓的背，頓覺心塞，只當沒看見，出門，關門。

吃飽喝足被伺候得舒舒服服的小黑貓躺倒在凌淵大掌之下，奶聲奶氣地喵嗚叫。

凌淵目光一柔，伸手撓了撓牠的下巴，就見小傢伙渾身都舒展開，不覺揚起嘴角，忽然想起白天在梅花林裡失態的碧璽。

看來不只是他，連碧璽都恍惚了。

人有相似，物有相同，陸婉清能長得這般像她，有人神似也沒什麼可奇怪的。

軟成一灘泥的小黑貓突然拍了凌淵一爪子，凌淵眉頭一挑，就見小傢伙站起來，動作輕靈地跳下書桌，向門口走了幾步，又回頭看了他兩眼，然後高傲地收回視線，挺胸繼續前行。

最終牠停在緊閉的門前，氣呼呼地開始撓門，撓了十幾下都沒在這打磨光滑刷了不知道多少層漆的門上留下一道抓痕，不得不回頭看凌淵，可憐兮兮地張嘴叫：「喵～～」

第四十四章

第二天，洛婉如就要離開，同去溫泉莊子的還有何氏，她實在是怕女兒一個人被送到溫泉莊子胡思亂想，在那條死胡同裡越走越深。去年自己和洛郅撇下她回京城一事，已經是她心中一個疙瘩，何氏不想加深母女之間的隔閡。

對於何氏的決定，洛大老爺也不知道說什麼才好，唯有放行。

當天上午，得訊的洛婉妤便匆匆趕來，同她一起來的還有凌嬋。凌嬋是來找洛婉兮看書的，她們昨兒就約好了，且她這趟還身負重任，拿著洛老爺子的「騎驢思歸圖」來換洛婉兮的「金玉滿堂」。

互相在廳裡見過，礙著凌嬋在，何氏不得不打起精神強顏歡笑，又帶著她去見洛老夫人。

請過安，閒話幾句，何氏便帶著洛婉妤離開榮安院，洛婉兮則帶了凌嬋回西廂房。

凌嬋一看洛婉兮竟然住西廂房而不是獨門獨院，神色忍不住變了變。

洛婉兮見狀，笑道：「祖母身子不好，我不放心便住在這兒，圖個方便。」

凌嬋將信將疑地點了點頭，從丫鬟手裡拿過「騎驢思歸圖」遞給洛婉兮，又指了指後面那個錦盒。「祖父十分不好意思，遂命我帶了一套文房四寶過來。」又俏皮的眨了眨眼。

「我看了，裡面有一塊端硯十分不錯！」

洛婉兮失笑。「得了淩老的『騎驢思歸圖』，我已過意不去，哪好再要淩老的東西？」

「長者賜不敢辭，妳收下便是。」淩嬋道：「再說了，千金難買心頭好，對我祖父來說，那幅『金玉滿堂』可比什麼都來得珍貴。」

如此洛婉兮便不再多言。

到了洛婉兮的書房，淩嬋頗有些好奇，站在書架前問：「妳最近在看什麼書？」

「《大唐西域記》，每多讀一遍都能有新的收穫。」

淩嬋大喜。「我也最喜歡這本書！」一臉的悠然嚮往。「大漠、黃沙、石窟、異髮異眸的外族人……可惜有生之年我都不可能見識一下，就是傳說中詩情畫意的江南我也沒去過，倒是妳，從南到北走過了半個大慶，肯定見識過不少風土人情。」

「在船上也就看些沿河風景，哪裡見識過風土人情？」洛婉兮看著淩嬋掩不住的失望。「我這一路倒是畫了不少風景，妳若是不嫌棄，要——」

不等洛婉兮說完，淩嬋就迫不及待。「我能看看嘛？」

自然是能的，洛婉兮從畫缸裡找出幾幅。「這幾幅是我自己比較喜歡的，還有一些在後面收著。」當下便有丫鬟去取。

前世她日子過得精彩紛呈，踏春遊湖、爬山打獵，書畫這些需要耐心的才藝都一般般。這輩子身在書香門第，還有個狀元爹，心性也較從前穩重，倒是肯耐下性子琢磨琴棋書畫。

第一幅是一群荊釵布裙的女子在河邊洗著粽葉，平淡安寧中透出一股淡淡的愉悅。洛婉兮介紹道：「在江南一帶，端午都流行包粽子。」

凌嬋點點頭。「京裡倒不興這個，不過每年大嫂都會包一些，我最喜歡吃火腿蛋黃餡的。」

兩人便這麼妳一句我一句的就著畫說下去，說了一會兒，洛婉兮抽出一幅畫徐徐展開。畫上是一隻黃褐色、胖嘟嘟的貓咪在甲板上撲著蹴鞠玩耍，那模樣憨態可掬，活靈活現。

「這是你們府上的貓？好可愛！」

洛婉兮搖頭。「隔壁船上的，中途休息時看見，覺得有趣便畫了下來。」

凌嬋忍不住湊近一看。「這貓還真可愛，瞧這胖的，自己都快成了顆球了。話說回來我瞧妳應該很喜歡貓吧，昨天看妳逗貓的動作十分熟練，妳是不是養過？」

洛婉兮應了一聲，道：「小時候養過一隻白色波斯貓，後來生病死了，我弟弟哭得差點暈過去，後來再不敢養小動物了。」

凌嬋心有戚戚焉地點頭。「我有一隻很喜歡的黑貓，可牠前些年也老死了，和人比起來，貓的壽命太短了！」小黑走的時候她還大哭了一場。

洛婉兮心裡一動，想到了小黑，不由神情蕭瑟了幾分，定了定心神後問凌嬋。「昨天那隻黑貓是妳喜歡的那隻貓的後代嗎？」

「是啊，小黑雖然走了，不過牠留下的子孫倒不少。有時候也想養一隻，不過我娘覺得黑貓不吉利，不同意我養。」

「昨兒那貓……是碧璽嬤嬤養的？」

凌嬋點頭。「是啊，就是昨天和甯哥兒一起的那位穿著麻灰色衣服的嬤嬤。」

洛婉兮握了握拳，露出一絲疑惑。「昨天那位嬤嬤匆匆離開，看模樣好似不甚開懷，是不是我碰了她的貓，她不高興了？」昨兒一路甯哥兒都鬧騰著，她都沒機會開口提這一茬。

凌嬋忙道：「當然不是，碧璽嬤嬤最喜歡那些會養貓的人了，妳別多想。」想了想也不是什麼秘密，便道：「嬤嬤是陪著我六嬸從小一塊兒長大的，我六嬸的事妳應該也聽說過一些吧？」

洛婉兮拽緊了手心。「天不假年，令人扼腕。」

凌嬋眼底染上一抹懷念之色。「自從我六嬸走後，嬤嬤大受打擊，情緒便有些無常，這些年已經好多了。」早些年她親眼撞見過一回，陸婉清假裝扭了腳要往她六叔身上倒，被正巧撞見的嬤嬤衝上去連甩了好幾個大耳刮子，要不是人攔著，嬤嬤那模樣似乎是想一口一口咬死陸婉清，從此陸婉清都不敢踏進她六叔府上大門一步。

「斯人已去，何必執著。」洛婉兮垂下眼瞼幽幽道。

「這世上有薄情負義之人，自然也有重情重義之人。」凌嬋晃了晃腦袋，將滿腔哀思都甩了出去，展顏一笑。「不說這些了，妳還有什麼都拿出來讓我開開眼。」

洛婉兮也斂下情緒，繼續介紹自己從南至北這一路上繪下的風景。等將路上作的那些畫都討論了一遍，凌嬋也該走了。

臨走前，她拉著洛婉兮依依不捨。「過兩天我派人來請妳，妳可要來啊，我那兒雖然沒這麼好的畫給妳看，但是我那兒有好吃的。」

見洛婉兮面露猶豫，凌嬋便搖著她的手不依，恍惚間和當年那個梳著包包頭拉著她撒嬌的小丫頭重疊起來，洛婉兮心頭一軟，等她反應過來時，自己已經點了頭。

凌嬋喜形於色。「說好了就不許反悔，反悔就是小狗！」

洛婉兮被她堵得笑了，送著她出門道：「妳放心，我哪敢誆妳。」

回到凌府，凌嬋和洛婉妤兩人先去慈心堂向凌老夫人請安。而此時此刻，凌老夫人心情不甚美妙，罪魁禍首就是坐在她對面若無其事喝著茶的凌淵。

在兩人中間是好幾張帖子，其中一張攤開著，一面寫著女子的父母、祖父母等情況，另一面是這女孩的身量、胖瘦、愛好等等，最後一面則是維妙維肖的小像，儼然就是京城大戶人家私下流行的名冊，他們會專門派人將中意的少年少女背景繪製成冊，方便挑選。

凌老夫人語重心長。「這幾個都是我和你嫂子們精挑細選出來的，都是好姑娘！」

凌淵眼風不動。「二嬸的好意我心領了，然我無意續弦。」

凌老夫人糟心地瞪他一眼，突然悲從中來，掩面而泣。「你娘臨走時拉著我的手殷殷囑託我照顧好你們姊弟幾個，其他人不用我再操心了，可唯獨你孤家寡人一個，膝下一兒半女皆無。要是你有個血脈，我也不催你了，可你無後啊，不孝有三，無後為大，你讓我下去後怎麼跟你娘交代？」

凌老夫人與凌淵母親不僅是妯娌還是手帕交，自幼一塊兒長大，兩人一輩子都沒紅過臉，後來凌母病逝，凌老夫人一直很照拂姊弟幾個。若沒這份緣由，她一個做嬸娘的也不會對他的婚事這麼上心。

「老九兒子多，從他那兒過繼一個便是。」凌淵淡淡道，他胞弟凌洺光是嫡子便有三個。

凌老夫人一哽，沒好氣道：「姪兒和親子能一樣嗎？」她抽出壓在最下面的那張名帖，展開豎在凌淵眼前。「你不選，我替你選，就這丫頭了，明兒我就派人去提親！」

說著仔細地盯著凌淵的臉，不肯錯過蛛絲馬跡。她已經知道昨兒發生在邀月樓下之事，凌淵既然肯幫洛婉兮，待這丫頭總是有幾分不同的。

凌淵抬眸，便見抬頭四個字——臨安洛氏。

他眉頭微不可見的一皺，垂下眼轉了轉拇指上的翡翠扳指，輕描淡寫道：「我不會娶她，您若是想讓她淪為全城笑柄，您便派人去吧！」

想將他一軍的凌老夫人被反將一軍，差點氣了個倒仰，捂著胸口正打算暈一暈，凌嬋歡快的聲音就傳進來。

凌老夫人鬱鬱地瞪一眼凌淵，把東西往盒子裡一塞，神情立刻恢復和顏悅色。

凌淵無奈地搖了搖頭。

「祖母，我們回來了！」凌嬋高高興興的掀開簾子進屋，向上首的凌老夫人和凌淵請安。「祖母好，六叔好！」

凌老夫人滿臉含笑。「看來妳在妳婉妹妹那兒玩得很高興！」說著不動聲色剜了凌淵一眼。

凌嬋興奮道：「是啊！我不只把祖父朝思暮想的『金玉滿堂』帶回來了，婉妹妹還送了我一幅她自己畫的『浣紗女』，不只畫好，那一手簪花小楷也漂亮極了。」說著凌嬋就要打開畫軸。

凌老夫人意味深長的看一眼凌淵。「她父親是堂堂狀元郎，母親出自以書畫傳家的李氏，在閨中就有才名，如此家學，自然也是才女。」

凌淵依舊一副波瀾不驚的模樣，起身道：「二嬸，我還有公務要忙，先行一步。」

凌嬋和洛婉妤連忙站了起來。

凌老夫人撩他一眼。「去吧，別忙起來又顧不得用膳，仔細身子。」

凌淵輕輕一笑，行禮之後旋身離開。

凌老夫人在心裡嘆了一聲。

凌嬋完全不知道自己壞了祖母的「好事」，獻寶似的把已經展開的「浣紗女」挪到凌老夫人眼前。「祖母，好看吧？」

凌老夫人知道孫女說的好看，指的絕對是畫中臨水浣紗的女子，而不是整幅畫，不由好氣又好笑，倒是認真看了兩眼。

筆法揮灑自如，人物生動傳神，令人眼睛一亮，再思及她年紀，洛老夫人就更鬱悶了，凌淵琴棋書畫皆通，書畫更是精絕，二人豈不般配！

「祖母，您再看看下面題的這些字！」

凌老夫人目光下移，停在了王昌齡的〈浣紗女〉上，清婉靈動如插花舞女、低昂芙蓉。

片刻後，凌老夫人感慨道：「她這一手字，沒個十年以上的苦練是寫不出來的，瞧瞧人家，還比妳小一歲呢，妳倒好意思偷懶不練字，字就是臉面。」

凌嬋悻悻一縮脖子，抱起畫道：「我給祖父送畫去了。」說著一溜煙跑了。

「這丫頭！」凌老夫人無可奈何地搖了搖頭，語氣中滿是寵愛，轉而問起洛婉兮回娘家的事來。

卻說凌嬋跑去萬松院獻畫，順便獻寶，不幸又因為自己那一手狗爬字被祖父嫌棄了一番，小姑娘痛定思痛，決定好好練字。

奈何堅持了三天就有些洩氣，遂派人去請洛婉兮過來玩耍，順便打聽一下練字的訣竅。以至於洛婉兮到凌府時，發現凌大夫人格外熱情，被凌嬋拉到書房之後才恍然大悟，哪個母親不希望女兒好好向學？

在她看了凌嬋的字後，洛婉兮就更理解凌大夫人的熱情了。若說字如其人，在凌嬋身上絕對是彌天大誤。洛婉兮少不得與她說了些訣竅，然書法一道，一半看天賦，另一半看勤奮，前者凌嬋委實欠缺，後者凌二姑娘也不多，她打小就不是個能耐得住性子的。

練了大半個時辰，凌嬋就喊腰疼手疼，硬拉著洛婉兮去園子裡散心，到了外面，瞬間腰不疼，手也不疼了。

洛婉兮好笑地看著神清氣爽的凌嬋，後者俏皮的吐了吐舌頭。「寸有所長，尺有所短，書畫我不行，可我騎射好啊！」她忽然眼睛一亮。「妳會射箭嗎？我們去靶場，讓妳見識一下什麼叫百發百中！不過過去有點遠，我讓他們去抬軟轎。」說著就命人去準備，從這兒走過去要一刻多鐘，她自己無所謂，就怕弱不禁風的洛婉兮走不動，到時候沒了玩的精力可如何是好！

看她見風就是雨，洛婉兮搖頭失笑，還真是三歲看老。

不一會兒軟轎就來了，兩人上了轎子，便晃晃悠悠出發。

洛婉兮靠在轎子裡假寐，不知過了多久，轎子平穩落地，她也睜開眼。

轎簾被人從外面掀起，初冬的暖陽灑進來，洛婉兮雙眼微微睜大。

凌嬋走過來道：「我們府上的靶場在修繕，這兒是我六叔府上的。」

袖中的手倏地一握，指甲在手心裡留下幾道月牙痕，洛婉兮方能維持住一臉的若無其事，步履從容地隨著凌嬋進入靶場。

正在靶場內給他小叔叔搗亂的陸毓甯扭頭看見洛婉兮，先驚後喜，撒丫子跑過去，洛婉兮略一彎腰，就接住了衝過來的小胖墩，身子不由自主的倒退了幾步，幸好被幾個丫鬟扶住了才沒有丟人。

「姊姊，妳也來了！」甯哥兒一臉的興奮。「妳是來找我玩的嗎？」

聽得動靜，正在場上射箭的陸釗也看見了洛婉兮和凌嬋。看見洛婉兮那一瞬他愣了下，因為甯哥兒之事，他偶然間從大嫂那兒得知了她的閨名，當時便想怪不得自己覺得她莫名的熟悉，大抵便是因為這個緣故吧。

陸釗收起弓箭，下意識對洛婉兮溫和一笑，笑到一半餘光瞥見了凌嬋，頓時僵住，露出一個類似牙疼的表情。

約莫是幼年被按著揍的印象太過刻骨銘心，陸釗見到凌嬋就從心裡打怵，哪怕現在自己一根手指頭就能撂倒她。

這就是童年陰影啊！

凌嬋見到陸釗，情緒就簡單多了，只有鬥志昂揚。她走近幾步，看了看對面的靶子，挑釁道：「陸小釗，一個人練多沒意思，咱們比一比吧，輸了你喊我一聲姊姊！」

陸釗一張俊臉頓時黑了。

聞言，矮身和甯哥兒說著話的洛婉兮忍俊不禁，凌嬋比陸釗大了三天，少不更事時陸釗還肯乖乖喊凌嬋「姊姊」，再長大一點死活不肯了，凌嬋深以為恨。不想兩人都這麼大了，還能為這個鬥氣。

陸釗不肯，凌嬋就拿激將法激他，洛婉兮只能聽著兩人你來我往，爭著爭著聲音越來越大，洛婉兮有點擔心兩人吵起來，但是看兩邊下人一臉的習以為常，就是甯哥兒都眨巴著大眼睛一臉好奇，而不是害怕的模樣，便想自己大概是杞人憂天了。

「貓貓，洛姊姊！」眼尖的甯哥兒發現了蹲在牆頭的小黑貓，扯著洛婉兮的袖子突然叫起來。

順著他指的方向，洛婉兮也發現了不知何時跳上牆頭的小黑貓。

「牠是不是又下不來了？」甯哥兒語氣裡滿是拿牠沒辦法的無奈。

洛婉兮被他逗樂了，掐了掐他的胖臉蛋。「去看看不就知道了。」聽兩人鬥嘴還是怪尷尬的。

聞言，甯哥兒便拉著洛婉兮往牆邊走，還剩下兩、三丈遠時，小黑貓忽然站了起來，用綠眼睛回頭看一眼洛婉兮，接著跳下牆頭消失在牆後。

甯哥兒十分擔憂連一棵樹都跳不下的小奶貓把自己給摔慘了，趕緊拉著洛婉兮跑到牆後確認小貓的安全，剛走到門口就見那隻小黑貓悠哉地踱著步子走過來，見到兩人還舔了舔爪子。

也不知是不是洛婉兮的錯覺，她覺得牠的神態頗有些得意的睥睨。

渾然無所覺的甯哥兒大鬆一口氣，拍著手道：「牠好厲害！從這麼高的地方跳下來都沒事！」

望著憨態可掬的小團子，洛婉兮嘴角一翹。

「貓貓來啊！」甯哥兒朝著小黑貓伸手。「貓貓過來！」

小黑貓睨一眼甯哥兒，既不走近也不走遠，就在原地追著尾巴自娛自樂。

山不過來我過去，甯哥兒邁著小短腿跑過去，蹲下身正要伸手摸，小貓一溜煙竄了出去，停在幾丈外看著甯哥兒，那模樣似乎是在邀請他跟上來。

甯哥兒沒一點被捉弄的自覺，樂呵呵地邁著小短腿追上。

洛婉兮就這麼站在原地，看著一貓一小娃娃玩追逐遊戲。這兒是閣老府，又有一大堆丫鬟、婆子在，洛婉兮並不擔心陸毓甯，說來她更擔心靶場那兩個會一言不合打起來，這又不是沒有先例，遂她旋身打算返回。

「洛姊姊！」玩得興高采烈的甯哥兒不經意一回頭，發現洛婉兮要走，頓時不甘了，泫然欲泣的大叫，吭哧吭哧的跑過來，連新夥伴也不要了。

著兩人。

小黑貓在原地刨了刨地面，身子一躍，追了回來，就綴在不遠不近的地方，懶洋洋地看

甯哥兒一把抓住洛婉兮的手，稚聲稚氣道：「姊姊妳看，貓貓也想和我們一塊兒玩。」

洛婉兮抬眸看了看不遠處的小黑貓，以她多年養貓的經驗來看，貓這種寵物最是惡趣味，喜歡欺負人。她瞅著這貓就是故意在溜甯哥兒，遂她俯身對甯哥兒道：「我們往回走，看牠會不會追上來。」

甯哥兒以為這是什麼新遊戲，頓時拍著手連連叫好，由洛婉兮牽著他往回走，一步一回頭，生怕小貓沒跟上。

走了一段路，發現小黑貓竟然不跟了，卻也不走，留在原地喵喵叫個不停。甯哥兒登時急了。

「貓貓沒跟上來！」他也賴在原地不肯走。

洛婉兮為難，若是在隔壁，她不介意陪著甯哥兒被貓溜，可在這府上，她不想亂走。陸釗和甯哥兒想來是來尋凌淵的，萬一碰上了，不是自找罪受？

甯哥兒看一眼洛婉兮，突然嘴角一咧，張著嘴嚎啕大哭，哭聲震天，一邊搖著洛婉兮的胳膊，一邊含含糊糊地哭。「貓貓——貓貓！」

伺候甯哥兒的幾個小丫鬟求救似地看著洛婉兮。

洛婉兮無奈，一把將甯哥兒抱在懷裡哄，第一次被她抱著的甯哥兒愣住了，含著兩泡眼淚愣眉愣眼的看著洛婉兮，連哭都忘了。

「你會玩打拍子嗎？」洛婉兮柔聲問，試圖轉移他的注意力。

不明所以的甯哥兒搖了搖頭。

洛婉兮想他也不會，這還是她小時候流行的遊戲，遂循循善誘道：「這是個新遊戲，我教你玩好不好？」

喜新厭舊的甯哥兒頓時將小貓拋諸腦後，摟著洛婉兮的脖子奶聲奶氣道：「我要玩打拍子。」

洛婉兮彎了彎嘴角，抱著甯哥兒就走。

被冷落的小黑貓在原地轉了兩圈似乎才明白自己被拋棄了，當下不甘寂寞的叫了一聲，小奶腔拉得又長又細，就像一根羽毛在你心尖上撓了撓，撓得你一顆心都發癢。

牠叫一聲，往前竄幾步，再叫一聲後往回竄一截兒，綠眼睛一直看著甯哥兒，似乎在邀請他一塊兒玩耍。

立場不堅定的甯哥兒瞬間又被勾走了魂，在洛婉兮懷裡扭起來，小身子一直往貓那邊探，害得洛婉兮險些抱不住他。

第四十五章

丫鬟們也看出來了，她們見不得自己家小主子掉金豆子，可洛婉兮的為難隱約也能明白幾分，這兒畢竟是閣老府，洛婉兮拘謹也正常。故其中一個圓臉的丫鬟出聲道：「閣老進宮了，一時半會兒也不會回來，洛姑娘不妨陪著小少爺玩一會兒，小少爺玩累了，也就不鬧了。」

陸毓甯是跟著要交功課的陸釗一塊兒來的，才剛到，凌淵就被傳進宮，叔姪倆便去靶場上打發時間。

甯哥兒在洛婉兮懷裡擰成一條麻花，拿一雙水汪汪的大眼睛可憐兮兮地看著洛婉兮，隨時都能落下傾盆大雨的模樣。

被他這麼看著，洛婉兮突然覺得自己罪大惡極，捏捏他的臉，只得投降。「男孩子不能動不動就掉金豆子知道嗎？」

甯哥兒似懂非懂一點頭。

洛婉兮把他放下。「走吧，找你的貓貓玩去。」

甯哥兒看看她，似乎還不放心，試探著拉著洛婉兮去追貓，見洛婉兮果然跟著他走了，立刻笑逐顏開。

一群人就被小黑貓溜著在院子裡轉了一大圈，這貓著實狡猾，深諳看得見吃不著最勾人，看甯哥兒累了就靠近蹭蹭他，讓他摸一摸，不過三下就跑，把甯哥兒吃得死死的。

溜著溜著，沿途的景致就悄悄變了，洛婉兮的神情也逐漸恍惚，再沒有比這一刻更能深切體會「物是人非」這四個字。

那橋她走過，那鞦韆架她盪過，那座四方涼亭她曾經在那兒烤過鹿肉……

穿過一片只剩下光禿禿枝幹的桃花林便是瑤華院的後門，一叢叢、一樹樹的芙蓉花如同錦繡堆疊，從牆內探出來。這花又名「三醉芙蓉」，一日間變三色，是她從書上看來後，特意叫人從蜀地移栽過來，好不容易才養活的。

只在外面這麼看見，洛婉兮便忍不住鼻子發酸、眼角發澀，胸口千頭萬緒翻湧不休。

小黑貓靈活地躍過門檻，跑進院內，跑得滿臉紅撲撲的甯哥兒想也不想抬腳跟上。

「小少爺！」丫鬟和婆子俱是白著臉去攔。「別進去，快回來！」說著還心有餘悸的看一眼瑤華院。

碧璽嬤嬤十分忌諱閒雜人等進入這個院子，偌大的院子只有幾個老人打理著。幾個凌府的小丫鬟嚇得面無人色，她們都聽說過，這瑤華院的後院似乎有些不乾不淨的東西時不時傳出古怪的動靜。

她們若是能勸住甯哥兒，她們這一行人也就不會出現在這兒。甯哥兒推開要攔他的丫鬟，板著小臉不高興地叫：「貓貓在裡面！」

他說完，小腿一蹬，跨過門檻進了院子，餘下進退兩難的丫鬟和婆子，全都不由自主的看向洛婉兮。

洛婉兮臉色微白，神情還勉強維持著鎮定，眼底卻是暗潮洶湧，似乎有什麼就要不受控制地噴湧而出。

她垂下眼，輕聲道：「我去把他叫出來。」她就看一看，只看一眼，看一眼就出來。

諸人感激不盡的看著洛婉兮。

洛婉兮輕輕吸了一口氣，提著裙襬跨過門檻。一踏入瑤華院，她便覺自己那雙腳、那眼睛，還有心都脫離了理智的桎梏。放在兩側的手不受控制的輕顫，漸漸的，她全身都在微微顫慄。

一草一木，哪怕是幾塊石頭都和她記憶中一模一樣，熟悉得彷彿自己只是離開了幾天，而不是整整十一年。

她雙拳緊握，希望掌心的疼痛能讓自己一片混沌的大腦清醒一些，可似乎都是徒勞，她眼底不可自抑地浮現水光。

「哇——」甯哥兒嘹亮的哭聲將洛婉兮從千迴百轉的悲痛中拉了回來。

她摸了一把臉，循著聲音在正中間的後罩房內找到了坐在地上大哭的甯哥兒。小傢伙哭得撕心裂肺，像是受到了驚嚇，小黑貓則焦急地繞著甯哥兒轉圈。

洛婉兮趕緊跑過去摟著甯哥兒。「別怕，怎麼了？」

見到洛婉兮，受驚的甯哥兒如見救星，使勁往她懷裡鑽，哭聲稍緩。

洛婉兮一邊拍著他的背安撫，一邊觀察到底是什麼把他嚇成這樣？

這屋子顯然是一間小佛堂，飄著濃郁到近乎刺鼻的檀香，正前方香案上有個佛像以及——牌位？

洛婉兮的身體一寸寸繃緊，只覺一股刺骨的陰寒順著腳底板襲向全身，冷得全身的血液都凝滯了。

她毛骨悚然地看著靠邊的那個略小一些的牌位，上面的每一個字她都認識，可連起來，她為什麼看不懂？

她全身每一塊骨頭都忍不住抖動，便是牙齒都在輕顫，饒是縮在她懷裡的甯哥兒都察覺到她的異樣，嚇得哭聲都停了，只能瞪著一雙眼，驚恐地看著面無人色的洛婉兮。

洛婉兮直勾勾地盯著那牌位，彷彿看見了什麼極為可怕的東西——孩子？她下意識抱緊了懷裡的甯哥兒。不可能的，她怎麼可能有孩子，她自己都不知道自己有了身孕……太荒謬了，她沒死的時候都沒查出來，難不成還能在她死後驗出來？絕對不可能！一定是他們弄錯了，她怎麼可能有身孕！

冷汗順著她的額頭一滴一滴落在地上，發出「啪嗒啪嗒」的聲音，在寂靜的屋子裡清晰可聞，她甚至聽見了自己侷促不安的心跳聲。

她再也受不了這樣的恐懼，如同躲避洪水猛獸一般飛快撇開視線，吃力地抱著甯哥兒爬起來，搖搖晃晃往門口跑。

碧璽正在前頭翻曬被褥，她家姑娘最喜歡剛曬過太陽的被子，冷不丁就聽到一陣驚恐的小兒啼哭聲，她當即變了臉色，扔下木杖飛奔到後院，見小佛堂的門半開著，瞬間臉色鐵青，怒不可遏的衝過去。「誰讓你們進來的！」

屋內白色的蠟燭在一聲貓叫後驟然熄滅，外頭的陽光被門口的碧璽擋住了大半。

洛婉兮被她嚇得踉蹌了幾步，終於不支跌倒在地，而怒火沖天的碧璽卻在看清裡面情形的那一瞬間變得呆若木雞。

在她面前的洛婉兮慘白著一張臉，丁點血色都沒有，襯得那雙眼漆黑如墨，毫無生氣，額上不間斷地往下淌著冷汗。

她懷裡還緊緊抱著一個小娃娃，腳邊跟著一隻黑貓，綠油油的眼睛反射出幽光。

那一瞬間，就像是有人在她耳邊敲了個響鑼，震得她耳畔轟鳴，頭暈目眩。

碧璽晃了晃身子，再一次睜開眼，倏爾轉身飛快關上了門，似乎是怕陽光傷害了屋內的人。

接著她猛然跪下，膝行到洛婉兮跟前，又哭又笑。「姑娘您回來了！您終於回來看奴婢了！」

洛婉兮悚然一驚，全身因為緊張而僵硬成一塊石頭，連呼吸都屏住了。

碧璽哆哆嗦嗦地抓了好幾下，才抓住洛婉兮冰涼刺骨的手，摸到了一手潮濕，心中一鈍，細細密密的疼起來，霎時淚如雨下。「奴婢就知道姑娘一定會回來看奴婢的！姑娘，您是不是有什麼未了的心願，您說，奴婢一定會幫您做到！」

被握著的手上傳來微微的疼痛感，讓洛婉兮恍然回神，不敢置信的看著眼前似哭非笑的碧璽，一顆心如墜冰窖。她把甯哥兒抱得更緊了一些，遮住他的眼睛，捂住他的耳朵，而小傢伙似乎是嚇傻了，完全任人擺布。

「碧璽？」洛婉兮試探著喚了一聲。她這模樣委實有些駭人，似乎魔怔了。

聞言，碧璽雙眼驟亮，驚喜交加地望著開口的洛婉兮，忽然注意到她懷裡的甯哥兒，雙唇開合半晌。

「小、小少爺都這般大了！」她突然悲聲大哭。「您當年真的有孕了！奴婢告訴他們您有孕只是想讓他們不好過，可心裡一千一萬個不願意您有孕，您那麼喜歡孩子，知道小少爺也被害了該有多心疼！」

壓在胸口的那塊巨石終於被搬走，洛婉兮肩膀一垮，忍不住張嘴呼吸——沒有孩子，果然沒有孩子的！

這模樣落在碧璽眼裡，以為她傷心欲絕，陰狠怨毒之色瞬間爬滿碧璽整張臉龐，她咬牙切齒道：「那些千刀萬剮的賤人！姑娘，當年到底是誰害死了您，您告訴碧璽，碧璽給您和小少爺報仇！是不是……是不是姑爺？」

洛婉兮心頭一刺，想起墜樓時看見的那個身影，他們之間就隔了那麼一層薄薄的地板，他真的一點感覺都沒有嗎？

「真的是他！他怎麼有臉說您是不慎墜樓的，他怎麼有臉裝出一副情深意重的模樣！」碧璽眼底充斥著憤怒，拽緊了拳頭。她知道主子的死不是意外，可她真的以為和凌淵無關，都是嘉陽長公主下的毒手。而這些年她折磨凌淵，只是因為恨他招惹了嘉陽，恨他沒有保護好主子。

「不是他，和他沒關係！」洛婉兮看著碧璽的眼睛，語速緩慢，語氣篤定。

碧璽愣住了。

洛婉兮輕輕搖了搖頭，重複了一遍。「不是他，和他沒關係。」說起來，凌淵的確沒害她，他只是見死不救罷了，可這些告訴碧璽又有何意義，只會害了碧璽。如今的凌淵位高權重，就是陸家都多有不及，碧璽一個小小的丫鬟又能如何？

「碧璽，害我的人是嘉陽和景泰帝，他們倆都死了，我的仇已經報了，我現在過得很好，妳可以放心了。」洛婉兮伸手摸著碧璽的臉，指尖傳來的粗礪讓她眼睛發酸，忍不住流淚，碧璽當年也是個十分愛漂亮的小姑娘啊！「我現在最放心不下的就是妳，妳過得好，我也就能安心了，妳明白嗎？」

洛婉兮看一圈這陰氣森森的小佛堂，打掃得纖塵不染，可見碧璽是常來的，這丫頭最是死心眼，長年累月待在這種地方，不瘋也得瘋了。

「妳別在這府裡待著了，妳的賣身契我早就給妳了，妳在外頭也有產業，離開這兒，去外面重新開始，別把自己困在這個鬼地方，知道嗎？」那些產業和賣身契是她當年給碧璽準備的嫁妝，足夠碧璽安安穩穩過完下半輩子。

碧璽含著淚，猶豫著點了點頭。

洛婉兮輕輕一笑。「還有，別告訴別人我來過，知道嗎？」

這回碧璽毫不猶豫的點了點頭，又忐忑不安地看著洛婉兮。「姑娘您還會來看奴婢嗎？」

在她期盼的目光裡，洛婉兮緩緩搖了搖頭。「妳好好過日子，別惦記我了，我在另一個地方過得很好，真的很好。」

碧璽不禁淚流滿面。

淚水浸濕了洛婉兮的雙眼，放在碧璽臉上的手挪到她後頸，接著用力一捏——

碧璽突覺眼前一黑，身子發軟。

洛婉兮接住暈倒的碧璽把她放在地上，低頭看了看她凹陷的臉頰，滄桑憔悴，忍不住落下淚來。

她抹了一把淚，抱緊甯哥兒站了起來，靠在門上聽了聽動靜，又悄悄打開門縫往外瞧，空無一人。

瑤華院因為碧璽的緣故，本就沒幾個人，後來碧璽又有些魔怔了，更是人少，等閒不敢靠近後院，比如這會兒哪怕隱隱聽見哭聲也沒人敢靠近，唯恐惹怒碧璽。

而這就方便了洛婉兮，她抱著甯哥兒出了屋，被外頭暖洋洋的太陽一照，縮在她懷裡的甯哥兒動了動，怯生生地喊：「洛姊姊？」

洛婉兮摩挲著他的臉蛋，柔聲道：「下次不能亂進別人的地方了，你看這不就惹人生氣了。」

甯哥兒伸手摸了摸她發紅的眼，搖著頭哽咽道：「不進了不進了，那嬤嬤……」

「嬤嬤睡著了，睡醒了就好。這事已經過去了，你不要告訴別人好不好，否則姊姊就要被人抓起來，以後你就見不著我了。」洛婉兮不得不恐嚇小娃娃，甯哥兒當時嚇懵了又被她遮住了眼耳，知道得也有限，然而不怕一萬，就怕萬一。

甯哥兒猛地捂住了嘴巴，驚恐地看著洛婉兮，腦袋搖得像波浪鼓，發出含含糊糊的聲音。「不說，我不說。」

「甯哥兒真乖！」洛婉兮低頭蹭了蹭他軟嫩嫩的臉，又不放心的叮囑了幾句，接著抱著他打算離開瑤華院。

誰知剛一抬腳，就見那隻小黑貓不知何時也出來了，靜靜地蹲坐在牆角下，見她看過來，軟軟地「喵嗚」一聲。

望著牠綠油油的眼睛，洛婉兮不覺瘆了下。

這時小黑貓突然站起來，叫了兩聲，一溜煙竄出了門。

洛婉兮定了定神，抱著甯哥兒也出了門。

院外等得心急如焚的眾人趕緊迎上來，見一大一小俱是哭過的模樣，不約而同以為他們是被碧璽訓了。

丫鬟們對洛婉兮十分不好意思，明明應該是她們進去找小主子的。

「實在是麻煩洛姑娘了。」領頭的大丫鬟紅螺羞愧難言地看著洛婉兮。

洛婉兮笑了笑，只是這笑帶著幾分勉強，看得諸人更是羞慚。「沒什麼，我們趕緊走吧！」咬了咬唇欲言又止。「這事能不能麻煩各位不要說出去，我怕……」

「姑娘放心，我們絕不會多嘴的！」洛婉兮怕人覺得她沒禮貌，她們也怕上頭怪罪他們沒照顧好主子啊！

洛婉兮便朝她們感激一笑，一副如釋重負的模樣，可內心卻沒面上這般輕鬆。

萬一碧璽醒來後懷疑，稍微一查就能查到她身上。方才合了天時地利，碧璽以為看見了她的鬼魂，可在清醒的狀態下，碧璽是相信她還是把她當妖孽？還有那些可能引發的後續效應……

她輕輕一搖頭，不敢深想下去，她也知道自己是衝動行事了，可碧璽那模樣，她完全狠不下心撒手不管，但願碧璽能聽得進去自己的話。

「姑娘要不要先去洗把臉？」紅螺提出建議。

洛婉兮忙點頭，紅螺便帶著她去了一處小院子收拾，洛婉兮看著鏡子裡的自己，鬆了一口氣，稍微收拾一下就看不出來了，倒是甯哥兒哭得眼都腫了，不過他就是個人盡皆知的小哭包，完全不需要掩飾。

收拾妥當後，洛婉兮便帶著甯哥兒返回靶場，在門口遇見了正要來尋她們的凌嫿。

凌嫿戳了戳甯哥兒的胖臉。「愛哭鬼掉了多少金豆子？」

甯哥兒扭了扭身子躲，仰頭巡了一圈。「叔叔呢？」

凌嫿黑了臉。「輸不起，跑了！」

洛婉兮狐疑地看過去。

凌嫿臉一紅，心虛地撇開眼。

洛婉兮心下好笑，想來是凌嫿輸了找茬，把陸釗氣跑了。論口舌，陸釗可不是她的對手，何況便是贏了也不是什麼光彩的事。

凌嫿果斷轉移話題，問洛婉兮。「妳會不會射箭？」

以前自然是會的，可這十年來卻是碰都沒碰過弓，遂洛婉兮道：「不會。」

凌嬋便自告奮勇地說：「我教妳！」

洛婉兮顛了顛懷裡的胖娃娃。「今天怕是沒力氣了。」

「妳不會抱了他一路吧！」凌嬋表示不可思議，甯哥兒可不輕。

洛婉兮豈會不懂她言下之意，可受了驚嚇的甯哥兒黏人黏得緊，她只能抱著他哄。

「瞧妳柔柔弱弱的，體力倒不錯。」凌嬋由衷稱讚，說話間強行把甯哥兒從洛婉兮懷裡挖了出來。

甯哥兒抗議，卻被她捏了一把臉。「沒看你洛姊姊手都在抖了，先讓你嬋姊姊抱一會兒。」顛了顛手，嫌棄道：「你可真重喂！」

甯哥兒叫道：「娘說重一點有福氣！」

凌嬋瞅瞅他的包子臉和雙下巴，不禁噴笑。「那是，誰比你有福氣?!」

甯哥兒煞有介事地一點頭。

洛婉兮忍俊不禁，盤旋在頭頂的烏雲都少了幾片。「時辰不早了，我也該回去了。」

凌嬋自然不捨，可人也來了一會兒了，遂只能放行，再三道：「過幾天我再找妳玩啊！」

洛婉兮含笑點頭。

甯哥兒也湊熱鬧，說笑了幾句，一行人便上了軟轎。回到隔壁後，與凌家長輩辭了行，凌嬋便帶著甯哥兒一直送洛婉兮到了垂花門處方折回。

此時，小佛堂內的碧璽悠悠醒轉，她茫然地看著屋頂，猛然坐了起來，心急如焚地環顧一圈，頓時心也空了，不禁悲從中來，眼淚直流。「走了，都走了！」

突然哭聲一頓，她抬起手，盯著剛剛無意間摸到的荷包。那是一個天青色圓形蝠紋荷包，針腳細密，還散發著淺淺的薄荷香。

這荷包絕不是她的！

那是誰的？

驟然間，碧璽臉色劇變！

熱鬧非凡的朱雀街突然安靜下來，一金飾銀螭繡帶青縵官轎不疾不徐地自東向西而來。

轎內的凌淵漫不經心地轉著手中的翡翠扳指，今日本是休沐日，他被急召入宮蓋因太子騎馬時不慎墜馬摔斷了胳膊，傷倒是不重，養上幾個月便是。

這當然不是個意外，御馬監趙鑿供出是受王保指使，王保乃關雎宮大總管，關雎宮裡住著鄭貴妃。

皇帝自然是不肯信，然證據確鑿，且趙鑿一路都是王保提拔起來的，又親口指認了王保，皇帝也束手無策，遂只好採用拖字訣，將趙鑿和王保一併關押，讓錦衣衛、刑部和大理寺再次調查取證，擇日再審。

凌淵嘴角微勾，看來皇帝還真是鐵了心要保愛妃和稚子，哪怕冒天下之大不韙。

他側過臉看見街道上的百姓那一張張或淳樸、或敬畏、或羨慕的臉，就是不曉得若這滿城百姓知道皇帝如此「情深意重」，會作何感想？

停在路邊避讓的洛婉兮不經意間一抬頭，正與凌淵四目相對，她顫了顫睫毛，垂下眼簾，偏過了頭。

隔著一層薄紗，表情並不能看得分明，不過凌淵確定那定然不是愉悅。

他不以為然地笑了笑，並不將小姑娘的冷淡放在眼裡，比起因為那件事黏上來，他更喜歡這麼避諱。

氣派威嚴的官轎漸行漸遠，直到消失在街口，朱雀街上又恢復了熱鬧喧囂，馬夫輕輕一抖韁繩，吆喝一聲，馬車便再次動了起來。

洛婉兮靠在柔軟的引枕中，望著沿途浮光掠影的熱鬧，想著合該如此的！上輩子她死皮賴臉地追著他，放棄了女兒家的驕矜，誠惶誠恐，患得患失。

這輩子就這樣吧！

第四十六章

回到侍郎府，洛婉兮先去老夫人那處請安。

洛老夫人對她出門訪友一事十分贊同，她還怕洛婉兮關在家裡悶壞了。

祖孫倆慢騰騰地說著話，主要是洛婉兮在說，說了好一會兒她才回去西廂房。

留守在屋裡的柳枝迎了上來，端上茶杯後開始彙報今兒下午的事。「奴婢的娘已經到了，姑娘要不要見一見？」

洛婉兮大喜。「趕緊讓她老人家過來。」

柳嬤嬤是她母親的陪房，一直照顧她到十歲才出府和她丈夫柳老爹一起替她打理外頭的事，臨走還把女兒送進來伺候。

柳嬤嬤因為柳枝在信裡說了洛婉如的事，住在別人的地盤上，柳嬤嬤到底不放心，遂把手頭上的事理了理，進京照顧洛婉兮。

柳枝便派人去請，趁著空檔又將另一件事說了。「表姑娘剛命人傳了話來，明天上午過來向老夫人請安。」

洛婉兮一驚。「這麼急，可有說是什麼事？」

柳枝搖頭。

洛婉兮沈吟。「那就等明天吧！」又道：「也有半個月沒見她了。」

不比婚前方便，她出嫁一個月，只來了一回，當時瞧著氣色倒還好！

主僕幾個說了一會兒閒話，柳嬤嬤就到了，她身邊還跟了一個高眺勻稱的姑娘，面容憨厚。

柳嬤嬤請過安後便向洛婉兮介紹。「這丫頭很有一把力氣，又跟著人學了點拳腳，老奴想著姑娘這裡也許用得著，就把這丫頭帶來了，姑娘可喚她柳葉。」

「有力氣是怎麼個有法？」桃枝便好奇了。

柳葉看了看她，又看了看微笑不語的洛婉兮，憨憨一笑，忽然走向門口。

猜出她用意的洛婉兮幾個饒有興致的跟上去，柳嬤嬤搖頭失笑，也抬腳跟上。

到了院子裡，就見柳葉左右一看，走向石凳。

「妳不會想抬起這個吧？」桃枝話音未落，柳葉已經把那個大抵有百來斤重的石凳舉過頭頂，且一臉的舉重若輕。

桃枝的嘴倏地張大，大得能塞下一顆雞蛋。

洛婉兮噗哧一聲樂了。「好了，放下吧！」

聞言，柳葉放下石凳，憨笑著望向洛婉兮，緊張又期待。

洛婉兮笑道：「妳便留下吧！」

「多謝姑娘，多謝姑娘！」柳葉喜不自勝。

洛婉兮笑了笑，問柳嬤嬤。「嬤嬤哪兒找來的高手？」

柳嬤嬤嘆了一聲。「她爹是走鏢的，後來她爹沒了，她後娘容不下，這丫頭胃口大得很，一頓吃的比得過三個成年男子，狠心要賣了她，偶然間被老奴撞上，便帶了回去。老奴見這丫頭手腳靈活，人也憨厚，便想著給姑娘帶來，若遇上什麼事，也能頂點用。」

「嬤嬤費心了！」洛婉兮動容。

柳嬤嬤忙道：「姑娘這話可不是折殺奴婢了，這都是老奴該做的。」

主僕久別重逢，又有新人來，自有說不盡的熱鬧，洛婉兮的心情也因為柳嬤嬤的到來，好轉了許多。

第二天沒等來白奚妍，卻是等來了鄭貴妃戕害太子、皇帝徇私枉法的消息。

街頭巷尾都在議論此事，根本不用費心打聽，就能把事情了解個七七八八。

朝廷之上更是群臣激憤，尤其是注重禮法的文人士大夫，與此同時又有幾位御史聯合奏疏譴責鄭貴妃父兄專擅跋扈。一時之間，朝野內外俱是譁然，鄭貴妃與福王被推到了風口浪尖之上，饒是皇帝都是一身腥。

如此吵鬧了幾日，驚馬案以頗為戲劇的方式落幕。太子主動站出來對皇帝說，趙鑿瘋癲，豈能相信他的一派胡言。

皇帝便以迅雷不及掩耳之勢處斬了趙鑿，驚馬案就此結案。被參的鄭氏也因為重要證據似是而非略作薄懲，降級的降級，罰俸的罰俸，並沒有傷及根本。

東宮內，太子吊著胳膊，頗有些鬱鬱，似乎不滿這結果。

坐在他對面的凌淵似無所覺，放下茶杯慢條斯理道：「殿下馬上就要大婚了，不高興嗎？」

心思鬱悶的太子動了動嘴角，擠出一抹勉強的笑容。若是以前，父皇終於鬆口讓他完婚，他怕是要開心得手舞足蹈。

他和陸靜怡的婚事在六年前就定下，可如今他都十七了，陸靜怡更是十八了，父皇卻遲遲不肯讓他們完婚，如此不過是為了用他未成人的理由阻止他參與朝政。眼下父皇終於定了婚期，大婚後，父皇再不願也必須讓他議政，本該高興之事，可一想代價卻是要讓鄭貴妃從驚馬案中摘得乾淨，太子便高興不起來。

謀害儲君，這個罪名落實了，就是皇帝也保不住鄭貴妃，鄭貴妃必死無疑，沒了鄭貴妃的福王還算什麼！

凌淵抬眸看著掩不住失望與不甘之色的太子，心下一哂，換了個問法。「朝野內外都在傳頌殿下純孝仁義、胸襟寬闊，殿下也不高興？」

太子頓了下，容色稍霽。之前他被父皇連番斥責愚鈍，經此一事，風向立時調轉。可想起鄭貴妃，他實在不甘心，這些年寵冠後宮的鄭貴妃母子就是壓在他頭上的兩座大山。

他猶豫了下吐露心聲。「太傅，可貴妃逃過了一劫！」這個女人竟想置他於死地，這次讓她逍遙法外，可難保沒有第二次。

凌淵聲音平緩。「殿下是嫡長子，既嫡且長，貴妃與福王再得陛下寵愛，只要這滿朝文武擁戴殿下，天下百姓認可殿下，他們也威脅不到殿下，明白嗎？」

太子似懂非懂地看著凌淵。

半晌也沒見他露出恍然大悟的神色，凌淵心下一嘆，繼續道：「此時想扳倒鄭貴妃不難，可福王還在。貴妃一死，陛下所有的憤怒都會衝著殿下來，他會加倍疼愛福王，對殿下愈加不滿。可您在罪證確鑿的情況下，為了不讓陛下為難而選擇了原諒鄭貴妃，陛下會心懷愧疚，文武百官也會覺得您胸襟寬廣，心地純孝。至於鄭貴妃，陛下最恨人對子嗣下手，便是原諒了她，可心中難免有疙瘩。天下皆知她心狠手辣妄想殘害儲君，福王由這樣一個母親教養，旁人如何想？」

皇帝雖然不滿太子，可他也就剩下兩個兒子了，絕不會希望有人對自己兒子下死手，萬一哪天再出個意外，這錦繡江山可不就便宜外人了？

太子如同醍醐灌頂，感激涕零地看著凌淵。「多謝太傅幫我！」

凌淵微微一笑。

與此同時，陳府裡，陳忠賢與陳鉉也在談論驚馬案。

陳忠賢冷笑一聲。「好一招苦肉計，把陛下、貴妃和福王都算計了進去。」

「真不是貴妃動的手？」陳鉉狐疑了一句，鄭貴妃這女人可不是個善茬，她作夢都盼著太子死，設計暗害太子這種事要不是伯父勸著，沒有完全把握絕不可下手，她貴妃早就做了，這個女人早就被皇帝寵得目無一切。何況涉事的王保最會逢迎，一直想藉著鄭貴妃取代伯父。

「要真是貴妃動的手，我能一無所知？」陳忠賢一臉陰霾，他在她身邊安排了不少人，就怕鄭貴妃衝動行事。

覷著陳忠賢的臉，陳鉉乖覺地閉上嘴。

陳忠賢涼涼道：「他淩淵可真下得了手，就不怕真把太子給摔死了？」

想起淩淵，陳鉉便覺胸口一悶，不是很抱希望地憮憮道：「那我們只能吃了這個啞巴虧！陛下就沒懷疑過？」

「未必沒有，但是陛下恐怕更偏向於認定是貴妃所為，只怪貴妃素行不良。」陳忠賢陰沈道。

鄭貴妃手底下可沒少人命，這些年她能屹立不倒，除了摸透了皇帝的心思，最重要的一點就是她從不給可能威脅她地位的女人壯大的機會，剛冒頭就被她摁死了。這其中有些皇帝不知道，有些知道，因為不上心，懶得計較罷了。

白奚妍在院外徘徊了好一會兒，見陳鉉還是沒有出來的徵兆，眼看時辰差不多了，只得對守在門口的小廝道：「大爺若是問起來，便說我回大舅家看望我外祖母去了。」前一陣子她就想去，可因為驚馬案，府內氣氛壓抑，外頭也是風起雲湧，想著兩邊立場，她覺得不好這當口過去，遂改了行程。

這會兒結案了，白奚妍再也待不住，她有十分重要的事情要告訴婉兮。

到了洛府，白奚妍見到許久不見的洛婉兮，便慘白著一張臉，握著洛婉兮的手不覺用力，身體輕輕顫抖。

「閻夫人想讓妳嫁給閻玨！」她開門見山地道。

洛婉兮臉色一變，摸著白奚妍的背安撫。「表姊妳別著急，慢慢說，妳怎麼知道的？」

「閻夫人和我娘說話時聽見的……」白奚妍急急道：「她要我娘撮合，我娘拒絕了，可閻夫人這個人……都說有些人為達目的不擇手段，她十分疼閻玨。婉兮，妳要小心！」

若非她的緣故，洛婉兮根本遇不上閻玨，也就不會被閻玨惦記上，更不會招惹到溺愛兒子的閻夫人。思及此，白奚妍便不住的落淚。

洛婉兮心頭微沈，對白奚妍道：「表姊，妳放心，我會小心。」

婚姻大事，父母之命媒妁之言，可以洛家和閻家的背景，以及之前的不愉快，閻夫人顯然是不想走尋常路，否則誰願意嫁給她那傻兒子？

「閻夫人可有說要怎麼讓我嫁過去？」洛婉兮又問，知道了總有個防備的方向。

白奚妍搖了搖頭。「我娘拒絕了閻夫人後，閻夫人不是很高興，馬上就走了。婉兮，妳要當心些……」

望著白奚妍比她這個當事人還擔憂的臉，洛婉兮心頭泛暖，再一次道：「嗯，我會小心的。」

姊妹倆說了會兒體己話，白奚妍婉拒了用飯的邀請便要走了。洛婉兮也不多留她，嫁了人到底不比從前。

「我去給外祖母請個安就走。」白奚妍道。

洛婉兮點頭，兩人相攜出了門，剛走到院子裡就遇上過來的柳嬤嬤。

白奚妍臉色微微一變，趕緊低了低頭。

請過安，柳嬤嬤笑呵呵道：「正想詢問姑娘，表姑娘可要留下用飯？要是表姑娘留下，老奴就使出渾身解數做幾樣拿手菜。」柳嬤嬤廚藝了得，洛婉兮的廚藝就是跟她學的，白奚妍十分愛吃她做的糖醋魚和紅燒獅子頭。

洛婉兮佯裝吃醋。「嬤嬤可真偏心，表姊一來就要使出看家本事，可見之前都是敷衍我的。」

柳嬤嬤便笑。

白奚妍竭力保持住鎮定之色。「不用煩勞嬤嬤，我還要回去，下次再來嚐嬤嬤的手藝。」

「那表姑娘下次過來，老奴再給您做好吃的。」柳嬤嬤覷一眼白奚妍清瘦的臉龐，這哪像個剛出嫁的新娘子。姑太太也真狠心，明知道表姑娘單純柔弱，還把她嫁進那樣的人家。

「好的。」白奚妍應了一聲。

與洛老夫人告了別，洛婉兮送白奚妍一直到側門，看著她的馬車走遠了，方折回來。

馬車裡，白奚妍突然癱軟在靠墊上，如同被人抽走了渾身力氣。

侍書一驚，忙不迭問：「姑娘，您怎麼了？」

白奚妍一張臉面無血色，額上沁出細細的冷汗。

見她模樣，侍書大驚失色，一邊給她擦汗一邊問：「姑娘，您到底怎麼了？是不是表姑娘跟您說了什麼？」白奚妍屏退她們和洛婉兮說了好一會兒話，莫不是說了什麼要緊事？

「不是……」白奚妍哆嗦著嘴唇否認。

「那您到底是怎麼了？」侍書心急如焚。

「我沒事……」白奚妍合上眼靠在車壁上，覺得胸口揣了一隻兔子，撲通撲通跳個不停，跳得她心亂如麻。

當年就是柳嬤嬤帶著陳鉉母子去求醫的，那些她以為已經遺忘的事情，在這半年內突然變得無比清晰。

侍書還要再問，但見白奚妍滿臉從骨子裡透出來的惶恐不安，不由自主的閉了嘴，只能坐在一旁乾著急。

另一邊的柳嬤嬤也替白奚妍著急，洛婉兮和白奚妍打小走得近，也是柳嬤嬤看著長大的，豈能不關心。「表姑娘是不是過得不大如意？」

洛婉兮輕輕一嘆。「表姊進門前，那府裡頭就有幾個姬妾。據說有個叫琴姬的生得十分貌美，還歌舞雙絕，頗為得寵。」這都是她打聽來的。

柳嬤嬤一怔，琴姬這名一聽就不是什麼正經地方出來的。大慶狎妓成風，納名妓為妾並非醜聞，反而是一樁風流韻事。

柳嬤嬤搖了搖頭。「以表姑娘的性子，哪是這些人的對手。」

洛婉兮靜默了一瞬，她何嘗不擔心呢？

「那表姑娘是來找您訴苦討主意了？」柳嬤嬤猜測，白洛氏就是個紙老虎，看著精明厲害，遇到正經事一點用都沒有，打小白奚妍就依賴她家姑娘。

洛婉兮搖了搖頭，看一圈眼前這些人都是心腹，遂慢慢道：「表姊是特意來通知我，闔夫人打著讓我嫁給她兒子的主意，讓我小心點。」

聞言，眾人一愣。

脾氣最火爆的桃枝率先忍不住了，柳眉倒豎。「她兒子是個傻子，還是個色鬼，她可真敢想！」

柳嬤嬤沈下臉，正常人都知道這婚事洛家不可能答應，可閻夫人還是動了心思，這內宅夫人的手段骯髒起來，能讓外頭爺們都心驚。

氣氛正凝滯，一個小丫鬟匆匆忙忙跑了進來，原是團團笑的臉一看這氣氛就驚恐的瞪大了眼，呆站在原地。

「有事？」洛婉兮斂了斂心緒，含笑問她。

小丫鬟回神，怯生生道：「凌家二姑娘來了，少奶奶請四姑娘過去見客。」

洛婉兮詫異。凌嬋怎麼來了？她帶著好奇，收拾了下便前往客廳。

正在和蕭氏說話的凌嬋迎上來，拉著她的手，從袖裡掏出一個荷包遞過去，取笑道：「妳可真夠粗心的，荷包丟了都不知道，還是碧璽嬤嬤給妳撿到的。」她見過這個荷包，所以嬤嬤一拿出來，她一眼就認出是洛婉兮的。

洛婉兮的腳步猛然頓住。

「嬤嬤說妳這針腳和花樣做得十分好，她很喜歡，還說要向妳請教。嬤嬤的針線活做得最好了，喏，妳看我這件裙子，就是嬤嬤做給我的，是今年的生辰禮。」凌嬋展著裙襬想給洛婉兮看，卻見她愣在原地。

凌嬋奇怪道：「妳怎麼了，婉妹妹？」

洛婉兮眨了眨眼。「我在想我到底丟哪兒了，一時想出了神。」

「嬤嬤說她是在園子裡撿到的，」凌嬋嫌棄地指了指不遠處玩得不亦樂乎的甯哥兒。「定然是陪這個小東西玩時不小心落下的。」

洛婉兮心不在焉地附和了一聲，垂眸看著失而復得的荷包。「碧璽……嬤嬤說要和我討論女紅？」

凌嬋也覺奇怪，實在是碧璽嬤嬤近乎與世隔絕，一個人活在一個世界似的，突然之間卻主動想接觸一個人。思來想去，她忍不住猜測是不是因為洛婉兮與六嬸有些像的緣故。

她一開始接近洛婉兮是衝著她長得好看，又與六嬸閨名相似。可接觸的時間一長，她便覺洛婉兮一些小神態、小動作上都有些微妙的似曾相識。還有洛婉兮對她的態度，明明她年歲長，可她隱隱能察覺到洛婉兮對她的包容是長輩對晚輩的那種，讓她莫名親切。

「對啊，」凌嬋雙手合十，可憐兮兮的看著洛婉兮，央求道：「妳就當幫幫我吧！這些年下來嬤嬤難得對其他事上了心，想和外人接觸。其實嬤嬤這人可好了，妳別怕！」

洛婉兮鬼使神差的點了下頭。

凌嬋高興得差點蹦起來，感動又感激的拉著洛婉兮的手。「婉妹妹妳真好，我就知道妳肯定會答應的……」

一頂頂高帽子不要錢似的往洛婉兮頭上戴，讓洛婉兮都沒心思後悔和忐忑了，她哭笑不得的看著凌嬋。「我要是不答應，是不是就不好了？」

「怎麼會呢！」凌嬋果斷否定。

洛婉兮無奈的搖了搖頭。碧璽已經起疑，便是自己拒絕了凌嬋，以碧璽的性子，她也會想方設法主動找上來。既然露餡了，早晚要面對。

然而理智上想得再透澈，洛婉兮內心的波瀾起伏只有她自己知道。

凌嬋發現洛婉兮有些心不在焉，暗想她肯定聽說過有關碧璽嬤嬤的流言蜚語，心下歉然。可嬤嬤難得向她提一個要求，她實在不忍讓嬤嬤失望。

「妳別擔心，到時候我會陪妳一塊兒去，妳別聽那些人胡說八道，嬤嬤這人好著呢，那些人說嬤嬤小話都是因為她們對我六嬸不敬，亂碰我六嬸留下的東西，被嬤嬤教訓也是活該。」凌嬋安慰洛婉兮。

洛婉兮笑了笑。「妳想什麼呢？我只是怕我那點手藝在嬤嬤面前丟人現眼罷了。」

說來碧璽打小針線活就做得好，也喜歡做女紅，自己貼身的東西都是她做的，要不是平時要伺候自己，時間不多，怕是連她外面的衣裳也想包辦了。

「妳這樣都要擔心，」凌嬋指了指自己。「那我這樣可怎麼辦，是不是得挖個坑把自己埋了？」

洛婉兮揶揄。「妳倒是有自知之明。」

凌嬋佯怒，伸手擰洛婉兮的臉。

洛婉兮不防她如此「大逆不道」，被捏了個正著，占了便宜的凌嬋得意大笑。

見她笑得前俯後仰，洛婉兮不覺也笑起來。

送走客人後，柳嬤嬤笑咪咪道：「姑娘難得與人這般聊得來。」雖然主要都是凌嬋在說，可她看得出來洛婉兮十分喜歡凌嬋。對此，她喜聞樂見，她家姑娘少年老成了些，和活潑愛笑的凌嬋在一塊兒，整個人都多了幾分小姑娘的活潑。

「她性情爽利，說話敞亮，和她在一塊兒人也輕鬆。」洛婉兮笑道。

柳嬤嬤含笑道：「老奴瞧著凌姑娘也是個爽脆俐落的。」

比她們早一步離開侍郎府的白奚妍一行便沒這麼輕鬆愉悅了。

白奚妍回到陳府，打發走下人就攤在床上，一動不動的望著床頂，眼淚不住往下淌。

果然，謊言早晚有一天會被戳穿的！

此時此刻，白奚妍五味雜陳，有一種終於不用惶惶不可終日的解脫，更有對真相大白之後的恐慌。

被趕到房外的侍書幾個在外面等了一個時辰都沒被傳召，再是放心不下，敲門不應，遂硬著頭皮推門而入，見白奚妍哭成淚人兒，連枕頭都濕了，俱是大驚失色，七嘴八舌的詢問。

白奚妍卻躺在那兒一言不發，對發生在眼前的一切視若無睹，一臉的心如死灰。

侍書瞧著不對勁，顧不得被責罵的風險跑去找了錢嬤嬤，她是白洛氏不放心白奚妍特意陪嫁過來的。

錢嬤嬤一聽，顧不上罵侍書這會兒才來稟報，抬起腳就跑去正房。望著躺在床上淚漣漣的白奚妍，磨得嘴皮子都破了，都沒聽見一個字回應，只得派人去請白洛氏。

第四十七章

不想見了白洛氏，白奚妍眼淚流得更凶，哭得白洛氏心急如焚、心如刀絞。「妳倒是說啊，到底為什麼哭成這樣，妳不說，這是要急死我不成？」

聞言，白奚妍失聲痛哭，嚇了白洛氏一大跳，摟著她一迭聲問：「到底是怎麼了，是不是在妳大舅那兒受了欺負，是不是婉兮給妳氣受了？」

傳信的小丫鬟只說白奚妍從侍郎府回來後就開始哭，其間唯一不尋常的就是白奚妍和洛婉兮單獨在屋子裡待了會兒，出來時眼睛就有點紅了，這叫白洛氏如何不多想。

「不是！」白奚妍立刻搖頭，泣聲道：「不關表妹的事。是柳嬤嬤……娘，我看見柳嬤嬤了……」她尾音發顫，似乎恐懼到了極致。

白洛氏的臉唰地一下子就白了，第一時間將屋內所有人趕了出去。

當初她敢誤導陳鉉，就是因為七年前陪著洛婉兮前去仁和縣求醫的下人都沒跟著洛婉兮上京，尤其是帶著陳鉉母子去醫館的柳嬤嬤沒來。

可柳嬤嬤她竟然進京了！白洛氏後背一涼。不過七年，柳嬤嬤這把年紀樣貌絕不會有太大的變化，陳鉉既然惦記著救命之名，一旦撞見柳嬤嬤會認不出嗎？或是柳嬤嬤先一步認出了陳鉉？不管哪一種結果，她們母女倆都完了，陳鉉不可能放過她們的！

倏地，白洛氏握緊了雙手，綳斷了指甲而不自知，保養得宜的面龐瞬間猙獰……

隔了一夜，洛婉兮就應凌嬋邀請前往凌府。因著白奚妍之前那一番提醒，此次出門特意多帶了些人，就是為了以防萬一，力大無比的柳葉也在其中。

到了凌府，依規矩洛婉兮只帶了柳葉和桃枝入內，其餘人被安排到下面去休息。

凌老夫人見了洛婉兮頗為歡喜，和顏悅色地與她說了幾句話才讓凌嬋帶著她下去玩耍，望著嫋娜身姿的小姑娘消失在簾後，凌老夫人幽幽一嘆。說來洛婉兮也過來好幾次，可不巧，最近幾次過來都碰上凌淵不在府上的時候，如此凌老夫人不免生出一種冥冥中注定無緣的挫敗感。

凌嬋拉著洛婉兮往自己院裡去，順便打發了個小丫鬟去隔壁請碧璽。洛婉兮眉心微微一顫，復又鎮定下來。

碧璽正跪在小佛堂裡唸經，那隻小黑貓乖巧的蜷縮在她腳邊，有一搭沒一搭的舔著爪子，時不時瞅碧璽一眼。

「嬤嬤，二姑娘那兒使了人過來，說洛姑娘來了。」

碧璽撚著佛珠的動作微微一顫，置若罔聞地繼續誦經。屋外的人也十分耐心，並不曾入內打攪。

一刻鐘後，一卷經唸完了，碧璽才睜開眼，微微抬起眼皮，望著香案上一塵不染的牌位。

一開始她以為是姑娘顯靈了，帶著小少爺回來看她，直到發現那個荷包。

鬼魂能留下荷包嗎？她略一打聽便打聽到，陸毓甯貪玩進了瑤華院，而那位洛四姑娘進來尋過他，這就對上了！

她知道自己有癔症，所以那些人都避著她，就是凌淵對她也諸多容忍。她不知道那一幕是自己臆想出來的，還是真實存在，若是真的……

碧璽猛地握緊了佛珠，枯瘦的手背上青筋畢露。洛四姑娘怎麼知道姑娘早把賣身契給她了，又如何得知自己在外有產業？還有她說的那些話、說話時的神態和語氣，幾乎和姑娘一模一樣。

碧璽低頭順著小黑貓背上的毛，喃喃道：「都說黑貓能通靈，你說，是不是姑娘上了那位洛四姑娘的身？是只有在這兒那次，還是其實一直都是姑娘呢？」她眼前又浮現了那一天她在園子裡將洛婉兮錯認的情形。

小黑貓自然不能回答她，只伸出粉嫩嫩的小舌頭，舔了舔碧璽的手。

濕漉漉的觸感讓碧璽嚴肅的面容浮現一個淡淡的笑意，她抱起小黑貓。「你隨我一道去見見那位洛四姑娘吧！你不是也很喜歡她？」

蘭笙院內，洛婉兮在凌嬋的邀請下，翻看她近日寫的大字。凌嬋眼巴巴地瞧著她，頗為期盼。

「妳看只要妳用心練，可不就進步了。」洛婉兮深諳她得順毛擼的脾氣。

凌嬋嘴角不受控制地上揚，又覺太不矜持，忙壓下來，模樣頓時顯得有些古怪。

洛婉兮忍住笑，以拳抵唇清咳了一聲，正要給她指出幾個可改進的地方，一個聲音便傳了進來。

「姑娘，碧璽嬤嬤來了。」

洛婉兮目光一凝，似乎連笑容都僵硬了。

凌嬋看一眼洛婉兮，忙道：「請嬤嬤進來。」

抱著小黑貓進來的碧璽就見洛婉兮俏生生立在窗口，金色的陽光灑在她身上，彷彿給她鍍上一層奇異而又柔和的光暈，烏黑的秀髮襯得那張臉越發欺霜賽雪。

可真是個鮮嫩又漂亮的小姑娘！

察覺到碧璽打量的目光，洛婉兮有些說不出的不自在，微微垂下眼。

見過禮，凌嬋讓碧璽坐下，自己則拉著洛婉兮坐在碧璽對面，笑吟吟道：「嬤嬤，您不是說要和婉妹妹探討女紅，人我可替妳請來了。」

碧璽點了點頭，一雙眼瞬也不瞬的看著洛婉兮，恨不能看透這副皮囊，看到她心裡去。

凌嬋微微擰眉，抱歉地看一眼洛婉兮，故意用歡快的語氣道：「嬤嬤，妳想討論哪方面的問題？」

「就說說配色吧！」說話時，碧璽的目光一直在洛婉兮臉上梭巡。「我打算做一件對襟齊腰襦裙，裙子用豆綠色，」她頓了下，一字一句緩緩道：「姑娘覺得上面的短衣用什麼顏色好，用霜色好不好？白配綠最好看。衣襟部分就用草綠色提提亮吧！」

碧璽的自說自話讓洛婉兮先是不明所以，電光石火間又明白過來。這是她出事前，碧璽打算為她做的一套襦裙，自己還讓她交給下面人去做，可她執意要親手做，然而最終她都沒機會穿上那套衣服。

望著眼神微變的洛婉兮，碧璽語調逐漸不穩，兩頰肌肉不受控制地輕輕顫抖，她抖著手打開了帶來的包裹。

「嬤嬤！」凌嬋大驚失色，以為她又犯病了，嚇得趕快站起來撲過去。「嬤嬤，妳怎麼了，快來人，請府醫！」

碧璽一把推開凌嬋，打開包裹，裡面是一套舊衣，她手忙腳亂的扯開，白衣豆綠裙、草綠色的衣襟，和她剛才說的一模一樣。

洛婉兮鼻子一酸，險些掉下淚來，抬頭看向碧璽。

碧璽嘴唇劇烈地哆嗦著，就像是沙漠中流浪的旅人，歷經千辛萬苦終於看見綠洲，卻怕只是海市蜃樓。巨大的歡喜和恐懼使得她裹足不前，唯恐邁出一步，連希望都沒有了。

洛婉兮伸手握住碧璽不斷顫抖的手。「這衣服真好看，再配條櫻草色的披帛就更好看了！」

碧璽心頭大震，如同一陣電流襲遍全身，使她頭皮發麻，她愣了愣才道：「有的，披帛有的。」另一隻手慌慌張張地翻出壓在下面的櫻草色披帛，遞給洛婉兮，焦急地看著她。「妳看，有的。」

洛婉兮朝她安撫一笑，柔聲道：「嗯，我看見了。」握著碧璽的那隻手在她手心寫下幾個字。

碧璽渾身發顫，激動的心情慢慢平復下來，須臾間恢復正常，對凌嬋道：「二姑娘，老奴沒事！」

凌嬋一臉不信，但還是順著她道：「沒事就好，不過嬤嬤還是讓府醫給妳看看吧，這樣我也好安心。」

「回去老奴就讓竇府醫瞧瞧。」碧璽道：「老奴那裡還有好多活計想請洛四姑娘幫忙看看，二姑娘將人借老奴一會兒可好？」

「不行！」脫口而出之後，凌嬋才意識到自己拒絕得太果斷，掃了碧璽的面子，於是不安又愧疚的看著她，但仍不肯鬆口。「要不我和婉妹妹一塊兒過去，順便也學一些。」

說完還故意鼓了鼓腮幫子。「嬤嬤難道還要跟我藏私？」她覺得今天的嬤嬤不大尋常，怎麼敢讓洛婉兮單獨跟她走。

洛婉兮頓覺窩心，不著痕跡地對碧璽使了個眼色，硬要撇開凌嬋就顯得刻意了。

碧璽便道：「老奴只怕二姑娘嫌悶。」

「不會不會，能跟嬤嬤學女紅，那是我的福氣。」凌嬋諂媚地看著碧璽。

洛婉兮眼裡露出笑意，小時候她娘讓她跟著碧璽學女紅，就像有人要虐待她似的，這小沒良心的還拿她當擋箭牌，振振有詞說：「六嬸也不會！」

望著洛婉兮眼底的笑意，碧璽似乎也想起了陳年往事，不覺翹了翹嘴角，笑著笑著又惶恐起來，萬一眼前這一切都是她自以為是的臆想怎麼辦？

碧璽狠狠掐了掐自己的手心，是疼的，眼前的一切依舊存在。她如釋重負的吁出一口氣來。

洛婉兮臉上閃過一絲心疼和愧疚。

凌嬋站起來道：「那我們走吧！」

洛婉兮和碧璽跟著站了起來。

碧璽並沒有領著她們去瑤華院，她已經發覺洛婉兮並不想讓別人知道，若帶著人進了瑤華院就太打眼了，遂只帶她們進了邊上的小院子裡。

凌嬋對此毫不奇怪，嬤嬤能為了女紅接近洛婉兮已經出乎她的意料，再帶著洛婉兮進瑤華院她就要覺得驚悚了。瑤華院這地，嬤嬤等閒不讓人進去，唯恐傷了裡面的一草一木。

待人坐下後，碧璽親自回瑤華院取了東西，回來後，以技藝不傳外人的說法把下人都打發得遠遠的。凌嬋也知道這些規矩，俗話說得好，教會徒弟，餓死師傅，遂不疑有他。

只剩下三人後，碧璽和洛婉兮就著配色、衣料和針法說了好一會兒，越說越艱澀，聽得凌嬋昏昏欲睡，強打著精神，終究沒能堅持住，趴在桌子上睡著了。

她一睡著，碧璽就忍不住激動之色，洛婉兮豎了豎手指示意她稍安勿躁，指了指旁邊的耳房。

這般熟悉的神態動作，令碧璽有一瞬間的失神，望著那張臉又覺不可思議，心思緒萬千之下也沒忘了從懷裡掏出一個瓷瓶，打開後在凌嬋鼻子下放了放，又趕緊拿開。

洛婉兮愕然地看著碧璽，壓低了聲音問：「這是？」

「竇府醫開的安息香，只會讓二姑娘睡得沈一些，對身體無害。」

洛婉兮默了默，碧璽需要用這種藥，這些年的睡眠可想而知。

碧璽回頭見她模樣，下意識解釋道：「年紀大了，睡眠便不怎麼好。」

洛婉兮牽了牽嘴角，進了耳房。碧璽趕緊跟上。

狹窄的耳房內，兩人四目相對，沈默瀰漫，似有千言萬語在舌尖流轉，卻又不知道該如何開口。尤其是碧璽，至今還覺得雙腳踩在棉花上，空落落的不踏實。

「您真的……姑娘……這……」幾次三番的開口，碧璽都無法說出完整的句子。

「是不是覺得難以置信？」洛婉兮苦笑了一下。「有沒有想過我是騙子？」

碧璽頓了下後緩緩點頭，陸婉兮這個身分背後代表的意義足夠讓很多人鋌而走險。若是有心，賣身契、產業、襦裙都能打聽到，就是神態舉止這些，若是下了苦功，又有熟悉的人指點，也能學個幾分。不過若真培養了那麼一個人，也該是送到凌淵或者長平大長公主跟前，而不是她這個沒用的老嬤嬤這裡，也許對方是為了另闢蹊徑？碧璽想得腦袋都疼了。

「老夫人那隻八哥怎麼沒的？」碧璽突然問。

洛婉兮愣了下，才道：「被我偷偷弄鬆了鏈子飛走了，因為牠太吵了，哪想牠飛走就不回來了。」提起當年糗事，她頗有些汗顏。

想起過往，碧璽也笑了下，更是高興洛婉兮的答案，這事知道的人極少。

碧璽接連又問了好幾個不該被外人知道的秘密，問到最後她話裡已經帶上了哽咽。

「姑娘，妳怎麼會成了洛家的四姑娘？」

洛婉兮扶住難以自持的碧璽，笑道：「妳可別哭，到時候出去了不好解釋。」

聞言，碧璽趕緊抹眼淚。

洛婉兮又道：「我也不知道怎麼回事，我以為我死了，可我睜開眼就發現自己躺在床上，還變成了個四歲的小姑娘。這小姑娘也是因為落水，救上來時已經沒氣了，送回家的路上突然又有了呼吸。」

「四歲？」碧璽目光一動，她記得洛婉兮的年齡。「十一年前？」

洛婉兮垂下眼。「嗯，我醒來那天是三月十五的傍晚。」

碧璽渾身一顫，陸婉兮就是在十一年前的三月十五下午出意外的。

十一年，整整十一年了……

「姑娘，這些年您過得好嗎？」碧璽顫聲問。

「我挺好的。倒是妳，」望著她鬢角早生的華髮和面龐上深刻的紋路，洛婉兮眼底浮現水光。「這些年，妳受苦了！」

碧璽連忙搖頭。「沒有，奴婢很好，奴婢真的……」未盡的話語在洛婉兮悲憐哀傷的目光下消失。碧璽忍不住淚流，又趕緊擦去。

「姑娘，您日後有何打算？」碧璽小心翼翼地看著洛婉兮。「公主殿下和老國公爺……」

洛婉兮靜默下來，半晌後唯有苦笑。「我娘那性子，這般光怪陸離之事，妳覺得她會信嗎？便是信了又會信幾分？」

碧璽也噤了聲，大長公主對這些神怪之事向來嗤之以鼻，若姑娘找上門，大長公主第一反應肯定是將洛婉兮當作居心叵測之徒。

便是姑娘說了些只有母女倆知道的秘密，大長公主可能會動搖，但以她多疑的性子，怕是時不時就要懷疑。

而碧璽知道姑娘受不了這樣的猜疑。

洛婉兮幽幽一嘆。「我記得小時候問過娘，她為什麼對我這麼好？她說，我是她懷胎十月生下來的親生骨肉，她不對我好要對誰好。可我現在這樣，算怎麼回事呢？有時候我自己都不知道我是誰了。父母對子女之愛始於血緣，血緣不在了，愛還能剩下多少？」

洛婉兮沒做過母親，所以她不知道，碧璽也不知道。

她扯了扯嘴角，說到底還是她怯懦了。

見她眼底淒清，碧璽心口跟被針扎了似的疼起來，她岔開話題，忐忑地看著洛婉兮的眼睛。「那姑爺那兒……」

洛婉兮眉睫顫了顫。「過了這麼些年，再深的情也淡了，我已經不喜歡他了。」

「姑娘真的放下了？」碧璽的語氣有些不敢置信，畢竟她比誰都清楚陸婉兮對凌淵的感情。

洛婉兮點了點頭。「十一年了，有什麼是放不下的？」笑了笑。「妳以前不是老覺得我死心眼，勸我不要對他那麼死心塌地？」

碧璽怔了下後猛點頭，接著歡喜地流下眼淚。從小到大都是她家姑娘追在凌淵身後，她看得都心疼，覺得姑娘太累了。以她家姑娘的品貌、家世，隨便嫁一個人都只有對方捧著她哄的分，哪裡需要她去遷就別人？

碧璽抹著淚道：「姑娘想開了就好，想開了就好……」女兒家一定要嫁一個喜愛她勝過她愛他的人，才會幸福。

洛婉兮替她擦了擦淚道：「是啊，我都想開了……」

「姑娘，奴婢想繼續伺候您。」不待洛婉兮回答，碧璽自己就搖頭否定。「不行不行，這樣太顯眼了，他會懷疑的。」

要是自己跟了洛婉兮，凌淵這個人精肯定會察覺出不對勁，萬一他查下去，難保不被他查出來，到時候姑娘就危險了。當年他不珍惜，失去了又追悔莫及，活該！

「不對，就是今天之事，傳入他耳裡都是隱患。」碧璽霎時白了臉，她光顧著確認心中猜測，壓根兒沒考慮這些。

洛婉兮見她神色慌亂，趕忙順著她的背柔聲安撫。「沒關係，便是被他知道也沒什麼大不了的。」

碧璽驚慌地連連搖頭。「姑娘，您不知道，眼下他權勢地位什麼都有了，要風得風，要雨得雨，這輩子也就只剩下您這一個遺憾了，若是讓他發現了您，他一定不會放過您的。」

她家姑娘已經不喜歡他了，不再犯傻了，憑什麼要被他用來彌補遺憾，這天下哪有這樣的好事！

洛婉兮心頭悸了悸，不過見碧璽這模樣，也無暇多想，放柔了聲音安慰道：「那我們小心些便是。妳別緊張，這般匪夷所思之事，等閒人哪裡想得到？外人只會當妳是因為我閨名的緣故移情罷了，妳莫緊張。」

「我現在還不能把妳接到我身邊來，不過我都想好了，妳先找個機會離開這兒，就去江南調養身子，那兒氣候好養人。我是肯定要回江南的，回去後，我就想個法子把妳接到身邊，到時候天高皇帝遠，誰會注意到？」

在洛婉兮柔和的撫慰下，碧璽逐漸平靜下來，卻搖了搖頭。「西郊那座青蓮庵，姑娘可還記得？奴婢便去那兒清修，您偶爾去那兒上上香，讓奴婢見見您，等您回江南了，奴婢再跟過去。」

她都想好了，若是自己繼續留在這府裡，想見洛婉兮一面不容易。

洛婉兮眼角發澀，在碧璽期盼的目光下只能點了點頭。

第四十八章

凌嬋揉了揉眼，茫然地眨巴著雙眼望著面前還在討論女紅的兩人，不好意思地吐了吐舌頭。

「妳可算是睡醒了。」洛婉兮揶揄地看著她。

凌嬋打了個哈哈，心虛解釋：「昨晚沒睡好、沒睡好。」

洛婉兮抿唇一笑，對碧璽道：「時辰不早，我也該告辭了，今兒多謝嬤嬤賜教。」

碧璽哪敢受她客氣，可為了不露餡，只能竭力保持鎮定。

客套了幾句，凌嬋便拉著洛婉兮離開。一路上表達了對她的感激，以及對於她能與碧璽嬤嬤說上近兩個時辰話的欽佩。

洛婉兮微笑。「嬤嬤人挺好的。」

凌嬋毫不猶豫的點頭。

兩人又一塊兒說了會兒話，凌嬋留洛婉兮用了膳，才讓她離開。

回程的路上，洛婉兮的嘴角不可自抑地上揚。碧璽的心結因她枉死而生，眼下知道她還活著，也就不會再沈湎於悲傷不可自拔。以碧璽之前那精神狀態，她委實有些怕她把自己活生生逼瘋了，眼下終於能安心。

然而這份好心情不過維持了一路，洛婉兮方下馬車便被告知一個噩耗。

白奚妍小產了，道是被琴姬氣的。

蕭氏嘆息一聲，一波三折，餘音嫋嫋。

白奚妍嫁進陳家，本就如履薄冰，早日誕下子嗣也能緩解她的尷尬，哪想都不知道孩子來了，這孩子就沒了。蕭氏同為新婦，難免物傷其類，十分同情白奚妍。

「四妹明兒要是無事，咱們便過去瞧瞧表妹？」蕭氏詢問洛婉兮。哪怕陳、洛兩家分屬不同黨派，畢竟還沒有撕破臉，禮數上便不能落下話柄。

心頭蕭瑟的洛婉兮微一頷首。「大嫂安排便是，我都得空，就是不知道那邊方不方便？」

身為陳家少奶奶，小產的消息一出，必然多的是人前去探望，若是遇上關係不睦的，難免尷尬。

「那我派人去問一下哪天方便。」蕭氏道。她等著洛婉兮回來就是為了確定她是否有空。

洛婉兮忽然問：「大嫂，這事祖母知道了嗎？」

蕭氏道：「尚未，我想著還是不要告訴祖母了，祖母身子難得好一些了……」洛老夫人歷來心疼白奚妍，知道了還不知要多傷心，萬一傷了身子可怎麼是好？

蕭氏未盡的話語，洛婉兮自然懂，便道：「還是大嫂想得周到。」

蕭氏笑了笑。

「來人可有說表姊小產到底是怎麼一回事？」洛婉兮問。

蕭氏搖頭。「只說是被琴姬氣的，怎麼氣的卻是沒說。」

洛婉兮又問：「那琴姬又是如何處罰的？」把主母氣得小產，擱哪家都是說不過去的。

蕭氏臉色微微一沈。「我問了，對方說還沒有，可能是還沒騰出手來收拾。陳家總要給一個交代的，難不成他陳鉉還想寵妾滅妻不成？」

洛婉兮心下一沈，只怕事情沒她們想像中那麼簡單，到底怎麼回事她們在這兒想破了腦袋都沒用，還是得過去一趟才知道。

姑嫂二人略說了幾句，洛婉兮便回榮安院見洛老夫人。說了些凌嬋鬧的趣事，哄得洛老夫人喜笑顏開，方回西廂房。

回到屋裡，臉上的笑容頓時褪去，心煩意亂地歪在窗邊的美人榻上。

柳嬤嬤一臉掩不住的心疼之色。「女子小產最是傷身子的，表姑娘又年輕，可別落下病根。明兒老奴也想跟著去瞧瞧表姑娘，姑娘覺得可方便？」

洛婉兮自然無不答應，又道：「嬤嬤去庫房裡找些適合女子這會兒用的東西，過去時帶上。」雖然白奚妍可能不缺，但也是她們的一番心意。

柳嬤嬤應了一聲。「老奴這兒有幾道專門坐小月子的藥膳，這就去寫下，明兒交給表姑娘身邊的人，好好給她補補，把身子養回來。」養好了再生個小少爺，出嫁女還是得有個兒子才能挺直腰桿，尤其是高嫁的女子。

不過洛婉兮尚待字閨中，柳嬤嬤不好和她說這些。不想還好，一想柳嬤嬤就忍不住為洛婉兮的婚姻大事操起心來。

「也好。」洛婉兮道。

聞言，操碎了心的柳嬤嬤便下去忙活了。

略晚一些，陳府那頭傳回消息，明天上午她們就可以過去，且還帶來了琴姬被送出府的消息。

聞訊後，洛婉兮心頭微微一鬆，由此可見那陳鉉還是有些分寸，那白奚妍的處境就不會太糟糕。

次日一早，洛婉兮便隨著蕭氏前往陳府。說來，姑嫂二人還是頭一次到陳府，金堆玉砌，富麗堂皇，令人眼花繚亂。

白奚妍的「汀蘭苑」坐落在東北角，庭院裡種著大片的杏樹，早春時節，定然該是美輪美奐，可眼下是冬天，樹木凋零，不免讓人覺出一股蕭瑟來，尤其她們是來探病的。

雙眼腫如核桃的白洛氏望著床榻上面無血色、雙眼木然的女兒，心如刀絞，聽說洛婉兮和蕭氏來了，趕緊道：「讓她們進來！」

洛婉兮和白奚妍慣來要好，又會勸人，她就盼著洛婉兮能勸白奚妍想開點，別再這樣自暴自棄下去，這不是在剜她的心嗎?!

要知道會是這樣的後果，昨天她絕不會跟那個小賤人一般見識，可現在說什麼都晚了。

昨兒下午，她見白奚妍鬱鬱寡歡，便帶著她去梅花林裡散心，哪想遠遠就瞧見琴姬在跳舞，陳鉉則坐在涼亭裡津津有味的瞧著。

跳舞就算了，萬不想琴姬這個不要臉的，竟然在光天化日之下跳到了陳鉉懷裡，極盡挑逗之能事。

要不是突然來了人把陳鉉叫走，還不知小賤人會做出什麼不要臉的事來。

自己氣不過，教訓了她兩句，誰知琴姬竟然敢回嘴，嘲笑妍兒攏不住男人。

她恨不得撕了對方的嘴，剛想動手，妍兒便喊肚子疼，竟是見血了，誰能想到才一個月大的孩子就這麼沒了！

想起那灘血，白洛氏就椎心刺骨，那可是她的外孫！要不是那個小賤人，妍兒怎麼會動了胎氣？幸好陳鉉沒有包庇琴姬，回來後就將琴姬攆出府了，可想起陳鉉那張陰沈如水的臉，白洛氏在心裡打了個哆嗦，不敢再想。

白洛氏甩了甩頭，阻止自己繼續想下去，猝不及防間便看見跟在洛婉兮身後的柳嬤嬤，心頭一震，差點扭斷自己的脖子。

洛婉兮怎麼會把柳嬤嬤一塊兒帶來？白洛氏心跳如擂鼓，手裡瞬間布滿冷汗。她掐了掐手心，竭力讓自己鎮定下來，好險今日陳鉉不在府裡。

可即便如此，她也不敢讓洛婉兮多留，萬一陳鉉突然回來，看見柳嬤嬤了呢？只要一想到這個可能，白洛氏便覺得自己全身的血液都凝結了。

「姑姑，您要保重自個兒身體。」一見白洛氏臉色委實難看，蕭氏情不自禁開口。

白洛氏臉頰抽搐了下，擠出一抹強笑。

望著笑容僵硬的白洛氏，洛婉兮看了看躺在床上一動不動的白奚妍，上前幾步輕聲道：「姑姑，府醫怎麼說？」

白洛氏道：「沒傷到底子，仔細調養幾個月便能恢復。」

「那便好。」洛婉兮鬆了一口氣，目光移到白奚妍蒼白的臉上，低聲道：「表姊，這世上沒有過不去的坎，咬咬牙就都挺過去了，妳日後的路還很長。」

躺在床上的白奚妍突然顫了顫，目光移到洛婉兮臉上，被子下的手微微一動。

見狀，洛婉兮伸手握住她的手。

白奚妍眼底湧出眼淚，一顆接一顆往下淌，嗚咽之聲從她慘白的唇間逸出，看得人眼眶發酸。

洛婉兮不由也濕了眼眶，勸道：「據說這時候哭不得，哭了傷眼睛。」

柳嬤嬤忙道：「可不是，這會兒哭，老了容易花眼。」

洛婉兮就覺白奚妍抓著她的手驟然緊了下，不禁擔心。抬眼就見白奚妍另一手摀著嘴，失聲痛哭起來。

洛婉兮大吃一驚。「表姊，妳怎麼了？」

白洛氏推開柳嬤嬤擠過去，一把摟住白奚妍，把她的腦袋按在自己懷裡，安慰道：「別難過了，都過去了，妳還年輕，養好了身子還會有孩子的，一定會有的。」

蕭氏趕忙附和：「表妹放寬心，孩子還會再來的。」

大抵是這些安慰起作用了，白奚妍在白洛氏懷裡逐漸平復下來。白洛氏歉然地看著蕭氏和洛婉兮。「要不妳們先回去，等妍兒精神好一些了，妳們再來看她。」

洛婉兮微微一怔，復又恢復如常。「好的，那姑姑、表姊，我們就先走了。」忽然又想起一事，道：「這兒有幾張養身子的藥膳方子，是柳嬤嬤寫的，姑姑先問問府醫，表姊能不能用，要是可以的話，給表姊煮些藥膳總比吃藥好些。」

白洛氏抿了抿唇，側過臉看著柳嬤嬤。「妳有心了！」

柳嬤嬤屈膝道：「都是老奴應該做的。」

白洛氏收回目光，命錢嬤嬤送二人離開。

見她們走了，白洛氏鬆了一口氣，可突然傳來的叫喚，讓她一口氣又立刻梗住。「白夫人、少夫人，大爺回府了！」

白洛氏頓時頭皮一麻，嚇得心臟差點驟停，此時此刻她腦子只有一個念頭——絕不能讓陳鉉看見柳嬤嬤，絕不能！

白洛氏迅速冷靜下來。「侍書，妳去和表姑娘說一聲，讓柳嬤嬤留下教小廚房的人做幾道妍兒愛吃的菜，她就愛吃柳嬤嬤做的菜。要是府醫說那幾張藥膳可用，順便也把藥膳教了，教完了我再派人送她回去，快去！」

柳嬤嬤剛走，即便要遇上也沒這麼快。

侍書愣了下，將話重複了一遍，見白洛氏點頭，立刻小跑著出門，好不容易在園子裡追上洛婉兮一行人，趕緊轉述白洛氏的話。

洛婉兮看向柳嬤嬤，柳嬤嬤毫不猶豫地點了點頭，白奚妍那模樣著實令人心疼。

「那嬤嬤且再留一會兒，我們先走了。」洛婉兮道。

柳嬤嬤福了福身。「少夫人和姑娘先回去，教幾道菜一下午便夠了。」

洛婉兮對柳嬤嬤點了點頭，與蕭氏先行離開，柳嬤嬤則跟著侍書回了汀蘭苑的小廚房。

過了垂花門就是前院，也是巧，正遇上回來的陳鉉。他穿著青綠錦繡服，應是剛從衛所回來。這身錦衣衛服旁人穿著顯得冷肅威嚴，生人勿近，可穿在他身上卻是說不盡的倜儻風流，尤其此刻一雙狹長的桃花眼含笑，若是再拿把摺扇，活脫脫就是個紈袴子弟。

思及有關他的傳言，蕭氏更加同情白奚妍。

兩廂遇上了，少不得要見禮。

陳鉉看一眼低眉順眼的洛婉兮，不是很有誠意的替江樅陽惋惜。他出京辦差去了，否則自己倒是能邀他過來小酌一杯，順便給他安排個幽會佳人的戲碼，這在自己府上還不是一抬手就能解決的事？

想著想著陳鉉突然笑起來，他還真是鹹吃蘿蔔淡操心，江樅陽都說不要自己多管閒事了，他看見洛婉兮的第一反應竟然還是給他安排機會。

「洛少夫人和四姑娘這就要走了，不留下用個便飯？」陳鉉微微一挑眉，笑問。

「家中還有事，便不打擾了。」蕭氏客氣地回道。

「原來如此。」陳鉉深深看一眼洛婉兮，笑容可掬道：「那我就不留客了，日後少夫人和四姑娘常來做客。」

客套話誰不會說，蕭氏含笑點頭。

寒暄過後，雙方各自告辭。

錢嬤嬤目送洛婉兮和蕭氏的馬車消失在拐角處，才旋身返回。

安撫好白奚妍，在廳裡等著她的白洛氏劈頭就問：「有沒有遇上姑爺？」

不防她這麼問，錢嬤嬤愣了下才道：「遇上了，姑爺還邀請少夫人和四姑娘常來做客。」

白洛氏耳裡只有「遇上了」這三個字，她忍不住扯了扯衣襟，只覺背後的衣服都濕透了，要不是自己把柳嬤嬤留了下來，他們就要遇上了，就差那麼一點就完了！看來這事不能再耽擱下去了，否則早晚有一天會暴露的。

白洛氏眼底浮現凶光。

錢嬤嬤嚇了一大跳，夫人似乎很怕姑爺與表姑娘遇上，一聽她的話臉色就變了。還有方才，姑爺瞧了表姑娘好幾眼，表姑娘又生得那般如花似玉……

一個念頭猛然閃過錢嬤嬤的腦海，她睜大了眼，脫口而出。「夫人覺得姑爺瞧中了表姑娘？」

白洛氏大驚失色，厲喝道：「妳胡說什麼！」

錢嬤嬤瑟縮了下，難道自己猜錯了？

白洛氏心裡一突。「妳為什麼這麼說？妳是不是看見了什麼？」

聽這話頭，真真是自己猜錯了？

白洛氏怒瞪一眼錢嬤嬤。「妳快說啊！」

望著滿臉陰沈的白洛氏，錢嬤嬤嚥了口唾沫，把自己猜測的由來說了。

聽罷，白洛氏心中警鈴大作，臉色變幻不定。她想起洛婉兮被閻玨追進林子裡那次，是陳鉉救了她；又想起洛婉兮那張臉，般般入畫，占盡風流，哪個男人見了能不心動？風流成性的陳鉉會是例外嗎？

白洛氏的臉一點一點發青，她絞緊雙手，告訴自己莫急，一樁一樁的解決！

冬日裡的天總是黑得特別早，西邊的晚霞一點一點被夜色吞沒，一顆顆星子在空中閃爍。

「柳嬤嬤還沒回來？」洛婉兮歪在羅漢床上一邊看書一邊問道。

「是的呢！」桃枝皺著眉頭道，這天可不早了。

洛婉兮撫了撫輕跳的眼皮，總覺得有些心神不寧，都這時辰了，以柳嬤嬤的性子若是有事耽擱了，也會派個人傳句話才對。

「打發人去表姊那兒問一問，再不回來都要宵禁了。」

大半個時辰後，派去的人回來了。

「陳府的人說柳嬤嬤酉時三刻就離開了，原是要送嬤嬤的，不過嬤嬤說並不遠，不用人送她。」

洛婉兮臉色微微一變，看了一眼憂心忡忡的柳枝道：「莫不是有什麼事耽擱了，會不會是去找妳大哥了？」

柳枝的兄長柳樹也在京城，因為洛婉兮需要他打聽消息，故而並不住在府裡。

柳枝壓下擔憂。「應該是的，奴婢差人去我哥哥那兒問問。」

然話是這麼說，主僕幾個心裡卻都沈甸甸的。

人是派出去了，消息卻沒傳回來，因為馬上就到了宵禁的時辰，這時候在街上走動，一律會被巡城兵馬司收押。

這一夜，西廂房幾人俱是輾轉難眠，好不容易熬到了天亮，洛婉兮趕緊派人去柳枝哥哥那處詢問，依舊沒有柳嬷嬷的下落。

這下洛婉兮再維持不住鎮定，把手上能用的人都派了出去，又命人再去陳府問柳嬷嬷離開時的情況。

桃枝主動道：「不如奴婢去問問？」

見洛婉兮點頭，她轉身就小跑出去，在門口與一個小丫鬟撞了個滿懷。

桃枝正要嗔她，抬眼就見小丫鬟煞白著一張臉，滿臉驚恐地看著她。

桃枝心頭一跳，趕忙問：「怎麼了？」

「嬷嬷……柳嬷嬷……」小丫鬟哆哆嗦嗦說不出話來。

桃枝心頭狂跳，扯著她回屋。「妳倒是說啊！」

坐在椅子上的洛婉兮見此陣仗，一怔之後臉色大變。

小丫鬟深深吸了一口氣。「應天府來人說發現了柳嬷嬷的屍體，大爺請四姑娘過去一趟。」

洛婉兮腦子裡嗡地一響，整個人都因為不敢置信而愣住了。

「娘！」柳枝慘叫一聲，身子晃了晃癱軟下去。

幸好柳葉眼疾手快，一把扶住了她。

洛婉兮渾身一抖，咬了咬舌尖讓自己鎮定下來，對柳葉道：「妳在這兒照顧她，我去看看。」

「不，我要去！」柳枝這會兒也顧不上稱呼了。

此時自然無人去和她計較這個，洛婉兮看了看蒼白著一張臉的柳枝，無奈一點頭，示意柳葉看好她。

偏廳裡，洛郅正在詢問那來報信的官差，對方一邊回話，一邊暗道晦氣。從那屍體身上摸出洛府的腰牌後，府尹大人的頭就更疼了，他們應天府最怕就是遇上這些大戶人家的事，指不定就攪和進什麼骯髒事裡頭。

冷不丁就聽見一陣嘈雜聲，洛郅便知道該是洛婉兮那邊的人來了，遂起身往外走。見洛婉兮顏色如雪、眼中含淚，再看她身後的柳枝癱軟在一個丫鬟懷裡，哭得不能自已，洛郅輕嘆一聲。「四妹節哀！」

洛婉兮擦了擦眼淚，勉強出聲。「大哥，柳嬤嬤現在在哪兒？」

洛郅道：「還在衙門裡，屍體要等仵作檢驗完才能送回來。」

洛婉兮點了點頭。「我們想去看看。」

「好，我陪妳去。」通知她就是讓她去認屍，雖然不吉利，但是他知道柳嬤嬤對洛婉兮的意義非比尋常。

洛婉兮想出言謝他，可心下悲傷，只能對洛郅勉強福了福身。

第四十九章

洛郅帶著洛婉兮出了門，同行的還有蕭氏。眼看她身邊的人都哭成了淚人兒，洛郅不得不讓蕭氏隨行照顧一下，兄長的他總是不方便。

應天府那邊特意給柳嬤嬤備了個單獨的停屍房，甚至還讓人將柳嬤嬤的屍體稍稍收拾了下，不至於太嚇人。可溺死且還在水裡泡了不短時間的屍體，再怎麼收拾，也掩蓋不住那份腫脹和扭曲。

見到柳嬤嬤屍體那一刻，柳枝再忍不住，撲過去伏在柳嬤嬤身上崩潰大哭，饒是聞訊而來的柳樹一個大男人也失聲痛哭。

洛婉兮晃了晃身子，只覺得眼前發黑，腦袋發暈。

蕭氏見她慘白著一張臉，淚珠欲墜，不由心頭緊了緊，柔聲安撫。「四妹節哀。」

察覺到洛婉兮要去看柳嬤嬤，蕭氏雖然不想她被嚇到，但看模樣也阻止不了，遂只能亦步亦趨地扶著她過去。

離得越近，洛婉兮顫抖得越厲害，蕭氏幾乎要扶不住她。

看清柳嬤嬤遺容那一瞬，她如遭雷擊，四肢一片冰涼，眼淚撲簌簌落在衣襟上。

蕭氏也忍不住落了淚。「妹妹莫要太傷心了，否則柳嬤嬤也走得不安心。」

洛婉兮拿手背一抹眼淚，啞聲問：「柳嬤嬤是在哪兒出事的？」

洛郅嘆了一聲。「柳嬤嬤的屍體是今兒一大早在嘉耳湖被人發現的，對方立刻報了官。初步判斷應是不慎失足，確實在哪個時辰出事的則需要仵作驗屍。妳看，要不要驗？」

「驗！」洛婉兮毫不猶豫地道，緊緊盯著柳嬤嬤扭曲的臉。「嘉耳湖是什麼地方？還有，是誰先發現柳嬤嬤的，我能問問他當時的情況嗎？」

聽她話頭，洛郅就知道洛婉兮懷疑柳嬤嬤的死不是意外，他也覺得柳嬤嬤出現在嘉耳湖有些奇怪，可柳嬤嬤才來京城沒幾日，無冤無仇的，誰會去害她？

「嘉耳湖在嘉蘭坊內。」

洛婉兮思索了下，嘉蘭坊和侍郎府位於陳府一東一西完全相反的兩個方向，柳嬤嬤好端端的怎麼會去那兒？

她越想越是疑竇橫生，追問道：「是誰先發現嬤嬤的？」

洛郅面露難色。

見狀，洛婉兮的心提了起來。

洛郅看了看她道：「是凌閣老的人，恐是不方便再詢問。」

洛婉兮瞳孔微微一縮，無意識的問了一句。「他怎麼會在那兒？」嘉蘭坊和凌府的位置也不近，一大早他怎麼會出現在嘉耳湖邊。

這個問題，洛郅隱約能猜出個大概。

嘉蘭坊不過是個普通的坊市，然它隔壁的蘭月坊卻是京城出了名的溫柔鄉、銷金窟。那裡住著許多從樓子裡贖身出來的名妓名伶，一些是被人贖身，還有一些是自贖的。贖身也並非從良，而是只招待那些達官顯貴，等閒人根本進不了門。

洛郅也被人邀去過那兒兩次，只能說歌是好歌，舞是好舞，人更是美人。近些年，越來越多的顯貴喜歡去蘭月坊宴客，比樓子裡清淨。

凌淵該是昨兒宿在了蘭月坊哪個院子裡，回府的途中經過了嘉耳湖。

可這些話，洛郅自然是不能說的，哪有兄長和妹妹說這些不三不四的，何況蕭氏還在邊上呢。

洛郅輕咳了一聲。「許是有事，這便不是我們該過問的。當時是閣老手下的護衛發現了情況，也是他們將柳嬤嬤撈上岸，並且報了官，並無特殊之處。應天府的人勘察過現場，並無打鬥掙扎的痕跡，周圍人家也詢問過，沒有疑點。」

「可柳嬤嬤沒事怎麼會去嘉耳湖？」洛婉兮搖了搖頭。「最後一個見過柳嬤嬤的人是誰？」

她想了想，隨手點一個小丫鬟。「妳去表姊府上，把這兒的事情跟她說了，再讓她把昨日下午和柳嬤嬤接觸過的人都送過來。」頓了下又道：「不便之處，讓她體諒，回頭我親自向她道歉。」

洛郅張了張嘴，還是把阻止的話嚥了回去，雖然人是在陳府外面出的意外，可到底是她們把人借走了，配合調查一下也是應該的，就是不知道陳家會不會覺得被冒犯了。

可不管陳家怎麼想，眼下在一旁聽見洛婉兮話的差役頓時變了臉，差點要哭了。這屍體是凌閣老的屬下發現的，卻牽扯到陳督主府上的下人，他覺得自家大人知道後，頭怕是要更疼了！

幸好，陳家並沒有為難，送來了好幾個人，打頭的就是小廚房的李廚娘。

李廚娘紅著眼哽咽道：「柳嬤嬤一直在小廚房裡教奴婢做菜，閒話時也沒說要出去辦事什麼的，一直教到了酉時半才教完，就去正屋和白夫人、少夫人辭了行。奴婢感念柳嬤嬤傾囊相授的恩德，一直送她到了角門，看著她走沒影了才回去的。」

說到這兒，李廚娘抹了一把淚。「奴婢還和柳嬤嬤約好了，下次找個空再向她請教，怎麼一轉眼、一轉眼就……」說到後來已是泣不成聲。

另幾個都是在小廚房裡幫忙的，分開問話，說的與李廚娘八九不離十。柳嬤嬤並沒有說要出去辦事，並且平平安安的離開了陳府，走的也是回侍郎府的方向。

聽罷，洛婉兮咬住下唇，定然是有什麼人引著柳嬤嬤突然改變主意去了嘉耳湖，也許目的地也不是嘉耳湖，而是途經那兒。

經過仵作的判斷，柳嬤嬤並沒有醉酒或被迷暈等現象，也就是說，她是在清醒的意識下於戌時左右溺水而亡。

戌時！洛婉兮心口彷彿被針扎著，換言之，柳嬤嬤在水裡待了一整夜。

她雙手不由自主地握緊，再也沒有人能比她更清楚那種窒息的痛苦與絕望，尤其冬天夜裡的湖水定然比三月的水更冰冷刺骨。

蕭氏憂心忡忡地看著她，裹住她緊握在一塊兒的手，唯一的感覺是冰涼。

「四妹，妳莫要太傷心了，保重自己的身子。」蕭氏聲音裡是毫不掩飾的擔憂。

洛婉兮置若罔聞，現在她滿腦子都是柳嬤嬤為什麼要去嘉耳湖邊？以柳嬤嬤的性子，不可能不知道她們會在家裡等她，可她還是去了，那麼她要做的事顯然事關重大。可柳嬤嬤才剛到京城，人生地不熟，自己一個人能有什麼事？定然還有其他人和她一塊兒。

那人或是那些人說不定還告訴柳嬤嬤已經派人去侍郎府捎口訊，柳嬤嬤才會放心的跟他們走。

思來想去，只可能是熟人，畢竟柳嬤嬤不可能相信一個陌生人還跟著去了完全不熟悉的嘉耳湖。

洛婉兮定了定神，對洛郅道：「大哥，能不能再派人去附近詢問一下，戌時前後可有看見過柳嬤嬤？身旁又有誰？我畫張柳嬤嬤的肖像，請畫師們臨摹幾幅，拿著畫像去問，凡提供線索，我會按照線索的重要程度給予十兩到一百兩的酬金，若能就此抓到凶手，我願重酬五百兩。」

她見過官府畫的畫像，只能說也就五、六分像罷了，她不放心。

洛郅自然只能應下，對一旁的差役客氣道：「那就麻煩諸位再辛苦一下，我等不勝感激。」

那差役忙道：「這些都是我等分內之事。」這案件是凌閣老率先發現的，他們豈敢敷衍了事？雖然以當下證據來看，這就是個意外。

可他們身在應天府，見慣了各種各樣的遇害者家屬，意外總是叫人難以接受，若是能抓到凶手，心裡也能好過一些。說來這位洛姑娘肯為家裡一個老嬤嬤這般出錢出力，也算是難得的重情重義了。

見他點頭，洛婉兮便要了文房四寶去隔壁作畫。如此，中途好幾次畫著畫著忍不住落了淚，一幅畫斷斷續續花了半個時辰才畫好。

那差役拿到畫一看，心道怪不得她要自己畫像，簡直維妙維肖，比起他們衙門的畫師畫得好了不止一點。

拿著這樣的畫，差役也覺多了幾分信心，當下便告辭，忙下去讓人多臨摹出幾幅。

洛婉兮一行人也回府等待消息，柳嬤嬤的遺體還得留在這兒，直到結案才能運回去。

前去衙門配合調查的下人回到府裡，柳嬤嬤的死訊也傳了回來，昨兒還活生生的一個人冷不丁就這麼沒了，少不得有些流言蜚語。

為了照顧坐小月子的白奚妍而一直留在陳府的白洛氏自然知道了，下了死令讓人瞞著白奚妍，只道不能讓她再傷心。

可她堵住了下人的嘴，卻堵不住陳鉉的嘴。

自家府上的下人進了應天府，陳鉉怎麼可能不知道，正好這一陣子他閒著無事，便問了幾句。

長隨寶貴便道：「洛家四姑娘跟前一個嬤嬤從我們府上離開後，在嘉耳湖那邊出了意外，屍體還是被偶然路過的凌閣老發現的，就是今兒早上的事，洛四姑娘懷疑自家嬤嬤是被人害的，正押著應天府查案。」

陳鉉眉梢一挑。「一大早？嘉耳湖？」隨即心照不宣的一笑，看來是從蘭月坊回來，笑謔了一聲。「咱們閣老大人可真是好雅興。」

寶貴附和地笑了兩聲。

笑完，陳鉉才有空關心。「她為什麼覺得人是被害而不是意外？」

「那嬤嬤一個人死在湖裡，身邊也沒其他人，且那嘉耳湖離洛府也不近，好端端一個老媽子去那兒做什麼？說不定就是後宅陰私事，殺雞儆猴呢！」一不小心寶貴就說多了，說完不好意思的摸著後腦勺看著陳鉉。

陳鉉瞥他一眼，把玩著腰間的和闐玉珮。「後宅之事鬧到了衙門，洛家還由著她鬧？這事聽著還怪有意思的。」話音未落，人就站了起來，笑容慵懶。「走，去夫人那兒問問怎麼回事，要真是得罪了什麼人，我也好給老江賣個好啊！」

寶貴眼珠子一轉，笑嘻嘻地湊上去，狗腿的一豎拇指。「大爺您對江大人可真夠仗義！」

陳鉉摸了摸下巴。「我特別想知道百鍊鋼變成繞指柔會是個什麼模樣！」

白洛氏正哄著白奚妍說話，聽下人說陳鉉來了，喜上眉梢，拍了拍女兒。「精神點，妳這哭喪著臉，姑爺見了怎麼高興得起來？」

白奚妍眼睛動了動。

白洛氏見她有了反應，心頭一喜，趕緊扶著她靠坐起來，端詳一下她的臉。雖然蒼白憔悴，卻別有一番我見猶憐的柔弱，遂只給她理了理頭髮。「妳莫傷心了，孩子沒了還能再有，眼下妳得把姑爺哄住了，知道嗎？姑爺把琴姬那個賤人趕走了，可見心裡還是有妳的。」

「大爺！」丫鬟的請安聲傳來，白洛氏立刻閉上嘴，起身迎接。陳鉉雖是她的女婿，奈何白洛氏在他面前沒有拿捏岳母風範的底氣。

陳鉉拱手行了行禮後在繡墩上坐下，略詢問幾句白奚妍的身子後道：「我聽說洛四姑娘的一個嬤嬤沒了……」他才說了半句就說不下去了，蓋因白奚妍那張臉白得像是見了鬼，不只如此，還全身哆嗦，連牙齒都在打顫。

同樣煞白著臉的白洛氏趕忙撲過去，將白奚妍的頭按在懷裡安撫，又歉然地向陳鉉解釋：「妍兒身子還弱，我還沒告訴她這回事。」

陳鉉看了看臉色慘白的白洛氏，再看了看伏在白洛氏懷裡瑟瑟發抖的白奚妍，低頭一笑。「倒是我魯莽了。不過人死不能復生，還請夫人節哀。我讓人去應天府打個招呼，讓他們盡快破案，早點抓到凶手也能讓死者安息。」又狀似不在意地問：「岳母可知道那老媽子得罪過什麼人，或是洛四姑娘和誰結過仇，這樣也有個調查的方向。」

白洛氏瞳孔一縮，忙藉著為白奚妍撫背的動作低了低頭。「姑爺覺得她是被人害的？」

陳鉉聳了聳肩。「倒不是我這麼想，是洛四姑娘這般想。她畫了那老媽子的畫像，正讓應天府的人四處尋找目擊者，還許下重酬。」

聞言，白洛氏只覺得一口惡氣堵在胸口——她沒完沒了是不是?!她怎麼就不肯放過她們！

陳鉉微微一瞇眼，若有所思地把玩著手上的玉珮。

瞥見他神情，白洛氏心跳漏了一拍，強自鎮定道：「四丫頭一個小姑娘哪有什麼仇人，也就跟她堂姊有矛盾。」說著又猛然反應過來，摀住了嘴，一臉的欲蓋彌彰。「不過都是姑娘家的小矛盾。」

陳鉉笑了笑，睨一眼縮在白洛氏懷裡哭得不能自已的白奚妍。「我還有事先走了。」

「那你慢走。」白洛氏悄悄鬆了口氣，她覺得陳鉉再說下去，自己的表情都要控制不住了，至今心跳都還難以平復。

陳鉉一走，白洛氏就對上白奚妍複雜的目光，裡面似乎湧動著千言萬語。

她呼吸一滯，不自在地撇開眼，揮手讓人退下，讓她們守住門窗。

「娘，妳答應過我不會傷害柳嬤嬤的，大不了我們以後不請婉兮過來，妳為什麼要這樣？」白奚妍泣不成聲，她剛才一聽就知道是柳嬤嬤出了事。

白洛氏臉色陰沈。「妳別太天真了！京城就這麼點大，萬一遇上了怎麼辦？妳看看那琴姬伺候他兩年了，還不是說趕出去就趕出去。要是讓姑爺知道了真相，妳怎麼辦，我怎麼辦，妳哥哥怎麼辦？咱們母子三個都得死無葬身之地！再說了，現在人都沒了，妳說這些有什麼用，難不成想讓我給柳嬤嬤償命不成？」

白奚妍嘴唇張了又張，卻是一個字都說不出來，只能伏在白洛氏懷裡失聲痛哭。

看她這模樣，白洛氏心裡也不好受，壓低了聲音安慰她。

且說那頭離開的陳鉉，對寶貴勾了勾手指。

「爺，您有什麼吩咐？」寶貴團團笑臉，上前幾步。

「查一查昨兒那嬤嬤出事前後誰出過府，尤其是少夫人那邊的人。」陳鉉命令。

寶貴笑臉一僵，驚疑不定地看著主子。「您懷疑……」

陳鉉微微一笑。「女人心海底針，誰捉摸得透？」不過他倒是知道有些女人狠起來，那真是讓男人都甘拜下風。

「悄悄的，別透露風聲。」

寶貴應了一聲。「爺您放心！」

洛婉兮回到侍郎府後，坐立不安，總忍不住想自己若是不把柳嬤嬤單獨留在陳府，或是派人去接柳嬤嬤，也許就不會出事了。

越想越是愧疚不安，她不得不給自己找事情做，否則會把自己逼瘋了。

思前想後，她還是去找了洛郅。

見到她，洛郅便問：「四妹怎麼來了？」

洛婉兮咬了咬唇，頗有些難以啟齒。「我想借大哥名帖往凌閣老府上送一份謝禮。」

洛郅驚得不由眨了眨眼。

「我想多謝他們將柳嬤嬤的遺體打撈上岸，並報了官。順便想再請他們好好回憶一下，當時現場可有奇怪之處，或者柳嬤嬤身上有何不尋常的地方。」

洛郅恍然大悟，什麼順便，她的目的就是想詢問一下第一個發現現場的人，看看是否有新線索，可她一個姑娘家又不好投帖上門。

洛郅無奈地搖了搖頭。

洛婉兮倒沒有太失望，洛郅不幫忙，凌嬋應該會幫她，且成功的可能性極高，她只是不好先繞過自家人去求外人。

正當她要告辭時，就聽見洛郅道：「那我親自去一趟閣老府，只是凌閣老會不會答應我也沒法確定，妳不要抱太大的希望。」

他沈吟了下，還是道：「四妹，若是再找不到證據證明柳嬤嬤是被人謀害的，事情便到此結束吧，妳別把自己逼進了死胡同裡。」看洛婉兮這模樣，他都有些擔憂。

洛婉兮心頭一暖，真心實意道：「大哥放心吧！」

洛郅略作收拾後，就帶著洛婉兮準備的謝禮前往位於容華坊的閣老府。

凌淵正在與下屬商議西北之事，今年入冬以來，西北已經下了好幾場雪，各州府遞上來的摺子不容樂觀。雖不至於成災，可賑災的準備已經做好，以防萬一。加上塞外情況更加嚴峻，還得防著瓦剌、韃靼等戎人南下掠奪，是以哪怕是休沐日，七、八人也在書房商量了整個上午才結束。

德坤送走客人，才向凌淵稟報洛郅的到訪。「大人，洛侍郎府上的大公子求見。」

「何事？」凌淵漫不經心地問。

德坤抬眼瞅瞅他，道：「洛大公子是前來致謝的。今兒咱們不是從嘉耳湖撈上一人，可巧了，那人是洛家四姑娘的掌事嬤嬤。」見他神色不動，眼眉都不多抬一下，德坤不由洩氣，可馬上又打起精神來。「洛四姑娘覺得事情可疑，好端端一個人怎麼會死在了好幾里外的嘉耳湖，遂想再問問當時情況，看看可有新線索。」
洛郅自然不會提洛婉兮的名字，他原話是自己懷疑，可到了德坤這兒就又成了洛婉兮懷疑，倒是歪打正著了。
「也不怪洛四姑娘謹慎，親信沒了，不查個水落石出誰能安心？指不定下次遇難的就是她自個兒。」德坤唉聲嘆氣了一回。
凌淵抬眸淡淡掃一眼德坤，後者臉僵了僵。
片刻後凌淵收回視線，低頭劃了劃杯盞。「讓撈屍的那兩人去趟應天府。」
德坤肩膀一鬆，應了一聲後告退。

第五十章

萬不想這兩人去了衙門後還真想起一樁事，他們將柳嬤嬤抬上岸時，似乎瞧著個什麼東西從她手裡掉進水裡，但並不確定，又想可能是她自己的首飾一類，當時便沒多想，眼下在經驗豐富的捕頭引導下便想了起來。

聞言，應天府一眾人幾乎要喜極而泣。閣老府把護衛都派過來協助調查了，也捎了話過來，弄得他們戰戰兢兢，若是最後弄出個意外的調查結果，凌閣老會不會覺得是他們敷衍了事？因此現在他們是比洛婉兮還希望趕快把凶手找出來交差。

可一上午拿著畫像詢問的差役都沒有得到有用的線索，眼下終於有一點眉目，說不定那是死者落水時從凶手身上抓到的東西，才一個上午，這東西應該還留在原地，就是有偏差也不會太遠。

當下應天府的捕快們便帶著那兩個護衛前去嘉耳湖認地方，洛郅也隨行過去。

待兩個護衛指認區域，便有熟悉水性的差役下水尋找。

圍觀者都不覺發抖，洛郅則頗為歉然，見他們把薑湯什麼都備好了，顯然是駕輕就熟，便只能讓人準備幾個大紅包以示慰問。

這兒的動靜吸引了不少附近的百姓，黃捕頭一瞧，趕緊讓人拿著畫像再問問。熙熙攘攘之間，洛郅冷不丁就見一輛熟悉的馬車漸漸駛近。他擠出人群迎上去，無奈道：「妳怎麼來了？」

洛婉兮戴著帷帽下車，低聲道：「我聽說有線索了，便過來瞧瞧，反正我在家裡也是坐立不安。」有錢能使鬼推磨，她使了銀子，自然能得到消息。

她都這般說了，洛郅還能說什麼，只能帶著她到湖邊等候。

撈上來的東西還不少，有已經腐蝕得看不出原色的珠釵、發黑的鐵勺、長了苔蘚的小瓷瓶……

「這金戒指挺新！」

聞聲，洛婉兮霍然抬頭，新就代表著是剛掉下去的。

「四妹，這是柳嬤嬤的嗎？」洛郅先問。

洛婉兮盯著那在陽光下反射著金光的戒指，搖了搖頭。「柳嬤嬤從來不戴金戒指，不過……讓我看看。」

洛郅遞給她，見她模樣，問：「妳見過？」

洛婉兮眉頭緊鎖，陷入冥思苦想之中。「似曾相識……」可就是想不起來。

這戒指並沒有什麼標誌，款式也不甚特別，若說特殊就是纏了幾圈平結，這是因為戒指太大，防止它掉落。她在家裡下人手上見過類似的處理方法，一般老人家才會如此，年輕姑娘寧可不戴也不會打結。

下人？

洛婉兮眼皮猛地一跳，臉唰地一下子就白了。

「四妹？」洛郅大驚，心念一動。「妳是不是想到什麼了？」

洛婉兮瞪著戒指上那幾圈紅絲線，瞳孔因為不敢置信而劇烈收縮了下，她猛然攢緊了拳頭，冰冷的戒指硌得她手心發疼。

她記得錢嬤嬤手上就有一枚差不多的金戒指，因為纏了紅線，自己才留意到。可錢嬤嬤怎麼會……忽然她想起昨日探望白奚妍時，白洛氏的反常，她們才剛到都沒喝上一盞茶就被逐客了——因為白奚妍突然的失態。

可她為什麼失態？洛婉兮一點一點回憶著，似乎是柳嬤嬤勸了一句什麼……為什麼呢？她想破了腦袋都想不明白，可疑點卻是真實存在的。

她神情一肅，提著裙襬走向馬車。

洛郅驚了下，追上去壓低了聲音道：「妳發現什麼了？」板著臉加了一句。「妳還當我是兄長嗎？」

洛婉兮頓了下，抿了抿唇道：「……我記得錢嬤嬤也有這樣一枚戒指。」

洛郅震驚，錢嬤嬤是白洛氏的心腹，他自然認得。「是不是弄錯了？」錢嬤嬤怎麼會害柳嬤嬤？

「我也希望如此。」洛婉兮垂了垂眼。「所以我要去問問，否則心裡永遠存著這個疙瘩。」

陳鉉坐在玫瑰椅內，有一下沒一下的敲著桌子，饒有興致的一挑眉。「錢嬤嬤昨兒申時三刻離開，今兒一大早才回來？」

寶貴點頭。「門房就是這麼說的，昨兒夫人那裡就她離開過，說是回了趟白家。」

陳鉉嘖了一聲。「這可就有意思了……」

「大爺，洛四姑娘來看少夫人了！」外頭人突然前來稟報，因陳鉉命人看著汀蘭苑那頭，遂馬上就得了消息。

「這麼快她就有眉目了？」陳鉉揚了揚眉，起身甩了甩袖襬。「去瞧瞧！」

寶貴瞧著主子那不合時宜的興味盎然，心中有說不出的古怪。白夫人好歹是他岳母啊，大爺怎麼就一點都不擔心呢！

洛婉兮來了！

端著藥汁進來的錢嬤嬤手一抖，藥碗就砸在了地上，濺了她一褲腿，可她像是不覺疼似的，只呆立在原地，六神無主地看著白洛氏。

心悸如擂的白洛氏柳眉倒豎，厲喝道：「笨手笨腳的，還不快下去收拾！」

錢嬤嬤如夢初醒，逃命似的離開。

白洛氏眉頭緊皺，一顆心七上八下，再看躺在床上的白奚妍瑟瑟發抖，如同秋風中的落葉，頓時心疼，放柔了聲音道：「妳好好休息，我去見見她。」

她可不敢讓白奚妍見洛婉兮，一個不好，白奚妍就什麼都說了。

白奚妍一把抓住白洛氏的手，雙唇開開合合，似乎努力想說什麼，可卻一個字都吐不出。

「妳別太擔心了，一切都會好的。」白洛氏拍了拍她的手背安撫，抽出手站了起來。轉過身後，她一張臉陰沈得能滴下水來。洛婉兮這個時候過來，很難讓她有什麼好的聯想。

出了屋，白洛氏前往隔壁的小廳，進去時，就見洛婉兮坐在椅子上，神色寧靜，姿態嫻雅。

如此雲淡風輕的模樣，看得白洛氏心跳漏了一拍，她定了定神後入內，疑惑道：「這當口過來，可是柳嬤嬤那事有進展了？」

洛婉兮站了起來，前迎幾步，行過禮道：「是有進展了。」她瞧了瞧，不見與白洛氏形影不離的錢嬤嬤，心往下沈了沈，徑直問：「錢嬤嬤呢？」

白洛氏臉部肌肉不受控制地抽了抽，掩飾性的拿帕子按了按嘴。「她有事在忙，好端端的怎麼提她了？」

洛婉兮覺得有些冷，她定定地看著白洛氏。「有人說昨兒在嘉耳湖邊看見了錢嬤嬤，和柳嬤嬤一塊兒。」一個隨處可見的戒指並不能說明什麼，便是證明是錢嬤嬤的，也能說是錢嬤嬤送給了柳嬤嬤，所以她選擇詐白洛氏。

「胡說八道！」白洛氏臉色大變，怒不可遏。「這種話妳竟然也信，簡直是無稽之談！我知道柳嬤嬤沒了，妳很難過，可也不能別人說什麼就信什麼啊，難道妳今兒上門是來質問的？妳也不想想錢嬤嬤和柳嬤嬤無冤無仇，怎麼可能去害她，我看是那些人為了懸賞信口開河！」

望著氣急敗壞的白洛氏，洛婉兮面不改色地看著她，看得白洛氏心跳加速，口乾舌燥。對上她黑漆漆的瞳孔，白洛氏沒來由的心裡發慌，好像那雙眼已經看透了一切。她不自在地挪開眼。「怎麼，妳還信了那些人的話，今兒打算來興師問罪了！」

洛婉兮合了合眼，只覺得遍體生寒，苦笑道：「姑姑何必這麼大的反應，清者自清，濁者自濁。」

白洛氏神色一僵。

「目擊者形容的人和錢嬤嬤再像，也不是同一個人，不過當下聽描述時，我說漏了嘴，好多人都知道了錢嬤嬤，若是不讓錢嬤嬤走一趟，恐怕堵不住流言蜚語。傷及兩家交情和姑姑的名譽，這是我的不是，在此我向姑姑賠罪，還請姑姑行個方便，讓那目擊者見一見錢嬤嬤，不就真相大白了？也好堵住應天府的嘴，省得他們親自上門拿人。這次我親自來而不是應天府的人過來，也是為了不傷兩家體面。」

白洛氏臉白了又白。

「姑姑，麻煩您讓錢嬤嬤和我走一趟吧。」洛婉兮溫聲道。其實她一點都不希望那人是錢嬤嬤，可白洛氏的反應將她的僥倖一點一點吞沒。

帶走了人，還怕問不出真相嗎？若是她把話都說到這分上，白洛氏還不肯放人，真相也呼之欲出了。

白洛氏心亂如麻，錢嬤嬤若是進了衙門，不就被認出來了？這會兒白洛氏恨不得一腳踹死錢嬤嬤。這個蠢貨，讓她辦點小事還被人瞧見！

然而自己便是不同意，應天府怕是也要上門，屆時陳鉉會不會幫她，白洛氏委實沒底，她更怕事情鬧大反倒引起了陳鉉的注意，那可就弄巧成拙了。

白洛氏心念電轉，絞盡腦汁都想不出一個兩全之策。

隨著等待越久，洛婉兮的眸光越來越冷，她站了起來，沈聲道：「如此，看來只能讓應天府的人上門了。」說著便要往外走，連禮都不行了。

「且慢！」白洛氏連忙叫住她。

「吱」一聲，客廳的門忽然被人從外面推開，陳鉉高大頎長的身影出現在兩人面前。

心虛的白洛氏忍不住倒抽了一口涼氣，頓了下才勉強笑道：「姑爺怎麼來了？」

洛婉兮也是微微一驚，不知他為何在這兒，難不成是來護短？

陳鉉面無表情的低頭看著近在咫尺的洛婉兮。「妳說妳那嬤嬤姓柳？四十左右？」

不明所以的洛婉兮略一頷首，狐疑地看著他。

而站在她身後的白洛氏已是駭得面無人色，渾身每一根骨頭都在顫抖。

陳鉉目光陡然一偏，凌厲地射向白洛氏。白洛氏嚇得一個哆嗦，雙眼一翻，咚一聲栽倒在地，竟是暈了過去。

洛婉兮聞聲回頭，就見白洛氏躺在地上，若是以往定然立刻跑過去，可現在她懷疑白洛氏是殺害柳嬤嬤的幕後指使者，委實做不到心無芥蒂。

這一愣神的工夫，已有下人在陳鉉的示意下上前查看。

陳鉉突然笑了下。「洛四姑娘可還記得七年前曾經在仁和救過的一對母子？」

七年前？仁和？一對母子？

洛婉兮懵了懵，茫然地看著陳鉉。

陳鉉看她不明所以的模樣，心情有一瞬間的複雜，輕笑一聲。「洛四姑娘倒是貴人多忘事！」

倏爾，一連串畫面掠過眼前，那段積了灰的陳年舊事從角落裡被洛婉兮翻了出來。

七年前她去仁和為母親求醫，無功而返。路上似乎遇到了一對病倒的母子，然後她讓柳嬤嬤送去了醫館……

她驚了驚，詫異地看著陳鉉。

「是……」才說了一個字就臉色劇變，她忽然意識到一個極不可思議、卻得以解釋這半年所有不合理的可能。

見她戛然而止，陳鉉好整以暇的微微一笑。「正是我和家母。那麼妳也該明白柳嬤嬤是為何而死了吧！」

洛婉兮的臉一點一點的白了，袖中的雙手微不可見地顫抖，不禁踉蹌著後退。

柳葉趕緊扶著她就近坐下，擔憂的看著她。「姑娘，您沒事吧？」

洛婉兮臉色慘白，扣緊了扶手，雪白的手背上青筋隱現。她低頭瞪著還躺在地上不省人事的白洛氏，只覺得渾身發涼。

怪不得陳鉉會答應這門所有人看來都不可思議的婚事……怪不得白洛氏要殺了柳嬤

嬤……

嘩！

陳鉉突然抄起手邊的茶潑在了白洛氏臉上。

洛婉兮驚了驚，轉頭就對上陳鉉笑盈盈的臉，可他雖是笑的，眼神卻是冷的，彷彿含著冰渣子，看得人後背發涼。

洛婉兮忍不住扭過臉，就見昏迷不醒的白洛氏抽搐了兩下，霍然坐起身後才察覺到身上不對勁，一抹臉，摸到了一手的水和茶葉，臉上立時浮現惱怒之色。

可就在她看清目光銳利如刀的陳鉉，以及面如寒霜的洛婉兮之後，之前的記憶霎時回籠，嚇得她一個哆嗦，三千髮絲幾乎要立起來。

陳鉉撥了撥手邊的空茶盞，似笑非笑地看著白洛氏。「我記得當初我問岳母時，岳母說柳嬤嬤早在幾年前就病逝了，對嗎？」

當年他問不出洛婉兮的來歷，便轉而問送他們到醫館的柳嬤嬤姓名，最後被纏得沒辦法，柳嬤嬤指了指醫館門口的大柳樹，說她和這樹是本家。

後來他特地問過白洛氏，當時白洛氏就是這麼回答他的。

陳鉉不禁嗤笑，想不到他陳鉉也有被人耍得團團轉的一天。誰能想到這對母女竟敢撒這種彌天大謊，果然是人不可貌相啊！

白洛氏腦中那根弦「啪」一聲斷了，嚇得她心肝亂顫，腦子裡一片空白，下意識辯解。

「現在死的這個柳嬤嬤並不是當年送你去醫館的那個，你弄錯了……婉兮、婉兮，妳告訴他啊，他弄錯人了，當年救他的就是妍兒，是妍兒！」

望著狼狽不堪、狀似癲狂的白洛氏，洛婉兮只覺得荒謬。是怎樣的執著抑或愚蠢，才會讓白洛氏到了這個時候還在作白日夢？

「柳嬤嬤的遺體還躺在應天府的停屍房內，想得到她的畫像輕而易舉，到了這般地步，妳覺得還能隱瞞下去嗎？」

白洛氏的所作所為已經足夠讓陳鉉推斷出事情真相，便是自己附和，陳鉉也不會信了。何況橫亙著一條人命，白洛氏憑什麼認為自己會幫她隱瞞？

因為姑姪一場、姊妹之情？那麼她對柳嬤嬤動殺意時，可有想起過這些情分？

洛婉兮忽然站起來奔向門口，打開門就跑了出去。

白洛氏愣了下後恍悟她要做什麼，駭然失色，手腳並用著要爬起來阻攔。「不要找妍兒！」

誰知才跨出一步就被人毫不客氣扯了回來，一回頭就對上一臉風雨欲來的陳鉉。他滿眼陰鷙，目光似劍，落在哪兒，哪兒就像是要被割一刀似的發涼。

白洛氏如墜冰窖，膝蓋一軟便癱軟在地，語無倫次道：「妍兒是無辜的……一切都是我逼她的，她什麼都不知道……不關她的事，真的不關她的事……當時她也在馬車上的，她也算是救了你的！」

陳鉉嗤笑一聲，目光冰冷地看著磕頭求饒的白洛氏，陰森森道：「我這輩子最恨別人騙我！」

另一頭，洛婉兮跑到了正房，守在門口的丫鬟被她臉色煞白的模樣嚇了一跳。

「洛姑娘！妳——」話還沒說完，就被洛婉兮一把推開闖了進去。

守門的丫鬟趕忙追了進去。

屋內如坐針氈的白奚妍聽得動靜轉過頭來，對上洛婉兮晦暗不明的視線，霎時，一顆心彷彿被一隻無形大手肆意揉捏，痛得她喘不過氣來。

她不由自主的微微張開嘴，用力呼吸著，眼淚不知不覺就掉了下來。

「表姑娘！您這是要做什麼？」侍書驚疑不定的看著不同尋常的洛婉兮。

「表姊，我有幾個問題想問問妳，妳跟我說實話。」她只是想問問白奚妍，這些事她都知道嗎？她知道白洛氏要殺柳嬤嬤滅口嗎？

問完之後該怎麼辦？洛婉兮沒想過，她也想不出來，可她就是想問問！

白奚妍渾身一顫，眼淚流得更凶。

若是平常，洛婉兮見她哭成這樣早就心疼地上前安慰她了，可眼下她的心依舊疼，卻不知道是為了誰，她眼裡也不覺漫出淚來。

侍書越看越不對勁，尤其是洛婉兮的模樣讓她心裡發瘆，忍著不滿道：「表姑娘，我家姑娘還在小月子裡，有什麼事也等她身體好了再說不是？」

話音剛落，侍書便聽見一陣腳步聲伴隨著珠簾的清脆聲，不禁心下一抖，抬眼就見陳鉉帶著人大步走進。

陳鉉一個眼風下去，幾名嬤嬤就直衝這屋內的丫鬟而去，花容失色的侍書來不及出口詢問就被人捂著嘴拖了下去。

不一會兒，屋內只剩下寥寥幾人，床上淚流成河的白奚妍、床前的洛婉兮以及她身後的柳葉和金刀大馬坐在玫瑰椅上的陳鉉。

一時之間，屋內只有白奚妍細細的抽噎聲。

陳鉉不耐地皺了皺眉，一側頭就見洛婉兮也在落淚，只是她並沒哭出聲。

他見她眼底的淚慢慢積聚，又慢慢地淌下來，順著雪白柔嫩的臉頰，落在衣襟上。

電光石火間，「梨花落雨」這個詞便突然浮現在他腦海裡，讓他微微一恍神。

不知過了多久，陳鉉猛然回神，忽覺啼笑皆非，自己竟然在這兒看著兩個女人哭，他可是最煩女人哭哭啼啼的。

他不重也不輕的一拍桌子，驚得洛婉兮和白奚妍都輕輕一顫。

洛婉兮拿手背一抹眼淚，看向陳鉉。

陳鉉晃了晃手裡的紙張，這是他命人特意去找來的柳嬤嬤畫像，認出這張臉後，再也沒什麼可懷疑的了。

「冒名頂替，謀害柳嬤嬤，妳娘都招了，可妳娘說妳什麼都不知道，不過我想妳肯定知道我為什麼會娶妳。眼下真相大白，既然沒有救命之恩，我也就沒必要報恩了，不過好歹夫妻一場，又有當年的緣分，我便不追究妳欺瞞之錯，待會兒我就把休書送來，妳可帶著妳的全部嫁妝離開。」

第五十一章

轟一聲，彷彿一道響雷在耳邊炸開，震得白奚妍整個人都愣住了。她半坐在床上，如泥塑木雕一般，彷彿三魂六魄都已飛走，只留下一副軀殼。

饒是洛婉兮都為陳鉉如此迅速果斷到冷酷的決定驚詫。

扔下驚雷的陳鉉卻像個沒事人似的，神色自若地站起來。「我要說的說完了，妳們慢慢敘舊。」

「我娘呢？」木頭人似的白奚妍突然開口，聲音破碎不堪，乞求似地看著陳鉉。

陳鉉冷笑一聲，直勾勾地盯著白奚妍的眼睛，語氣輕嘲。「妳娘把我當猴耍，妳說我該怎麼感謝她？」說罷大步離開。

白奚妍簡直不敢相信自己的耳朵，愣了下後才回過神來，悽然一叫。「不要！」

她爬下床要追上去求饒，卻在驚慌之中跌下床，重重摔在腳踏上。等她從疼痛中回過神來時，眼前早已沒了陳鉉的身影。

她餘光瞥見立在一旁的洛婉兮，如同溺水之人抓住最後一根浮木，跌跌撞撞的撲過去，抱著洛婉兮的腿，聲淚俱下地哀求。「婉兮、婉兮，妳幫幫我，救救我娘，妳救救我娘啊！」

洛婉兮心頭一刺，彷彿被人扎了一下，不禁慘然而笑，低頭看著淚如泉湧的白奚妍。

「表姊，妳讓我幫妳，可姑姑要害柳嬤嬤的時候，妳可曾想過幫幫我？姑姑把柳嬤嬤留下來了，妳知道嗎？」

洛婉兮垂眼定定鎖著白奚妍的雙眼，就見她瞳孔微微一縮，身體都僵硬了。

洛婉兮胸口發堵，就像有滔天怒意在其中橫衝直撞，撞得她想不顧形象的罵人、殺人。她死死攥緊了拳頭，壓抑著怒火繼續問：「姑姑留下柳嬤嬤的目的，妳知道嗎？」

白奚妍捂著臉失聲痛哭。「娘答應過我，她不會傷害柳嬤嬤的，她答應了的，她答應了的！」

「可柳嬤嬤死了，她是被活活淹死的，屍體在冷冰冰的水裡泡了一整夜才被人撈上來，」洛婉兮忍不住落下淚來。「為了確定她的死因和死亡時間，我讓仵作剖開了她的屍體，連死後都沒有安寧。」

待她含淚帶泣的說完，白奚妍已是泣不成聲，只能斷斷續續地道歉。「對不起、對不起……」

洛婉兮胡亂抹了一把臉。「妳明知道姑姑動了殺心，為什麼不提醒柳嬤嬤，或者是給我提個醒。再不行，妳找個理由讓人把柳嬤嬤早早送回來以絕後患不可以嗎？既然姑姑都答應妳不會動手了，難道妳提出這個要求她會反對嗎？她若是反對，妳不就知道她還沒死心嗎？」

「我沒想到……娘答應了我不會傷害柳嬤嬤的……」白奚妍哭得渾身抽搐。

「她說什麼妳就信什麼嗎？她讓妳去死妳去不去！」洛婉兮突然聲色俱厲地指著痛哭的

白奚妍質問。

白奚妍悚然一驚，呆呆的看著她，似乎是被駭住了。

洛婉兮臉色鐵青，抓著白奚妍的肩膀厲聲道：「她連陳鉉都敢騙，這種風險都敢冒，她甚至為了保住那個秘密，就對柳嬷嬷起了殺心，她第一個反應竟是殺人滅口，而不是來找我商量以絕後患。這些都不夠讓妳警惕嗎？她已經為了妳的這門親事走火入魔了，妳就真的一點感覺都沒有嗎？明明有更好的解決辦法不是嗎？妳們把這事告訴我，我絕不會拆穿妳們，我甚至會把柳嬷嬷送回臨安，妳相信嗎？表姊！

「我知道姑姑為什麼不願意說出來，她怕在我面前抬不起頭來，她甚至怕我以後過得不如意了會後悔、會不平衡，會拿這事要脅妳或者去攀附陳鉉。姑姑會這麼想，我並不難過，可表姊妳是怎麼想的，妳為什麼不告訴我！」

白奚妍受不了洛婉兮那種失望的眼神，她驚慌失措的抓著洛婉兮的手，痛哭流涕。「我原想告訴妳的，可我娘她以死相逼，她逼我發毒誓，我若說出來她就要……她就要不得好死！」

洛婉兮卻像是聽到了什麼天大的笑話一般。「就為了這麼一個虛無縹緲的誓言，妳就看著她胡作非為，而不設法阻止……」

她忽地鬆開手站了起來，一邊後退，一邊神情複雜的看著癱軟在地的白奚妍。「表姊，我已經分不清妳對姑姑言聽計從是因為毫無主見，還是順水推舟了……」

說完，再不看因為她這一番話而僵硬如石的白奚妍，轉身就走。不防門外還立著一人，措手不及間直直撞在他身上。

鬼使神差留下聽壁腳的陳鉉下意識伸手一攬，碰到了她的手，冰涼細膩，還有些濕潤，他想應是眼淚。

「抱歉……」毫無所覺的洛婉兮越過他便想走。

望著她通紅的雙眼，陳鉉不覺皺起眉，出聲道：「洛姑娘，錢嬤嬤我已經讓人綁了，妳是要帶走還是留下由我處置？」

洛婉兮腳步一頓，旋身對陳鉉屈膝一福。「多謝陳大人，人我想帶走。」

陳鉉略一點頭，張了張嘴似乎要說什麼。

洛婉兮等著他下文，卻見他又閉上嘴，片刻後見他沒有動作，正要告辭，就聽他道：「洛姑娘最好還是別把錢嬤嬤送到衙門去，否則只會兩敗俱傷。」

若是把錢嬤嬤送到衙門，明天最火熱的話題絕對是洛婉兮為了一個下人大義滅親，這可不是什麼好名聲。

洛婉兮微微一怔，垂了垂眼。「多謝陳大人提醒！」這點分寸她還是有的。

「婉兮！」白奚妍扶著門追了出來，她淚如雨下，雙唇劇烈顫抖，似乎有千言萬語要訴說。

聽見她的聲音，洛婉兮便覺胸口鈍疼起來，來自於親近之人的傷害永遠是最痛的。

她頭也不回，抬腿就走。她不想留在這裡聽白奚妍於事無補的哭泣和後悔，人死不能復生，現在說這些還有什麼用？

望著決絕而去的洛婉兮，白奚妍心神俱裂，拔腿就追，卻一個趔趄摔倒在地，正好摔在陳鉉腳下。

看著眼前藏藍色的衣襬，白奚妍愣了下才意識到他的存在，一把攥緊陳鉉的衣襬，痛哭流涕。「我娘都是為了我，一切都是我的錯，你放過我娘好不好，求求你，求求你，你放過我娘吧！」

尚未走遠的洛婉兮聞言，沒來由地悲從中來，加快了腳步離開，將所有的哭泣與哀求都拋在身後。

待洛婉兮避過耳目將錢嬤嬤悄悄帶回洛府，洛大老爺氣得當場摔了茶杯，怒不可遏。「她這是怎麼了?!」

錢嬤嬤蜷縮在地上瑟瑟發抖，一迭聲求饒。「大老爺饒命啊，老奴都是奉命行事，都是夫人指使我做的……」

聽明白錢嬤嬤是如何把柳嬤嬤引到嘉耳湖後，洛婉兮只覺得整個人都疼得沒感覺了。錢嬤嬤騙柳嬤嬤，白洛氏懷疑陳鉉把琴姬養在蘭月坊，她奉命去調查，查到蛛絲馬跡回來搬救兵正遇上柳嬤嬤，二話不說拉著柳嬤嬤就走，柳嬤嬤就這麼跟著她走了。

白洛氏利用柳嬤嬤對白奚妍的關心去害人，她怎麼做得出來?!她的心到底是怎麼長的！

洛大老爺厭煩的一揮手，就有人把抖如篩糠的錢嬤嬤拖了下去。

他沈聲問洛婉兮。「妳姑姑為何要殺柳嬤嬤？」錢嬤嬤也說不出來，只說奉命行事。

洛婉兮悲哀地扯了扯嘴角，把來龍去脈都說了一遍。

聽罷，洛大老爺和洛郅久久回不過神來，洛大老爺氣得手都在抖。「這個混帳東西，她怎麼敢！她這是得了失心瘋嗎？她怎麼——」

洛郅趕緊上前安慰。「父親息怒，事情已經發生了，生氣也無濟於事，眼下要緊的是該如何收拾殘局。」

若是傳出去，白家的姑娘是沒法抬頭見人了。即便是洛家，白洛氏雖是嫁出去的女兒，然而白奚妍這門親事可是住在侍郎府時定下的，洛家也得惹一身腥。

洛大老爺勉強壓下怒火，看向洛婉兮。「陳家那裡是怎麼說的？」

「陳鉉要休妻。」洛婉兮閉了閉眼，繼續道：「他對於姑母的所作所為十分生氣，沒說要怎麼處置，但是看那模樣，怕是……」

洛婉兮沒有繼續說下去，洛大老爺依然聽得心頭咯噔一響。以他對陳鉉的瞭解，白洛氏這樣欺騙他，恐怕凶多吉少。

再恨她不爭氣，那也是親妹妹，洛老夫人還躺在病床上，洛大老爺也做不到眼睜睜看著不作為，少不得要去陳府走一趟，能留就留她一命，實在不行也希望他不要將事情抖出來。

他看了看顏色如雪的洛婉兮，一些話在舌尖翻滾了幾回，終究是嚥了下去。若是讓洛婉兮出面和陳鉉說，也許成功的可能性會高些，可他實在開不了這個口。

洛大老爺沈沈嘆出一口氣來，瞬間就像老了好幾歲。「我去一趟陳家！」

到了陳府，無須通稟，洛大老爺直接被迎了進去，像是早就料到他要來似的。

坐在廳內的陳鉉起身相迎，寒暄幾句後，洛大老爺也不拐彎抹角，開門見山說了來意。

「……家門不幸，出此逆女，可洛、白兩家女兒委實無辜可憐，還請陳僉事手下留情，勿將舍妹所做之事宣揚。」

陳鉉笑了笑。「洛侍郎放心，被人耍得團團轉，於我也不是什麼體面事。」

洛大老爺臉色僵了僵，平復了下尷尬的情緒後，才提出另一個請求。「舍妹糊塗，要打要罵悉聽尊便，然還請陳僉事高抬貴手，饒她一條性命，讓她去廟裡侍奉菩薩，懺悔己過。我知道這要求有些過分，可家中老母尚在病重，實在禁不得這喪女之痛。不知陳僉事可否行個方便，洛某不勝感激，沒齒難忘。」

陳鉉好整以暇地啜了口茶，漫不經心的轉了轉茶杯，問：「洛侍郎您這要求，洛四姑娘知道嗎？」

洛大老爺微微一愣。

陳鉉笑了笑。「眼下洛侍郎也該知道了，洛四姑娘於我有救命之恩，這事的源頭也在這兒。她若是同意，我自然是要給這面子的。」

洛大老爺默了默才開口。「來之前我並未與她說過這些，不過四姪女最是孝順，想來也不會忍心家母白髮人送黑髮人。況且再怎麼說，那也是她嫡親姑姑，打小看著她長大的。」

陳鉉似笑非笑地看一眼洛大老爺。

洛大老爺面色不改。

「既如此，那洛侍郎就把人帶走吧！」陳鉉輕笑一聲，對寶貴使了個眼色。

洛大老爺不料他如此爽快，微微一驚，馬上又恢復如常。

「還有一事，洛侍郎既然來了，不如將白姑娘也一併帶走吧，之前她就想撞牆自盡，幸而被我攔下了，可保不准哪天一個沒注意就去了，我可不敢擔這責任。」

對於這外甥女，洛大老爺也不知該說什麼，哀其不幸怒其不爭吧！他只得無奈的點了點頭。

不一會兒，白洛氏就被人帶來了。

見了人之後，洛大老爺驚得直接站了起來，不敢置信地看著眼前瘋瘋癲癲的白洛氏，接著目眥欲裂地瞪向泰然自若的陳鉉。

陳鉉裝模作樣的嘆了口氣。「不過是想小小教訓一下白夫人，哪想她這麼不禁嚇，」他聳了聳肩。「竟是活活把自己嚇傻了。」

最後洛大老爺是青著臉從陳府離開的，殺人不過頭點地，可白洛氏兩頰的指痕清清楚楚的告訴他，她被人灌過藥……錦衣衛裡還缺讓人變成瘋子的藥嗎？

一道離開的除了已經癡傻瘋癲的白洛氏，還有失魂落魄只剩下半條命的白奚妍。

洛大老爺並沒把人帶回侍郎府，而是送回白府，交給了從書院緊急趕回來的白暮霖，又派了幾個老實可靠的下人過去搭把手。

柳嬤嬤一事就此落幕，錢嬤嬤暴斃，白洛氏瘋癲，以一種出乎任何人意料的方式結束。

真相只有少數幾個人知道，對外一律宣佈意外。唯獨淩淵那邊，畢竟對方幫了不小的忙，若是敷衍了事，日後被發現難免尷尬，遂洛郅又親自上了一次門，用家醜含糊了過去，也算是表了誠意。

德坤送走洛郅後就想向凌淵彙報，雖然這樣的小事根本不需要驚動他，可德坤覺得只要有機會在凌淵面前提一提洛四姑娘，哪怕是拚著被他冷眼的風險也是要說的。

只是他剛到書房就被人提醒碧璽在裡面，德坤臉色頓時變了，她不是好一陣沒來找茬了，怎麼又犯病了！

碧璽的確不是來找茬刺激凌淵的，姑娘沒死，還對他死心了，她自然不用為了保住姑娘在凌淵心裡的地位故意去刺激他，眼下她比誰都盼著凌淵放下，好讓姑娘安安生生過日子。

碧璽是為青蓮庵之事來的，沒有凌淵的准許，她出不了大門。

「妳要去青蓮庵？」凌淵放下手中公文，投在碧璽臉上的目光意味不明。

青蓮庵並不是碧璽第一次去，每年她都會去庵堂寺廟，親自在佛前為陸婉兮祈福誦經。

讓凌淵奇怪的是碧璽的神態，掩藏在她平靜面容之下的偏執、怨恨和深入骨髓的悲哀似乎都煙消雲散。從前的碧璽讓他有一種微妙的既視感，可現在，這種感覺沒有了。

凌淵眸色轉深，目光在她臉上不著痕跡地緩緩滑過，他可有可無地「唔」了一聲，又拿起公文，彷彿只是聽見一個無關緊要的消息。

聞聲，碧璽行禮告退。在書房外遇見眼神不忿的德坤，兩人說白了就是各為其主。碧璽為了陸婉兮不放過凌淵，德坤則是為了凌淵痛恨碧璽陰魂不散。

仇人見面，雲淡風輕。碧璽朝德坤微微一點頭，抬腳便走。

德坤敲了敲書房大門，得到准許之後，推門入內。一進門就見凌淵靠在椅子上，雙手交疊放在鐵梨象紋翹頭案上，右手食指一下一下敲著左手背。

這是他沈思時的習慣動作，德坤立時放緩了呼吸，唯恐驚擾了他。

「有沒有覺得碧璽和以前不一樣了？」凌淵冷不丁開口。

不防他問這個，德坤怔了下才反應過來，心道您和以前才不一樣，哪次碧璽離開後，您不是鬱鬱寡歡？

當然，這話德坤是不敢說的，他努力回憶了下，還是那副半死不活的模樣，沒看出哪兒不一樣，若一定要說，那就是——「倒是奇怪，她這回隔了八日才來。」以前可是隔三差五來找一回茬。

心念一動，德坤又補充道：「還有前幾天我聽下面人說，碧璽竟然找洛四姑娘探討女紅，可真是太陽打西邊出來了。」

凌淵手一頓，抬眸看著德坤。

德坤心神一緊，沒出息的低了頭。

事出反常必有妖。凌淵垂眸看著食指上通透碧綠的翡翠扳指，往後一靠，不疾不徐道：「派人看著她，事無鉅細，每日向我彙報。」

聞言，德坤悚然一驚，當即應是。

凌淵轉了轉扳指，嘴角一揚，露出一個似笑非笑的表情，莫名的情緒在劍眉星目中浮現。

他十分好奇，究竟是什麼打開了碧璽身上的枷鎖？

片刻後見凌淵再無吩咐，德坤自去安排，出了書房，才想起自己是要說洛婉兮家奴之事，可一回想凌淵那模樣，他到底不敢去觸楣頭，遂只得作罷。轉而絞盡腦汁的想凌淵為何要監視碧璽，她去青蓮庵不是挺正常？他還巴不得碧璽去了後被菩薩感化，從此皈依佛門呢！

就算柳嬤嬤再得臉，也是個下人，在侍郎府不可能為她正兒八經辦喪事。可洛婉兮不忍柳嬤嬤走得太寒磣，最終將靈堂設在帽兒胡同的宅子裡，這是當年洛三老爺置下的產業，一座兩進的小宅子。柳樹隨著洛婉兮進京之後，一直住在這兒順便看家。

此時正好用來辦喪事，停靈七天後，柳樹和柳枝兄妹二人便會扶靈回臨安安葬。

柳嬤嬤在京城沒什麼熟人，故而喪禮頗為冷清，只有零零散散幾個侍郎府內與她交好的下人過來祭拜。

「姑娘，」這時進來的小丫鬟聲音裡有掩不住的好奇和驚訝。「陳大人來了。」

不一會兒陳鉉就到了，他穿了一件素色的長袍，打扮與他平時不大像，乍一看還認不出來。

陳鉉似乎知道他們在疑惑什麼，眉梢輕輕一挑。「我若是不喬裝就過來，妳猜明兒外人會怎麼傳？」

洛婉兮垂下眼，微擰起眉頭，平靜道：「陳大人特意前來為柳嬤嬤上香，有心了。」

陳鉉目光在她臉上轉了一圈，才道：「她也算是我半個救命恩人。」

洛婉兮點了點頭，示意下人遞香。

上過香表了心意，陳鉉卻沒走，而是對洛婉兮道：「洛姑娘可否借一步說話？」他說得十分坦蕩，倒弄得旁人生出一股自己大驚小怪的錯覺來。

洛婉兮眉頭擰得更緊了。

陳鉉眉峰一動。「是關於妳姑母之事。」

洛婉兮心下一沈。白洛氏？難道她還做了什麼要命的事不成？遂道：「請陳大人移步偏廳。」

陳鉉嘴角微微一勾，隨著洛婉兮去了偏廳。

洛婉兮並沒有屏退所有人，留下了柳葉和桃枝伺候，待上了茶後便開門見山道：「敢問陳大人是何事？」

陳鉉慢條斯理的喝了一口茶，不覺皺了皺眉。

洛婉兮見他眉頭一皺，略一思索便明白過來，歉然道：「寒舍簡陋，請陳大人見諒。」她又不住在這兒，自然沒什麼好茶待客，遂建議：「這兒沒有什麼好茶，不如給您上一杯清水。」有些講究的寧可喝白開水也不喝粗茶。

陳鉉不甚在意的擺了擺手。「別人不知道我底細，洛姑娘還不清楚？我可不是什麼嬌貴之人，當年什麼樣的粗茶淡飯沒吃過。」

洛婉兮心想你剛才的嫌棄可是明明白白，自來由儉入奢易，由奢入儉難。不過她和陳鉉顯然沒這般親近，遂只是微微一笑。

見她臉上掛上了面具，陳鉉嘴角的笑容也微微淡了。

左等右等，他還是不說話，洛婉兮不得不再一次開口。「剛剛陳大人說有關我姑母之事？」

「哦！」陳鉉一臉才想起來的驚訝，拍了拍自己的額頭。「瞧我這記性！」

洛婉兮眉心一跳，差點繃不住表情。「請問是何事？」

第五十二章

「倒也不是什麼大事，」陳鉉不緊不慢道：「就是想提醒洛姑娘該多為自己打算一下。」

洛婉兮忍不住露出疑惑之色。「陳大人是何意？」

陳鉉啜了一口茶，這會兒彷彿不嫌棄這茶難以入口了，好整以暇的看著她。「殺人償命，當時我原是想殺了白夫人為柳嬤嬤報仇。」當然更主要是為自己出氣。

洛婉兮心頭一緊，等著陳鉉繼續說下去。

「那天洛侍郎前來尋在下時，為白夫人求情，他希望我能放過白夫人。我便問他，這是否是妳的意思，畢竟這事上妳最有話語權，而我欠的是妳的人情。」陳鉉的目光落在洛婉兮臉上，見她神情嚴肅起來，溫聲道：「洛侍郎說，妳最是孝順的，絕不會忍心見妳祖母白髮人送黑髮人。我當時便想，我若是不同意，回頭洛侍郎怕是會用這番話說服妳出面來求我。」

洛婉兮突然覺得有點冷，她急急端起茶杯喝了一口熱茶。

她知道陳鉉所言非虛，以她對大伯父的瞭解，他會的。白洛氏是他嫡親妹妹，何況還礙著一個洛老夫人。若是大伯父真的開口要求，自己能拒絕嗎？她知道她拒絕不了，她若拒絕便是不孝，大大的不孝！

丟下驚雷，陳鉉拍拍屁股瀟灑走人，徒留下齒冷的洛婉兮。

陳鉉毫不留情揭開那層溫情的面紗，將血淋淋的現實擺在洛婉兮面前——她一直都無依無靠。

祖母固然疼她，可她有心無力，且當手心手背都是肉的時候，祖母會權衡利弊，必要時會選擇委屈自己，畢竟祖母並不是自己一個人的祖母。

至於洛大老爺就更不用說了，他對自己委實不算差，衣食住行樣樣妥帖，下人也恭敬有加。可洛大老爺要維護的人實在太多了，所以洛婉如能夠靜養在溫泉莊子裡，何氏還在為她擇婿，他會替白洛氏求情。這是洛大老爺身為父親、兄長的責任，而後他才是一個伯父。

說不上是非對錯，只是人之常情罷了。

日後說不定還會遇上類似之事。就是親生父母在世都不能保證不受絲毫委屈，何況是寄人籬下。

陳鉉讓她多為自己考慮，洛婉兮苦笑，她能怎麼辦？父母雙亡，弟弟年幼，離了洛大老爺的庇護，境況只會比眼下更不堪。

洛婉兮垂眼看著白皙纖長的手指，老天爺還算厚道，給了她這麼一副好相貌，讓她多了一條選擇，找個她能拿捏的男人嫁了。

然說到底不過是換了個靠山罷了，從受長輩掣肘變成仰仗男人鼻息過活，色衰愛弛，處境怕是更淒涼。這絕對是下下之選。

洛婉兮幽幽嘆出一口氣來，不禁想若是能一晃三年便好了，一晃一晃再一晃，洛鄴就能長大，成為能夠頂天立地的男子漢了。

另一頭，正在說話的是寶貴。

「小的瞧著洛四姑娘不如乾脆找個人嫁了！洛家雖不是龍潭虎穴，可左一個委屈、右一個委屈的，做姑母的那樣，做伯父的也沒好到哪兒去，都沒太把她放在心上，這沒爹沒娘的孩子就是根草，誰都能來踩一腳。」

聞言，陳鉉嘴角一挑，饒有興致的模樣。

寶貴就像是受了鼓舞，頓時激動道：「既然如此，還不如早早嫁出去尋個靠山，比如江大人這樣的。江大人對洛姑娘那是沒話說，嫁過去只有享福的分，誰要是敢欺負洛姑娘，江大人還不得跟人拚命。大爺，您說是不是？」

「自然不是，」陳鉉定定瞅著寶貴，忽然抬手拍了拍寶貴的臉，要笑不笑的看著他。「這世上就只有江樅陽這一個男人了？」

擠眉弄眼以為自己說中了陳鉉心事的寶貴頓時驚了，陳鉉不是一直都在努力撮合洛婉兮和江樅陽？他今兒提醒洛婉兮為自己考慮，難道不就是這個意思嗎？

陳鉉回頭看一眼巷口，微微上挑的唇角多了一絲邪氣。

猛然間，寶貴福至心靈，瞬間就覺一個驚雷打在頭頂。他不敢置信的看著笑得邪裡邪氣的陳鉉，心裡尖叫：不是幫兄弟追姑娘嗎，怎麼變成撬牆角了？

陳鉉涼涼地掃他一眼，寶貴汗毛直立也回過神來，趕緊收斂驚色，諂笑道：「自然不是，這不還有大爺嘛！之前大爺娶白家姑娘是以為她是您的救命恩人，可哪知道白姑娘是李代桃僵，眼下水落石出，洛姑娘才是正主，救命之恩，合該以身相許！」

「少拿好話糊弄我。」陳鉉突然笑了笑，摩了摩下巴，桃花眼慵懶地瞇起。「我倒是想以身相許呢，可人家怕是不稀罕我。」

萬不想他承認得這般乾淨俐落，寶貴懵了下，忽然心念一轉。之前他就覺得陳鉉對江樅陽和洛婉兮的事過於上心，上心得都不像他這個人了，該不會他那時就隱隱動了心思吧？自覺突破真相的寶貴連忙低了低頭。

「可真是傷腦筋啊！」陳鉉聲音含笑，眼裡卻閃爍著懾人的精光。

停靈七日後，柳家兄妹便扶著柳嬤嬤的棺木回臨安，洛婉兮卻沒馬上就從帽兒胡同搬回侍郎府，而是去了青蓮庵。因著柳嬤嬤的事情，她一直都沒時間過去，想來碧璽該等得著急了。

青蓮庵裡的碧璽哪是「著急」二字可概括，根本就是翹首以待，恨不能親自去找她，幸而壓住了蠢蠢欲動的念頭。

待見了洛婉兮，瞧著她臉上掩不住的疲憊和哀色，她大吃一驚，連連追問。

洛婉兮覺得這事也沒什麼可隱瞞的，遂將柳嬤嬤之事簡單說了一遍。聽得碧璽又驚又怒又心疼，不禁悲從中來，白洛氏敢這樣對洛婉兮，還不是欺負她無依無靠？

想她家姑娘身為大長公主和國公爺的掌上明珠，上頭三位兄長，千嬌萬寵著長大，何時受過這等委屈？回憶往昔，再想當下，洛婉兮雖從不說，可就她打聽來的消息，早已猜出她家姑娘定是年年日日風霜刀劍相逼，否則怎麼會比從前沈靜了許多？

見碧璽悲不自勝，不住落淚，洛婉兮一開始還勸著，可勸著勸著，也忍不住落下淚來。她不能對著洛老夫人哭，怕祖母傷心；也不能對著桃枝她們幾個哭，她是主心骨，若她露出軟弱之態，她們也就垮了。

就是面對碧璽，她也不想哭，她怕碧璽難過擔憂，可碧璽一哭，這眼淚再是忍不住了。與碧璽在一塊兒，恍惚間總讓她有一種自己還是陸婉兮的錯覺，想笑便笑，想哭便哭，反正天塌下也有人給她撐著。

好半晌，兩人才收了眼淚，洛婉兮有些不好意思地擦了擦眼，心情卻是輕鬆了許多。

「瞧瞧，姑娘還是和以前一樣愛哭。」碧璽故意打趣她。

「過了十歲我就不怎麼哭了。」洛婉兮辯解，她小時候常哭是為了唬人，一半是假哭，只是忍不住假戲真作，且一哭就收不住，必須得哭盡興了才甘休，想想小時候她還挺任性的。

碧璽也想起了她小時候的情形，不覺眉眼含笑，目露追憶。「姑娘大了，知道害臊了。」

洛婉兮不自在地低下頭，假裝拿帕子擦眼淚，而後果斷轉移話題。「妳在這兒可住得習慣？」

碧璽十分配合的轉了話題。「姑娘放心，奴婢在這兒住得很好。」

洛婉兮觀她氣色，也覺得比上次見面時好了許多，眼底染上笑意，又問了些她在青蓮庵的境況。

不知不覺間到了洛婉兮要回去的時辰，碧璽面露不捨，洛婉兮拍了拍她的手道：「我過幾日再來看妳。」

如此碧璽才好受了一些，依依不捨地送她到門口。

桃枝在外面忍不住撓了撓頭，她們過來為柳嬷嬷祈福，正巧遇上了凌府的碧璽嬷嬷，然後姑娘就去討教女紅了，一說就是兩個時辰。進去時姑娘神色輕鬱，出來時心情卻明顯好了許多，可眼睛微微泛紅，遂她不禁問道：「姑娘這是哭過了？」

「說起了柳嬷嬷，就……」

桃枝神色鬱了鬱，眼裡泛起淚花。

洛婉兮反過來安慰她，按了按她的肩膀。「柳嬷嬷若是地下有知，肯定不希望我們沈湎於悲傷之中。」

桃枝吸了吸鼻子，重重一點頭，又不由自主看一眼碧璽，總覺得這位嬷嬷怪怪的，尤其是看她家姑娘那眼神。

察覺到桃枝的視線，碧璽對她友好一笑，這些年姑娘有賴她們照顧了。

桃枝怔了怔，抓了抓臉也笑起來。

碧璽眼底笑意更甚，想這倒是個憨丫頭。

忽然，急促的馬蹄聲驟然傳來，一行人不約而同的循聲抬頭，就見不遠處塵土飛揚。

碧璽呼吸一滯，勃然變色。

「怎麼了？」洛婉兮吃了一驚，忙問碧璽。

碧璽眼底浮現慌亂，哆嗦了兩下才說出話來。「是姑——大人來了！」

洛婉兮立時睜大了雙眼，他怎麼會來？

一身玄色窄袖勁裝的凌淵勒馬停下，馬背上的身姿修長挺拔，領口的雪白狐毛迎風飄動，瞧著比平日多了幾分瀟灑閒適。

洛婉兮定了定神，低眉斂目地福身行禮。

碧璽下意識往洛婉兮面前站了站，強笑道：「大人怎麼來了？」

凌淵居高臨下地看著掩不住緊張之色的碧璽，漫不經心道：「路過。」

他本是出城泡湯解乏，正遇上屬下彙報碧璽和洛婉兮在庵堂的廂房裡單獨待了兩個時辰，如何能讓他不好奇？正好要返城，順道便來看看，倒是遇上了趣事。

望著緊張不安的碧璽，凌淵眸色漸漸深了。

這樣的敷衍讓碧璽心跳陡然漏了一拍，她攥了攥拳頭。凌淵出現在這兒，絕對不尋常，他是不是懷疑什麼了？

這個念頭一冒出來，便讓她背上出了一層冷汗，臉色不受控制的白了白。她狠狠掐了下手心讓自己鎮定下來，努力讓聲音聽起來平靜。「天色晚了，洛姑娘先回吧。」

洛婉兮微微側過身背對著凌淵，安撫地看她一眼，溫聲道：「今天多謝嬤嬤賜教，令我受益匪淺。」

碧璽笑了笑，不說話，她怕自己說得越多，錯得越多。她覺得凌淵的目光彷彿針一般，一點一點戳進皮肉，直指內心，令她心跳如擂鼓。

道過別，洛婉兮便想走了，然前路被凌淵的護衛擋住，片刻也不見他吩咐人讓路，她不得不硬著頭皮道：「煩請閣老大人行個方便。」

馬上的凌淵把玩著漆黑的馬鞭，目光在洛婉兮臉上轉了一圈又一圈。

直到洛婉兮嘴角的笑容都僵了，凌淵才施施然開口。「洛姑娘與我府上的碧璽倒是投緣。」

他意味不明的語調讓洛婉兮心頭一緊，饒是對這樣的疑問有所準備，可當問的那個人是凌淵時，她還是忍不住心驚。

片刻後，她穩了穩心神道：「我與嬤嬤一見如故。」

凌淵輕笑一聲，目光移到惶惶不安的碧璽身上。「難得妳肯這般親近一個人。」

碧璽心跳不受控制地加速，快得幾乎要破膛而出，強自鎮定道：「大抵就是緣分吧！」

凌淵無聲將這兩個字咀嚼了一遍又一遍，他垂眸打量洛婉兮，目光審視。

兩人眉眼、性情南轅北轍，可先是阿釗，再是自己，現在又多了一個碧璽，尤其是碧璽，自然而然間流露出來的維護和親近，都要讓他覺得，她是把洛婉兮當成舊主了。

冷意不知不覺爬上他的眼角眉梢，他抬了抬手，當下護衛便讓出一條路來。

洛婉兮猶豫了下，不由看一眼碧璽，就連她都能看出碧璽的緊張不安，落在凌淵眼裡，可不渾身都是破綻？

她的心忍不住揪了下，又安慰自己，他這個人最是理智的，絕不會有那種匪夷所思的想法，怕是覺得她處心積慮的靠近，而碧璽被她矇騙了。

這麼一想，她的心才稍稍定下，屈膝福了福，方帶著人離開。

到了馬車上，離了那銳利得彷彿能看穿人心的視線，洛婉兮劫後重生一般靠在了大引枕上，趕緊拿了一杯茶壓壓驚。

瞧她這模樣，同樣也嚇得不輕的桃枝小心翼翼道：「不過是和他們府上的嬤嬤說了會兒話，凌閣老怎麼像審訊犯人似的……」不知道的人還以為她家姑娘怎麼了呢，不就是和碧璽嬤嬤探討了下女紅嗎？

洛婉兮合了合眼，只覺得太陽穴一突一突的疼起來。

忽覺一雙手按了上去，洛婉兮睜開眼見是柳葉，奇道：「妳還有這本事？」

「我爹常頭疼，奴婢便學了一些。」

思及她爹已經過世了，洛婉兮便不再多問。

「要不姑娘還是別向碧璽嬤嬤學女紅了。」桃枝憤憤不平的同時又憂心忡忡，萬一哪天凌閣老不高興了，一根手指頭就能掂死她們，惹不起總躲得起吧！

洛婉兮不置可否，依這情況，自己就是想見碧璽都不大容易了，可碧璽那狀況，委實讓人放心不下。

洛婉兮一走，碧璽不覺鬆了口氣，卻聽見嗒一聲，無端令她心跳漏了一拍。

凌淵翻身下馬，走向碧璽。

碧璽心肝一顫，連頭皮都發麻了，訥訥道：「大人！」

凌淵一步一步靠近，雙眼直直鎖著碧璽，問得單刀直入。「妳覺得她像婉兮？」

「沒有！」碧璽想也不想的否定，說完又露出後悔莫及的神情，立刻點了點頭，改口道：「是有點像……」

凌淵嘴角一揚，勾起一抹似笑非笑的弧度，就這麼靜靜的看著碧璽，慢條斯理道：「不急，妳慢慢說。」

碧璽怕極了他這副好整以暇的神態，好似什麼都在他的掌握之中。恐懼使得她腦子裡只剩下一個念頭，那就是絕不能讓凌淵打攪姑娘現在的生活。

思及此，她身體裡湧現一股力量，使得她迅速鎮定下來，腦子飛快的轉起來，片刻後垂下眼，臉上浮現哀色。「她有些地方像姑娘，奴婢也不知怎麼的，見了她就覺親近，看著她，奴婢心裡也能好過一點。」

「陸婉清長得那般像婉兮，妳倒是對她不假辭色。」凌淵盯著碧璽，微微一笑。

時至今日想起陸婉清，碧璽都有一種吞了蒼蠅的噁心感。「她陸婉清藉著姑娘的名頭行事，心中卻對姑娘沒有半點敬意，大人難道看不出來？」

「那她呢？」凌淵挑眉問道。

這個她自然是指洛婉兮。

碧璽垂下眼盯著腳尖。「洛姑娘知道奴婢的情況，陪奴婢說說話不過是同情奴婢，又因為和二姑娘的交情。她並沒有攀龍附鳳的心思，大人放心。」

凌淵眉梢一挑，為她話裡幾不可察的譏諷。「妳倒是維護她！」

碧璽眼皮一跳，面上浮起幾縷哀戚。「洛姑娘也是個可憐的，沒爹沒娘，見了她不免想到自個兒。」

碧璽也是自幼就沒了爹娘，叔伯幾個見她生得好，就想把她賣到骯髒地方。她看情況不對就逃了出來，正好遇上了出來玩耍的陸婉兮，便被她帶回去做了個小丫鬟，如此才免於淪落風塵的不幸。

凌淵看她一眼，淡淡嗯了一聲。

望著波瀾不驚的凌淵，碧璽那顆心就這麼懸在半空，不上也不下。

而凌淵也像沒察覺到她的忐忑似的，漫不經心地用馬鞭敲了敲手心，隨口道：「我走了。妳何時回府？」

碧璽靜默了一瞬才道：「過幾日奴婢便回去。」

她到底是大意了，忘了這個人的多疑。再留在青蓮庵，他一定會盯著她不放，保不準哪天就露餡了，況且今天他突然造訪，本就是一件十分蹊蹺的事。

「如此便好，」凌淵走向馬。「畢竟把瑤華院交給別人打理我也不放心。」

碧璽緊了緊心神。「奴婢也不放心。」

凌淵笑了笑，翻身上馬。

漸行漸遠的馬蹄聲讓碧璽緊繃的心弦終於鬆懈下來，她鬆開雙手，低頭看著掌心的月牙痕以及一手的冷汗。

凌淵肯定起疑了，不過他不可能猜到姑娘死而復生這樣光怪陸離的事實，八成是把姑娘當成別有用心之輩。可他若是細查下去，說不定哪天就讓他順著蛛絲馬跡查到了真相。

她該怎麼辦？碧璽忍不住咬住手指，面露茫然。

凌淵跑出一段後，沈聲吩咐：「查洛婉兮，掘地三尺，連帶洛家一起查。」

看他冷厲的眉眼，德坤心頭一緊，連忙應是，又問：「大人懷疑她另有目的？」這些年不乏一些模樣長得像先夫人，或是性情相似的姑娘出現在他家大人面前，直到近兩年，那些人瞧著大人的確油鹽不進，才歇了心思。

若洛婉兮也是某些人精心培養出來的人，德坤只能說對方委實厲害，連碧璽都攻克了，照這趨勢，指不定哪天他家大人也淪陷了。

德坤打了個激靈，由衷希望洛婉兮清清白白。

凌淵拽緊了韁繩，沒有回答德坤，卻在心裡琢磨這個問題。

另有目的嗎？他瞧著洛婉兮對他是避之唯恐不及，巴不得離他越遠越好。

真正讓他奇怪的是碧璽的改變。碧璽對陸婉兮的忠心毋庸置疑，尤其是她病了以後，更是偏執到不可理喻的地步。可這才寥寥幾面，碧璽就覺得洛婉兮像，還這般親近她，甚至在不經意間的言行舉止中把她當成了兮子一般對待。

這是得有多像才能讓碧璽如此，還讓她從兮子去世的陰影中走了出來。

凌淵眼底驟然陰沈，他倒想知道，這位洛姑娘神奇在哪兒！

第五十三章

洛婉兮回到侍郎府時，已經快酉時了，還沒下馬車就有小丫鬟急不可待的撲上來。

洛婉兮心裡咯噔一響，就聽那小丫鬟焦急道：「四姑娘，老夫人、老夫人吐血暈過去了！」

洛婉兮差點從馬車上摔下來，堪堪站穩之後就往裡面跑。

榮安院裡，從洛大老爺到洛郅再到洛鄴都在，公主府的黃御醫也在。

蕭氏一見到跌跌撞撞跑進來的洛婉兮，上去扶了她一把。「御醫正在為祖母施針，四妹先莫急！」

洛鄴一看姊姊終於回來了，咧著嘴撲過去，抱著她的腰抽泣起來。

洛婉兮心驚肉跳，連話都說不出來，只能直愣著雙眼看著蕭氏。

蕭氏喟嘆一聲，低低道：「情況還不好說，得等黃御醫施完針。」

「祖母怎麼會吐血？」洛婉兮顫巍巍的開口。

蕭氏緩緩道：「……祖母知道了姑母和表妹的事。」

果然如此。洛婉兮閉了閉眼，啞聲問：「祖母怎麼會知道？」

「她老人家起疑了，逼著秋嬤嬤都說了。」洛老夫人病了，腦子也糊塗了，可還沒糊塗到底，她問了一句「白奚妍」，秋嬤嬤臉色就變了。

幾十年的主僕，洛老夫人豈能不起疑？

女兒瘋了，外孫女小產還被休棄，這樣的打擊連一個健康的老人怕是都受不住，何況油盡燈枯的洛老夫人？方才洛婉兮沒來之前，黃御醫就讓他們做好心理準備，眼下只能盡人事聽天命。

施完針，黃御醫起身，一回頭就對上洛家人期待又緊張的視線，他嘆出一口氣，愛莫能助的搖了搖頭。

本來經過調理，洛老夫人中風的徵兆已經有所好轉，能簡單說話了，可這一口血吐出來，把最後那點生機也吐沒了。

洛婉兮身子晃了晃，險些癱軟在地，幸好被眼明手快的柳葉接住。

她踉蹌地走到洛老夫人床前，一下子就跪在腳踏上，望著洛老夫人面無血色的臉，眼淚奪眶而出，如同決堤江水。

洛大老爺也是眼角發酸，忍著悲意問黃御醫。「家母這情況……」

「這幾日，洛侍郎和家眷多陪陪老夫人吧！」黃御醫頓了頓。「大概就是這半個月的光景了。」

屋裡的丫鬟和婆子聞言俱是如喪考妣，不約而同地跪下低泣，這些都是伺候了多年的老人。

強打著精神送走黃御醫，洛大老爺就命人把莊子裡的何氏和洛婉如接回來，又給弟妹去信說明情況，讓他們趕來。

整個洛府因為洛老夫人之事愁雲慘霧，人人皆是悲痛不可自拔。

萬不想屋漏偏逢連夜雨，這時乾清宮的太監帶來皇帝手諭，將洛婉兮許配給閻玨！

京城知道閻玨德行的人不少，聽說他被賜婚了，少不得要打聽是誰這麼倒楣。而洛婉兮甚少出門，遂識得她的人委實不多，可架不住殺死貓的好奇心，京城圈子就這麼大，很快的，想知道的都知道了。

眾人聽說是個頂頂的美人兒，嘖嘖可惜了兩聲，暗地裡說一句「鮮花插在牛糞上」便撂下了，該幹麼就幹麼去。

對他們而言，這就是個飯後談資罷了，可對部分人來說不亞於一個晴天霹靂。

例如陳鉉，他差點沒嘔出一口血來。請皇帝賜婚，這也是他想到了並打算付諸行動的。他心裡清楚以正常手段絕不可能娶到洛婉兮，所以他壓根兒就沒想走尋常路。

之所以沒馬上就去請旨，不過是顧慮這會兒請了旨，日後必然有人說洛婉兮踩著姊妹上位。反正洛老夫人時日無多，洛婉兮要守孝一年，如果一年後他還有娶她的心思，去請旨正好。

誰想這一耽擱，就叫人捷足先登，還是閻傻子！陳鉉一張臉陰沈得能滴下水來。

破壞這門親事倒不難，悄悄弄死閻傻子一了百了。可一旦自己娶了她，誰不懷疑他？伯父那一關他就過不去，閻家可是伯父擁躉。

越想越是火大，陳鉉用力鬆了鬆領口，冷著臉對噤若寒蟬的寶貴吩咐。「去盯著洛家，看洛家有什麼打算。」

而此時的洛家，諸人心思各異。

洛大老爺去外面打聽了一圈，已經弄清楚事情的來龍去脈。閻夫人用重金打動了鄭貴妃之母。鄭家本就是破落戶，靠著鄭貴妃的裙帶關係起來，一家子都是眼皮子淺的。拿了錢，鄭母就進了宮，隨後手諭就來了。

賜婚向來是兩家說好了，為了體面去求來的，這還得是重臣才有的體面，或者是龍子鳳孫。就沒聽說過問都不問一聲就賜婚的，萬一已有婚約，豈不尷尬？更沒聽說過把好好一個姑娘賜給傻子的！

洛大老爺十分大不敬的在心裡罵了兩聲，然而君無戲言，他沈了沈聲對洛婉兮道：「我知道妳委屈，可聖諭已下，我也回天乏術。就當大伯父對不起妳吧，妳有什麼要求儘管對妳伯母說，能滿足的一定滿足妳！」

何氏一臉肅容，附和地點點頭。

洛婉兮抬眸看著坐在上首的兩人，洛大老爺滿臉無可奈何，迎上她的視線後，眼底露出憐惜和愧疚之色。何氏則面無表情的看著她，目光無悲亦無喜。

洛婉兮扯了扯嘴角，垂下眼簾。「伯父伯母，我想回去靜一靜。」

「妳回去好好考慮一下，」洛大老爺意興闌珊地擺了擺手，忍不住再一次叮囑。「這事妳祖母那兒能瞞一日便瞞一日吧！」讓洛老夫人知道這事，無異於催她的命。

待她走後，靜默了半晌，洛大老爺才對何氏道：「多找些人照顧她。」

何氏會意，看著洛婉兮是怕她自尋短見，也怕她跑了。這些不用丈夫叮囑，她早就安排下去了。一旦洛婉兮跑了那就是抗旨不遵，這個罪名誰也擔當不起，便是死了，也有藐視聖意之嫌。

「我知道婚期匆忙，不過嫁妝能妥帖就妥帖些，閣家那情況，她多些陪嫁，腰桿也能硬一點。」婚期就定在來年正月裡。

何氏道：「老爺放心。」

洛大老爺點了點頭，站起身，背著手，腳步沈重地離開。

望著他的背影，何氏笑起來，眉宇間的憂愁之色頃刻間煙消雲散。女兒變成了這副模樣，她豈能不遷怒洛婉兮？不出手整治已經是極限，眼下看她倒楣，自然痛快。

另一頭，桃枝見洛婉兮回來了，趕緊問道：「姑娘，大老爺是不是想到什麼法子了？」

洛婉兮微微一搖頭。

桃枝眼裡剛升起的希望瞬間熄滅，六神無主地看著洛婉兮，眼淚就這麼流了下來。「姑娘，這可怎麼辦？」

怎麼辦？倒也不是沒辦法。

洛三老爺抗災犧牲，是朝廷下旨褒獎過的功臣，她是功臣遺孤，而閣玨是個人盡皆知的傻子。若是洛大老爺謀劃得當，上奏請求皇帝收回手諭，未必不能成功。

手諭這東西到底和聖旨不一樣，聖旨是朝廷正式詔書，經內閣核准才會頒布，代表著朝廷。可手諭僅代表皇帝個人，史上不乏皇帝收回手諭的例子，這種事當今聖上就做過不下一回。

然而這樣一來，無疑洛大老爺會失了聖心。洛婉兮很清楚，大伯父不可能為她賠上自己的仕途。

趨吉避凶，人之本性，她能理解洛老大爺的選擇，但是理解不表示她就要認命，她也有本性。嫁給閻玨，絕對生不如死。

洛婉兮扶著玫瑰椅的扶手緩緩坐下，有錢能使鬼推磨，她也許可以利用輿論，畢竟朝上還是有幾個敢於直言的御史。

即便希望渺茫，總要試一試的。

窗外的風越來越大，北風呼嘯，不一會兒就飄起了雪花。

德坤指揮人在書房多放了一盆炭火，覷一眼正在看書的凌淵，欲言又止。

他撥了撥炭火，再看一眼凌淵，他依舊在低頭看書。

凌風戳了戳德坤的腰，德坤衝他齜了齜牙，凌風再對他拱了拱手。

德坤糟心地看他一眼，摸了摸喉嚨，硬著頭皮喚了一聲。「大人！」

凌淵抬眼。

德坤清了清嗓子。「碧璽還在外面跪著呢！這都下雪了……」可把凌風心疼壞了，這混蛋說自己口笨舌拙，就推他出來，敢情自己就巧舌如簧了？

凌風連忙補充。「她身子向來不好，要是病了，」凌風頓了下，憋出一個理由。「誰打理瑤華院？」

凌淵輕輕笑了，將書扣在桌上，往後一靠。「她倒是對洛家姑娘上心。」

對此，德坤也百思不得其解，私心裡覺得碧璽又犯病了，要不怎麼解釋她這奇怪的行為，她竟然為了洛婉兮來求凌淵！

不過比起摸不清碧璽，德坤更看不懂自家主子。洛婉兮被賜婚的消息，是他故意讓人透露給碧璽的。

「她心善！」凌風飛快道，目光乞求的望著凌淵。

見狀，凌淵交疊了雙手，笑道：「因為她和洛家姑娘投緣，就要我幫這個忙？這樁事算不上大事，可也不是什麼舉手之勞，你們不覺得太過兒戲了？」

他轉了轉手上的翡翠扳指，唇角掀起一抹薄笑。「她總得給我一個說得過去的理由。」

聞言，德坤和凌風都是一頭霧水，不明所以的看著凌淵。

凌淵並沒有為他們解惑的興致，其實就是他自己都說不清那種莫名其妙的期待。碧璽肯定有事瞞著他，還是大事，他猜不到，那麼只能讓碧璽主動說出來。

見凌淵又看起書來，凌風央求地看著德坤，德坤略一思索，拉著凌風告辭，出來就將凌淵的話一字不漏的轉述給碧璽，然後看著她問：「我們也只能幫妳到這兒，剩下的妳自己看著辦。大人的性子妳也清楚，妳要是給不出一個他滿意的理由，」德坤加了重音。「他絕不會鬆口！」

休想！碧璽在心裡狠狠啐了一口，瞪一眼緊閉的書房大門後，猛然站了起來，卻忘了自己跪得太久，才起到一半就踉蹌了一下。

凌風一把扶住她。

「不用你們假惺惺！」碧璽一把推開凌風，揉了揉膝蓋緩過勁來後，轉身就跑。

德坤被氣了個倒仰。「狗咬呂洞賓，不識好人心！」

瞧凌風還愣在原地，又恨鐵不成鋼地推他。「還不趕緊去追！」

凌風愣了下，被德坤瞪了一眼才拔腿追上去。

片刻後，他一臉黯然的回來。

德坤問：「人呢？」

「出府了。」

「去哪兒了？」

「大長公主府。」

德坤吃了一驚。「她這是還沒死心？」突然一拍腦袋。「我倒是忘了，洛四姑娘曾經救過甯少爺！」當即就跑進書房稟報。

半晌，凌淵才緩緩開口。「毓甯的恩早就還了，你說碧璽憑什麼覺得大長公主會幫她？」

德坤猶豫了下。「她大概也是抱著試一試的心態吧，不過碧璽對洛姑娘倒是沒話說。」

是啊，碧璽對洛婉兮可真是沒話說，便是兮子在世，也就這樣了！忽地，凌淵眉心劇烈一顫，與此同時，案几上的燈芯噼啪一聲爆開，燭火搖曳了兩下後變得更為明亮。

凌淵一寸一寸側過臉，望著那盞長頸蓮燈，眼前浮現的卻是七月半撿起的那盞浸了水的蓮花燈，那盞燈上寫的名字是「洛婉兮」——那一天的燈只能寫亡人的名字！

那盞燈上的洛婉兮是誰，又是誰為她點的燈？

想法太過驚悚，以至於凌淵自己都不敢相信，他覺得自己瘋魔了才會有這樣的想法，可卻美得讓人欲罷不能。

他眼神晦暗不定，眼底似乎有驚濤駭浪。「嬋兒那裡有一幅洛四姑娘的書畫，給我取來。」

他記得當時凌嬋都已經展開一小半了，若是自己當時看一眼再走……凌淵忍不住輕嘲一聲。

畫很快就取來了。

德坤恭恭敬敬的雙手奉上，可良久都不見凌淵接過，不由悄悄抬了抬眼皮，只見無邊晦暗在他眼底沈浮。

德坤越發覺得看不透他，這一樁樁一件件的，他到底想做什麼？

思索間，手裡一空。

凌淵拿過畫軸，低頭緩緩打開，直接看向下方題詞處，片刻後幽深的目光瞬間凝結，握著卷軸的手倏爾收緊，手背上青筋畢露。

七月半，她為自己點了一盞燈，既然她覺得洛婉兮已經死了，那麼現在活著的是誰？

凌淵指尖不受控制的開始痙攣，只覺得全身的血液都沸騰起來，在身體裡橫衝直撞，以至於他像是無法承受般輕輕戰慄。

德坤大吃一驚，眼底閃爍著難以置信的光芒，不安地喚：「大人？」

凌淵置若罔聞，霍然站起身，大步往外走。

德坤一愣，趕緊追上去。

「大人，這是趙權呈上的資料……」這時凌風拿著小冊剛好進屋，說完才發覺凌淵的不對勁，心下一驚，下意識去看德坤。

眉頭緊皺的德坤搖了搖頭，就見凌淵一把搶過小冊子，一目十行的看起來。

壬寅年三月落水。

凌淵腳步一頓，瞳孔劇烈收縮，薄薄的冊子在他的掌中皺成一團，指骨喀喀作響，聽得德坤等人骨寒毛豎。

陸府，長平大長公主坐直了身子，面無表情地看著跪在地上的碧璽，怒氣一點一點填滿她的胸膛。

死而復生？借屍還魂？荒謬！

「鑑於妳生病，本宮不跟妳一般見識，可妳要是再敢說……」

「殿下，奴婢說的都是真的。」見大長公主不信，碧璽慌得六神無主，語無倫次地解釋：「她就是姑娘，這是老天爺不忍心，所以讓姑娘回來了。您見見她，見到她，您就知道了，她就是姑娘！」

長平大長公主彷彿是被觸了逆鱗，重重一拍案几，震得上面的杯盞碗碟砰砰作響。「本宮看妳是病得不輕，來人，拖下去！」

當下便有幾個孔武有力的嬤嬤上來，拖著碧璽就要往外走。

碧璽死死抱著桌子腿不肯走，奈何寡不敵眾，被硬生生扯開了手。

陸國公瞧她歇斯底里地掙扎，一張臉因為恐懼和絕望扭曲到不行，扭頭對臉色鐵青的長平大長公主道：「要不傳來問問？」

「她有病，你也有病！」長平大長公主毫不留情的諷刺了一句。

陸國公神情中帶出幾分蕭瑟。「假如有萬一呢？她說得有鼻子有眼，問問也省得留下遺憾。我知道妳不信這些東西，妳就當我信吧！」他也不信，可碧璽那模樣到底讓他心裡打鼓。

長平大長公主神情一滯。

陸國公看一眼妻子，揚聲道：「放開她！」

這時，外頭忽然傳來一聲稟報。「殿下、國公爺，凌閣老來了！」

「這時候他怎麼來了？」陸國公奇道，剛說完就瞥到狼狽不堪的碧璽，心念一轉。「妳告訴他了？」

「沒有！」碧璽驚慌失措的搖頭，嚇得聲音都變調了。「姑娘不想見他，姑娘一點都不想被他知道。您不要告訴他，求求您，不要告訴他！」

碧璽不斷磕著頭，磕得砰砰作響。

陸國公皺了皺眉，一個眼色下去就有人上前攔住碧璽近乎自殘的行為。

「先帶她下去。」陸國公轉頭對長平大長公主道：「他怕是為著這事來的，要不要說？」

「碧璽瘋瘋癲癲，渾身都是破綻，你覺得他會猜不到？要是猜不到，就不會來了。」長平大長公主冷冷道。

陸國公默了默。「那他信嗎？」

長平大長公主垂了垂眼皮。「問問不就知道了？」

凌淵進門後，先是向二老見過禮，落坐後含笑開口。「碧璽可是對二老說洛婉兮是兮子還魂，請二老出手相助？」

長平大長公主抬眼打量了他一番。「你信？」

果然如此。漂浮的心終於落定，凌淵心跳忍不住快了幾拍。他對長平大長公主道：「我想信，我知道二老定然還有疑慮，這事我會徹查到底，一定會給二老一個交代。」

長平大長公主嘴角一沈，望著凌淵。「你居然相信這樣的無稽之談！」

凌淵彎了彎嘴角，眼底風起雲湧。「若您和她接觸過，您也會想相信的。」

聞言，長平大長公主眼神一利。她不反對凌淵續弦，但是她不能容忍別人踩著她女兒上位。

見勢不好，陸國公趕緊打圓場。「那你先把碧璽帶回去，好好調查一下，不怕一萬，就怕萬一。」

要是另有所圖，他相信凌淵肯定能調查出來，可萬一碧璽說的是真的……

陸國公不禁沈吟。借屍還魂？世間真有這般光怪陸離之事？

凌淵起身，對二人抬手一拱。「如此，我便先告辭。」

——未完，待續，請看文創風588《天定良緣》3

文創風
587

天定良緣 2

國家圖書館出版品預行編目資料

天定良緣 / 水暖著. --
初版. -- 臺北市 : 狗屋, 2017.12
冊 ; 公分. --（文創風）
ISBN 978-986-328-804-6（第2冊：平裝）. --

857.7 106018457

著作者 水暖
編輯 王冠之
校對 黃亭蓁 周貝桂
發行所 狗屋出版社有限公司
地址 台北市104中山區龍江路71巷15號1樓
電話 02-2776-5889～0
發行字號 局版台業字845號
法律顧問 蕭雄淋律師
總經銷 知遠文化事業有限公司
電話 02-2664-8800
初版 2017年12月
國際書碼 ISBN-13 978-986-328-804-6

本著作物由北京晉江原創網絡科技有限公司授權出版

定價250元
狗屋劃撥帳號：19001626
網址：love.doghouse.com.tw E-mail：love@doghouse.com.tw